I0762441

STRANGER THINGS

EL VUELO DE ÍCARO

Caitlin Schneiderhan es una guionista y escritora cuyo trabajo puede verse en la exitosa serie de Netflix *Stranger Things*. Nació como autora en un nido hecho a base de los libros de Terry Pratchett cuando tenía trece años, y el amor por la narrativa divertida y de género corre por sus venas. Es de Silver Spring, en Maryland, pero ahora vive en Los Ángeles. Todavía tiene un estante entero dedicado a los libros de Terry Pratchett.

EL VUELO DE ÍCARO

CAITLIN SCHNEIDERHAN

Traducción de
Manu Viciano

DEBOLS!LLO

Papel certificado por el Forest Stewardship Council®

Título original: *Flight of Icarus*

Primera edición en Debolsillo: octubre de 2025

Printed in Spain – Impreso en España

ISBN: 978-84-663-7239-8
Depósito legal: B-14.482-2025

Compuesto en Promograff - Promo 2016 Distribucions
Impreso en Black Print CPI Ibérica
Sant Andreu de la Barca (Barcelona)

P 372398

Para todos los corderitos perdidos
y la gente que les proporciona un lugar

1

Pues nada, estás muerto.

El chaval me mira boquiabierto desde el otro lado de la mesa, luciendo su destellante ortodoncia.

—Qué voy a estar muerto.

—Te has enfrentado tú solo a un kraken. Estás muerto de la hostia, colega.

Stan me da una patada en la espinilla.

—Ten un poco de manga ancha, hombre. Es un novato de primero.

—Ya lleva casi un año jugando. Eh, novato…

—Gareth —murmura Gareth desde algún lugar bajo su mata de pelo esponjosa y rizada.

—¿Cuántos puntos de golpe tienes?

Gareth farfulla algo que no acabo de pillar, pero estoy bastante seguro de que rima con «babero».

—Ya me parecía. Así que voy a contarte lo que pasa ahora. —Me inclino hacia delante, con una mano a cada lado de mi pantalla de DM—. Es el último azote de los tentáculos del monstruo el que acaba contigo. Un dolor insoportable te recorre todo el cuerpo, ahogando tu fuerza de voluntad. Y tus pulmones pagan el precio.

Ronnie me tira un borrador a la cabeza.

—Joder, Eddie —me suelta, pero la oigo reírse mientras lo dice.

—Por instinto, tratas de inhalar. Pero estás sumergido cuatro metros bajo la superficie del océano Solnor y el resto de tu grupo se ha quedado en la costa. Lo que significa que no hay nadie para salvarte mientras el mar te llena la garganta.

—Qué pasada —dice Dougie, mirándome embobado, con los ojos como platos.

—No hay nadie para ver cómo tu cuerpo tiene un último espasmo y se hunde, sin vida, hacia las negras profundidades de lo desconocido. Así termina la historia de Illian el Invicto, paladín semielfo y campeón de las Tierras Perdidas.

Brota un aplauso en la mesa, una respetable aclamación de mis jugadores. Ronnie y Dougie son los más entusiastas, y el segundo hasta se pone de pie en una muy estimada muestra de aprecio. Gareth, en cambio, se hunde en su silla y le da unos golpecitos alicaídos a su d20 con el dedo.

—Menuda mierda —dice.

—Pero ¿qué leches te pasa, Gareth? —le pregunta Dougie—. Acabas de recibir un monólogo mortal Munson de primera. Eso vale así como su peso en oro.

Los hombros flacuchos de Gareth están encogidos a la altura de sus orejas, pero aun así le lanza a Dougie una impresionante mirada torva.

—¿Y se supone que tengo que alegrarme? ¡Me ha matado!

—Ja, como si fueras especial. ¡Intenta matarnos a todos!

—Vale. —Levanto las dos manos, intentando desactivar la explosión que parece estar cociéndose—. Como vuestro humilde *Dungeon Master*, ¿me concederíais el honor de cerrar el pico de una vez?

Cierran el pico de una vez. Lo cual me da el tiempo justo para mirar a los ojos a cada uno de mis jugadores… mientras me devano los sesos pensando en qué narices voy a hacer ahora.

La afiliación al club Fuego Infernal no está precisamente por las nubes: incluyéndome a mí, somos solo seis. Ronnie y yo somos miembros desde que cruzamos juntos la puerta la primera semana del primer curso de instituto, y aunque Dougie se había resistido a «unirse al club de los bichos raros», un mes entero oyéndonos soltar chistes internos de nuestras sesiones del Fuego Infernal bastaron para que casi suplicara un asiento en la mesa.

Stan, un alumno de tercero, se había apuntado el curso siguiente, aunque su asistencia es un poco... aleatoria. A su familia se le ha metido en la cabeza que el *D&D* es un invento del mismísimo Satanás y que hasta tocar un dado con más de seis caras bastaría para enviar a su precioso niñito derecho a las llamas de la condenación eterna. Stan hace lo que puede por saltarse la prohibición contándoles historias sobre clases particulares semanales de álgebra y dejándole a Ronnie todas sus movidas del club Fuego Infernal para que se las guarde y la fisgona de su madre no las encuentre. Pero, incluso con tanta intriga, Stan termina perdiéndose una partida de cada tres.

Jeff, de segundo, lleva dos años perteneciendo al Fuego Infernal, pero parece que hace más tiempo. Ya jugaba con sus hermanos mayores antes de empezar en el Instituto Hawkins, y sabe casi tanto del juego como yo. Desde luego, sabe más de tocar el bajo que yo, motivo por el que lo recibimos con los brazos abiertos en Ataúd Carcomido, donde llena el sonido de un modo que Ronnie, Dougie y yo no habíamos podido hacer solos.

Y luego está nuestro pequeño novato, Gareth. Que está mirando la lámina plastificada con los presidentes de los Estados Unidos que hay en la pared como si quisiera empezar a usarla para hacer prácticas de tiro.

Mejor que no. No podemos permitirnos terminar en la lista negra de otro profesor, cuando ya hay tantos que se niegan a compartir espacio con «la secta satánica esa». Tal y como están las cosas, cada lunes tengo que ponerme a halagar y convencer al pequeño puñado de profesores con una mínima pizca de compasión por nuestra causa, negociando con ellos el derecho a tirar cuatro dados en su aula después de que terminen las clases a las 2.50 los miércoles por la tarde. Y cada lunes, mientras sigo la rutina de preguntar a la señora Debbs por su inminente jubilación y limpiar las pizarras en el laboratorio del señor Vick, me pregunto lo mismo.

«¿Por qué lo hago?».

Nunca he sabido responderme. Pero aquí sigo, semana tras semana. ¿Acaso no es eso la definición de la locura?

—Yo sí que creo que deberías alegrarte, novato —dijo—. Hoy has aprendido una lección muy valiosa.

Siento los ojos de Ronnie observándome. Está haciendo rodar un lápiz entre los dedos, tan rápido que se emborrona. No miro hacia ella. Gareth suelta un bufido.

—Tan valiosa no será, si no voy a estar para aprovecharla.

De pronto entiendo en parte a qué viene tanta angustia por parte de Gareth. Pero no es algo que pueda resolver aquí, delante de tantas miradas.

—Muy bien, niños y niñas —digo, enderezando la espalda—. Me parece que con esto concluye nuestra sesión de hoy. —Se oye un coro de gemidos, sobre todo procedentes de Stan y Dougie—. Nos reuniremos la semana que viene, cuando nuestros aventureros supervivientes se internen hasta el fondo del laberinto de... ¡Ralishaz el Loco!

Gareth ya casi ha recogido cuando termino de hablar, metiendo sus mierdas en la mochila a toda velocidad. Echa atrás la silla con un impío chirrido de sus patas de aluminio contra el linóleo y se va pisando fuerte hasta la puerta para abrirla con un golpetazo que hace temblar la pared.

Dougie silba hacia dentro, al ver cómo se cierra la puerta después de marcharse Gareth.

—Ese chaval es lo peor.

—Cállate, Dougie —contesta Ronnie con calma.

Me mira enarcando una ceja en silenciosa pregunta, pero ya estoy de pie y rodeando la mesa.

—A la misma hora —sermoneo a los presentes con una mirada atrás mientras salgo por la puerta—. Como lleguéis tarde, os pasará lo que a Illian, *capisci*?

Una letanía de «Claro» y «Que sí, que sí» me acompaña al pasillo. Gareth ya está a todo un mar de taquillas de distancia y alejándose deprisa.

—¡Eh, novato!

Al principio creo que el chaval no va a pararse. Pero entonces lo hace y se vuelve para mirarme, pone los ojos en blanco y suspira.

—¿Qué pasa?

—¿Tanta prisa tienes?

—Mi madre me recoge como en dos minutos, así que sí. —Me mira furioso, recolocándose la mochila en el hombro. Al hacerlo, el dobladillo de la camiseta se le engancha en la correa y sube lo justo para dejarme ver algo púrpura y doloroso que se le extiende por el costado—. Ya me has echado de tu club. ¿Qué más quieres de mí?

—Eh, eh, eh, ¿quién ha dicho nada de echarte?

—Tú. Cuando me has matado.

—¿Y qué tiene eso que ver? —le pregunto.

—Que... —Gareth empieza a parecer más dubitativo, cambiando el peso de un pie al otro—. Que Illian ya no está. Así que yo tampoco.

—Pues te haces otro personaje.

Gareth parpadea, como si de verdad no se le hubiera ocurrido esa posibilidad.

—Ah, ¿sí?

—¿Crees que voy a permitir que alguien lo bastante loco para tirarse a lo bestia contra un kraken se vaya de este grupo? Ni de coña. —Me inclino hacia él, conspirativo—. Esos otros capullos no durarían ni un milisegundo en el laberinto de Ralishaz sin tus agallas.

—¿Va a ser chungo?

—Va a ser lo peor —respondo, y me río al ver la sonrisa de aluminio que pone Gareth—. Solo tenemos que prepararte otro personaje. ¿Puedes mañana después de clase?

—Tengo que preguntárselo a mi madre —dice Gareth,

pero el ímpetu de su asentimiento me deja claro que, con aprobación materna o no, estará allí.

Se oye el lejano claxon de un coche desde la dirección del aparcamiento del instituto. A alguien se le termina la paciencia.

—Mierda —dice Gareth—. Tengo que...

—No hay problema, colega.

El chaval trota un poco pasillo abajo y entonces se detiene, como sin poder evitarlo.

—Seguro, ¿verdad? —tartamudea—. ¿Puedo volver?

—Mientras quieras ser del club Fuego Infernal, serás del club Fuego Infernal.

Asiente con la mirada perdida, dando la impresión de que está obligándose a memorizar esas palabras.

—Vale —dice, y corretea de nuevo hacia la entrada delantera del instituto.

Lo miro hasta que se pierde vista.

—Caray. Y yo voy y me dejo los kleenex en casa.

Ronnie está detrás de mí, rodeando con los brazos un cartapacio a rebosar. Finge quitarse las lágrimas de los ojos mientras voy hacia ella y profiere algo a medio camino entre un grito y una risotada cuando embisto contra ella con el hombro y la desequilibro.

—¡Cuidado! —Me devuelve el empujón—. Stan se va a poner en plan mamón como se me caiga esto.

—¿Tienes algo que decir, Ecker?

—Lo único que se me ocurriría decir es: «¿Me acercas a casa?».

Lanzo una mirada al techo.

—Pero que sea la última vez.

—La última vez —promete Ronnie, y me sigue hacia el aparcamiento.

No es la última vez y los dos lo sabemos, pero el pequeño guion que interpretamos Ronnie y yo es la base de nuestra amistad. Ella me gorronea pequeños favores y yo finjo que soy un tío responsable; los dos salimos ganando. La cosa va así desde que semiheredé la furgo de mi padre al empezar el instituto. Va así desde el día en que nos conocimos.

«¿Qué haces?», me preguntó ese día.

A los ocho años ya era más alta que yo, y se cernía por encima de mi hombro en su mono raído, como si fuera el fantasma de una diminuta granjera.

Lo que yo estaba haciendo era revolcarme en mi miseria. Una llamada de un antiguo compañero de borracheras había hecho que mi padre saliera por la puerta con un par de promesas a medias sobre volver «antes de que te des cuenta» y un «Sabes usar los fogones, ¿verdad?». Me pasé la noche en vela esperando a que llegara por el camino de entrada, esperando, esperando, esperando, hasta que me quedé dormido allí mismo, con la cabeza contra la ventana.

Fue la primera vez que desapareció del mapa, la primera en una larga ristra de siguientes veces. Pero, por aquel entonces, no lo sabía. Me tiré dos días vagando por la casa vacía, sobreviviendo a base de sándwiches de mantequilla de cacahuete rancia y refrescos desbravados hasta que mi tío se enteró de lo que pasaba y vino a llevárseme para que viviera con él en su caravana, «hasta que Al deje de hacer el imbécil y aparezca».

No me gustaba nada estar en el parque de caravanas, sobre todo porque significaba que mi padre no sabría dónde encontrarme cuando volviera. Pero Wayne se negaba a creerme cuando me empeñaba en que un chiquillo de tercero era más que capaz de cuidarse solo, así que me tocaba quedarme en aquella explanada vieja y polvorienta, sin nada que hacer aparte de cavar hoyos en el bosque cercano.

Y entonces apareció esa otra niña.

Resultó que Ronnie acababa de mudarse también al parque de caravanas. Vivía con su abuela porque su padre había muerto y su madre había enfermado y se dedicaba a hablar con las paredes. Tenía el pelo y los ojos castaños, y la gente nos tomaba por hermanos cuando nos veía juntos. Y cuando le dije que estaba cavando un agujero hasta China, se ofreció a ayudarme porque tampoco tenía nada más que hacer.

Más tarde averigüé que era mentira, y que había renunciado a ver *MASH* con la abuela Ecker para pasar el rato conmigo. Pero en ese momento estaba demasiado ocupado teniendo una amistad por primera vez en mil millones de años para sospechar nada. Y después de que mi padre regresara a Hawkins contando no sé qué historia sobre un gilipollas de Kentucky que le debía dinero y se me llevara a casa, Ronnie y yo seguimos siendo amigos.

Todos los demás de Fuego Infernal tienen una madre que los recoge después de clase y fotos de familia enmarcadas encima de la chimenea. Viene bien contar con alguien cuya vida no está moldeada a partir de un cortapastas suburbano de revista.

—¿A casa? —le pregunto mientras arranco la furgoneta.

Ronnie se ha hecho tan alta que la cabeza casi le roza contra el techo, y la visera de su gorra de pana llena los últimos centímetros que le faltan. Asiente, dejando el cartapacio en el suelo junto a sus piernas.

—Mi abuela quiere que vaya a cenar.

—Pero vendrás esta noche, ¿no?

El puñetazo que me atiza en el brazo es tan fuerte que dejará moratón.

—Te preocupas demasiado.

Seguimos echándonos pullas mientras la furgo circula hacia las afueras de Hawkins. Es cómodo, un pique rutinario que hemos repetido un millón de veces. Una vez, cuando teníamos trece años, se me ocurrió que tal vez significara que estábamos saliendo juntos, porque me daba la impresión de que tener una amiga que me conociese tan bien debía de ser, por fuerza, algo especial en ese sentido. Tras pasar unas sudorosas semanas dándole vueltas a la revelación, decidí que la única opción era actuar de una vez, darle un morreo a Ronnie, hacerlo oficial.

No estaba preparado para el aullido que dio mientras se apartaba a toda prisa al ver que le arrimaba la cara. «¿Se puede saber qué leches haces, Munson?», me graznó, y lo único que pude hacer fue tartamudear y sonrojarme y huir como un cobarde. Pero unos días después, cuando todo se calmó y los dos nos sentíamos un poco menos como si fuera el fin del mundo, Ronnie me explicó que no era solo yo quien no le gustaba de ese modo. Que no creía haberse encaprichado nunca de nadie, y que si me parecía bien.

Me lo pensé un momento. «Entonces ¿aún podemos ser amigos?», le pregunté.

Me dio un puñetazo en el mismo sitio del brazo que siempre. «No seas idiota».

Suelto un gemido al ver que Ronnie sube los pies al salpicadero.

—¿En serio?

—No quiero pisar el trasto ese de Stan. Y no es culpa mía que tu furgoneta sea demasiado pequeña.

—El problema no es la furgoneta. Es que tienes unas piernas monstruosas.

—Voy a contarte un secreto sobre estas piernas monstruosas —dice Ronnie. Aún no ha bajado los pies y sé reconocer una batalla perdida a simple vista, así que no insisto—. En cuatro meses… van a estar entrando en su nuevo piso de Nue. Va. York.

Casi doy un frenazo.

—Venga ya.

—Sí.

—¿Te han dado la beca?

Ronnie sonríe de oreja a oreja.

—Universidad de Nueva York, promoción del 88, nene. Gastos. Pagados.

Ahora sí que doy un frenazo y derrapo saliendo al arcén.

—Hostia puta. ¡Hostia puta! ¿Cuándo…?

—Anoche.

—¿Anoche? ¿Y por qué no me lo has dicho antes?

—Te lo estoy diciendo ahora.

Sé por qué no me lo ha dicho antes.

—Eh. Sabes que me alegro por ti, ¿verdad?

Ronnie se limita a encogerse de hombros.

—Lo sé —responde, pero no cuela.

Porque Ronnie y yo nos parecemos mogollón, ¿vale? Mismo hogar desestructurado, misma ropa de segunda mano, mismo peinado. Mismo parque de caravanas. Pero hay una diferencia importantísima entre nosotros. Siempre la ha habido.

Veronica Ecker va a triunfar en la vida. Irá a la facultad, estudiará Derecho, se las pirará de Indiana.

¿Y Eddie Munson? Eddie Munson morirá en este estúpido pueblo.

No es culpa de ella. Evidentemente, no es culpa de Ronnie. Pero siempre ha tenido un don para..., para las clases, para aprender, para toda esa mierda. Yo nunca le he visto mucho sentido. Para mí, el Instituto Hawkins solo es el sitio donde desperdicio ocho horas diarias antes de, si soy lo bastante encantador preguntándole a la señora Debbs por su nieto, escapar durante un rato a un cuaderno de papel cuadriculado y unos dados de veinte caras. Ronnie saca todo sobresalientes y tiene a todos los profesores haciendo cola para escribirle unas cartas de recomendación entusiastas. Y yo tengo el apellido...

—Munson.

Llamar golpecitos al ruido que me llega desde la ventanilla del conductor sería quedarme muy corto. Son más bien martillazos, tan fuertes y sonoros que por un momento temo por el cristal. Ronnie y yo nos volvemos de golpe a la vez para mirar.

Se me cae el alma a los pies. Estaba tan distraído con la noticia de Ronnie y mi propia reacción de mierda que no me he dado cuenta del coche patrulla que ha parado detrás de mí.

Y ahora hay un poli ahí fuera, dedicándome su sonrisa de comemierda mientras me indica con un gesto que baje la ventanilla.

—¿Otra vez? —murmura Ronnie.

—Siempre —respondo en voz baja, dándole a la manivela—. Agente Moore, ¿qué se le ofrece en esta preciosa tarde primaveral?

El pelo rubio rapado y la mandíbula cuadrada de Moore le dan el típico aspecto de estadounidense ideal nivel Superman, pero no hay plancha para el uniforme ni barniz para los zapatos capaz de combatir su barriga cervecera de cuarentón. Es el agente estrella de la policía de Hawkins desde antes de que yo naciera, un héroe del pueblo. O eso me han dicho. Ya ni sé las veces que me ha parado para darme la lata, y más desde que cumplí los dieciocho. Vete a saber por qué, pero cualquiera diría que me la tiene jurada.

Niega con la cabeza, rezumando fingida decepción.

—Ya me parecía que eras tú, Munson. ¿Cuántas veces nos tocará tener esta conversación?

—Tendrá que preguntárselo a sí mismo, agente. Es usted quien siempre quiere sacarme a bailar.

—Eso ha sido conducción irresponsable —dice Moore, y chasquea la lengua—. ¿Hemos empezado a beber un poquito pronto?

—Qué va.

—Venimos del instituto —interviene Ronnie tratando de ayudarme, aunque podría decirle desde ya que no va a funcionar.

—Si registro el coche, ¿encontraré alguna sustancia ilícita?

—Nunca la encuentra.

La expresión de Moore se ensombrece. Abre la boca, quizá para ordenarme que abra el maletero, y me preparo para perder una hora mientras Moore pone la furgo patas arriba como hace siempre.

Pero entonces la radio de su coche patrulla crepita.

—Agente Moore, tenemos un 10-16 en Fleming con…

Moore da un resoplido irritado. Si tuviera algún motivo real para estar hablando conmigo, respondería que está ocupado, pero como no se da el caso…

—Te tengo un ojo echado —dice.

—¿Me lo promete? —respondo pestañeándole, y ni me inmuto cuando Ronnie me da un codazo en el costado.

Moore resopla otra vez.

—Tú ríete, ríete. Pero ni tu padre hacía chistes en la celda. Y ahí es donde termináis todos los Munson, tarde o temprano.

Guardamos silencio mientras Moore vuelve con paso tranquilo a su coche. Enciende la sirena, pasa zumbando a nuestro lado y acelera carretera abajo. Mientras lo veo marcharse, intento relajar los dedos con los que estoy aferrando el volante.

—Eddie… —empieza a decir Ronnie, pero ahora no quiero oírlo. No de alguien que tiene el billete dorado, alguien en quien el mundo cree que merece la pena invertir.

—Baja los pies —la interrumpo, y ella los baja sin discutir—. No querrás llegar tarde a cenar.

Piso a fondo.

Si no voy a ninguna parte, por lo menos llegaré a toda pastilla.

2

El Escondite es el edificio con el nombre mejor puesto de toda Indiana. Está situado en un lugar conveniente para exactamente nadie de Hawkins, agazapado entre una siderúrgica abandonada y un maizal sin explotar. Y aunque ese vecindario significaría la muerte para cualquier otro negocio, es casi un requisito para un bar cutre que se ceba en lo de cutre, para la clase de antro al que va la gente cuando no soporta ver la luz del día. Las ventanas llevan tapiadas desde siempre, porque es más difícil arrojar a alguien a través de una pared sólida, la moqueta no se ha limpiado ni aspirado nunca y las superficies están tan pegajosas que casi han desarrollado su propio ecosistema.

Por tanto, ¿qué dice de mí que ese tugurio sea uno de los puntos álgidos de mi vida?

—¡Junior! ¡Cambia el barril de Pabst!

Bev es la orgullosa propietaria de ese elegante local desde que «el perro callejero» de su marido (palabras suyas) murió en circunstancias misteriosas diez años antes. Lleva el pelo teñido de granate, tiene bizquera permanente y siempre grita como si el local estuviera a rebosar de gente. Pero al Escondite no se va de fiesta. Se va a amargarse, y amargarse es una actividad silenciosa.

Así que los berridos de Bev siempre me dan un susto de muerte.

—Me cago en todo —mascullo, a punto de tirarle encima a Sam el Borracho el capazo de vasos usados.

El anciano farfulla algo incoherente y se echa al gaznate el matarratas que está bebiendo.

—¿Aún te llama Junior? —pregunta Ronnie. Jeff, Dougie y ella están amontonados alrededor de una mesa alta, turnándose para beber del único botellín de Coors que han podido pedir con las monedas que llevan. Es la mesa menos rota de todo el bar, y aun así Ronnie ha tenido que calzarla con un paquete de pañuelos—. ¿No ibas a decirle que parara?

—Y lo haré. Tengo que...

Hago un gesto vago y voy hacia la barra antes de que Ronnie me exija terminar la frase. Bev ya está mirándome mal cuando dejo el capazo con un estruendoso tintineo.

—No te pago para estar de charla con tus amigos —me dice.

—Apenas me pagas nada —respondo—. Lo que me recuerda que... son las diez.

Bev lanza la mirada al techo.

—Cualquier excusa con tal de no trabajar.

Solo intenta provocarme. Le pongo mi mejor cara de cachorrito en vez de morder el anzuelo. Al final Bev se ablanda.

—Muy bien. Adelante. Pero no lo alargues esta vez.

—Ni se me ocurriría —digo, secándome las manos con un trapo.

Busco la mirada de Ronnie al otro lado del bar y asiento con la cabeza. Es hora de tocar.

El escenario del Escondite apenas se merece el nombre. Solo es una tarima que el perro callejero del marido de Bev había improvisado con tablones, pegado a la pared. Da unos crujidos siniestros cada vez que lo pisas, y estoy absolutamente convencido de que algún día cederá y me partirá un tobillo.

Pero es un escenario. Y, lo más importante de todo, es un escenario donde Ataúd Carcomido puede tocar (a cambio de que me deje la piel como mozo de bar cuatro noches por semana). Tiene que bastar con eso.

Ronnie, Jeff y Dougie no tardan mucho en prepararse y ya casi lo tienen todo hecho cuando cojo mi guitarra de la parte de atrás. Ronnie ha venido con más tiempo para sacar su batería de mi furgoneta y Jeff y Dougie solo tienen que enchufar la guitarra y el bajo a los amplis hechos polvo que Bev no guarda nunca. Subo de un salto al lado de Jeff, sin hacer caso al crujido de los tablones, y me paso la correa de la guitarra por el cuello.

—Buen público esta noche —comenta Dougie inexpresivo.

Jeff se encoge de hombros, siempre optimista.

—Sam el Borracho aún está despierto. Algo es algo.

—A la mierda todo eso —digo—. Hemos venido a tocar.

Ronnie hace rodar una baqueta entre los dedos.

—Pues a desatar el infierno.

Me sonríe como un demonio y le devuelvo la sonrisa. Luego, con tanta floritura como me permite el minúsculo escenario, me encaro hacia el minúsculo público y...

Hay una cosa que pasa a veces cuando Ataúd Carcomido toca. Si estamos inspirados, si estamos en el punto, es como invocar un vendaval, o un tornado, o un puto huracán. Es algo gigantesco y primordial, una fuerza de la naturaleza. Pero esa energía aterradora no nos abruma. Nos eleva, se nos lleva y cabalgamos sobre ella hasta que la última nota deja paso al silencio. Barridos por ese remolino de música, volamos.

Y esa noche..., esa noche es noche de huracán. Me doy cuenta con los primeros timbalazos de Ronnie que nos marcan el paso hacia las fauces de *Whiplash* y, cuando entran las guitarras, me pierdo a mí mismo un rato. Ronnie está detrás de mí, aporreando un ritmo que me impulsa hacia delante, y Jeff y Dougie me mantienen centrado, rebotando de uno al otro, armonía, melodía, armonía...

Cuando vuelvo en mí, estoy jadeando y sudando y el aire todavía vibra con el acople de los amplis. Me quito unos mechones de la cara. Noto un hormigueo en los dedos.

—¡Somos Ataúd Carcomido! —proclamo a una gente a la que le da igual—. Vamos con…

Se me traba la voz con el título de la siguiente canción, tan de repente que Jeff empieza a tocar *Electric Eye* sin darse cuenta de que no le sigo.

—Perdón —murmuro y, cuando volvemos a arrancarnos con la intro, sale sin problemas.

Nos lanzamos a la canción, subimos a la montaña rusa…, pero en esa ocasión no hay una tormenta imparable. No me pierdo a mí mismo. Porque mi atención se ha atascado en algo y no parezco capaz de arrancarla de ahí.

Hay una persona nueva en el Escondite.

La chica está en la barra, tomando un vaso corto de algo marrón y supongo que espantoso. Tiene los tobillos enganchados en las patas del desvencijado taburete y, aunque no le distingo bien la cara con tan poca luz, veo que la rodilla le baila al ritmo de la canción.

Los demás parroquianos están apretando los dientes y esperando a que nos larguemos, pero esa chica… nos escucha. Quizá por primera vez en mi vida tengo un público que *quiere* oírme.

Es embriagador. Noto cómo me impregna los huesos, la piel, los dedos. Me vuelvo líquido bajo la atención de esa chica, no como el agua, sino como el mercurio, como el azogue. *Electric Eye* está a punto de terminar y hago una cosa que no había hecho nunca: empalmo con la siguiente canción. Sin parar, paso de un acorde a otro y volvemos a alzar el vuelo.

No puede durar. Bev está fulminándome con la mirada detrás de la barra, dándose golpecitos en el reloj. Pero no estoy preparado para que termine, aún no. Así que, mientras se pierden los últimos zarcillos de Ozzy, lanzo la mano al aire.

—¡Gracias por ser un público maravilloso! —grito, tan alto que hasta le hago la competencia a Bev. Igual se me está yendo la cabeza, pero en la profundidad de la silenciosa respuesta me parece ver que la chica me guiña un ojo—. Esta noche tenemos un regalito para vosotros.

—Junior —me espeta Bev, pero ya estoy volviéndome hacia mis compañeros.

—¿Qué coño haces, Eddie? —exige saber Dougie.

—*Mortaja de fuego* —digo—. Probemos.

—Solo la hemos tocado ensayando —protesta Jeff.

—¡Hay una primera vez para todo!

Dougie tiene los ojos desorbitados.

—Estás como una regadera. Esta gente casi no quiere ni oír las versiones que hacemos. Está claro que van a pasar de nuestro material.

No le hago ni caso.

—¿Ronnie?

Pero Ronnie está mirando detrás de mí, hacia la barra, hacia la chica.

—*Mortaja de fuego...* —dice, y su mirada pasa a mí, chispeante de humor. Sabe a la perfección hacia dónde están yendo mis pensamientos, y le parece hilarante—. ¿Sabéis qué? Me parece muy buena idea.

Y Dougie ya no puede quejarse más, porque Ronnie está aporreando la batería, empujándonos a todos a la apertura de *Mortaja de fuego*. No sale perfecta: me voy de la letra un par de veces y Jeff se salta un estribillo, pero al mismo tiempo sí que sale perfecta, sale de puta madre. En la barra, la rodilla de esa chica vuelve a dar saltitos al ritmo, llevando el compás de *mi canción*.

Apenas acabo de tocar la última nota cuando los amplis dan un chirrido ensordecedor. Me encojo, y luego vuelvo a encogerme cuando veo la cara de Bev. Está al lado del escenario, con el enchufe de los amplificadores en el puño cerrado, y parece estar que echa humo.

—No te pases —me sisea, soltando el cable como si fuera una serpiente de cascabel—. Estáis dándome dolor de cabeza.

—Qué caña —exclama Jeff mientras mete su bajo en la funda. Dougie también está guardando su guitarra, más contenido, dejando claro que no me perdonará la jugarreta así como así—. ¡Qué caña!

Ronnie me clava las baquetas en la espalda.

—Bien tocado —me dice mientras se las guarda en el cinturón.

—¿Quieres tomar algo? —le propongo—. Invita la casa. Te lo debo, por apoyarme.

Ronnie me sonríe.

—Mira, casi que mejor compénsamelo guardando tú la batería. Porque, como desperdicies esto que acabamos de hacer bebiendo conmigo, no te lo perdonaré en la vida.

El gesto de cabeza que hace hacia la chica de la barra no es nada sutil, y me sonrojo hasta la punta de las orejas.

—Ronnie…

—¡Pásalo bien! —dice con voz cantarina, saltando del escenario.

—Qué capulla eres —le susurro.

Pero Ronnie se limita a saludarme con la mano por encima del hombro, que le tiembla de risa, y un momento después la puerta del bar se cierra tras ella.

3

Bev ha salido por la puerta de atrás, después de murmurar algo sobre su dolor de cabeza como hace tras cada actuación nuestra y coger una cajetilla de tabaco de detrás de la caja registradora. Jeff y Dougie también se han marchado, excusándose en deberes y toques de queda. Mierdas familiares. Mierdas estudiantiles. Mierdas normales.

La chica, en cambio, aún está ahí, apalancada en la barra como una cliente habitual, como Sam el Borracho. En una asombrosa exhibición de autodisciplina, le doy dos pasadas enteras al Escondite en busca de vasos perdidos antes de permitirme regresar en su dirección. Estoy todo ese tiempo con el alma en vilo, consciente de su presencia, del movimiento de sus tacones contra el taburete, del hielo a medio derretir que tintinea en su vaso. De sus ojos taladrándome entre los omóplatos.

No me mira cuando por fin me acerco, ni siquiera cuando dejo caer cinco vasos sucios en la barra al lado de su codo. Respiro. ¿Qué hago, mantengo la boca cerrada? ¿Le digo algo? ¿Y qué le digo? ¿Qué te ha parecido? Eres la primera persona del mundo que nos escucha. ¿Te ha gustado? ¿Te he gustado?

—Nada mal.

Pero es ella quien habla primero. Tiene la voz grave, un poco áspera, pero a lo mejor es porque el aire dentro del Escondite está compuesto en un noventa y cinco por ciento de humo de cigarrillo. Se inclina sobre la barra apoyando los dos codos, lo cual, como encargado de limpiarla, considero una decisión atrevida. Sus ojos, enormes y oscuros a la luz tenue, están fijos en la pared, como si hubiera algún tesoro oculto en la luz crepitante del mierdoso letrero de neón que hay al fondo de la barra.

—¿La bebida o la música?

—La bebida no, desde luego. —En su boca aparece una leve media sonrisa. Me pregunto de qué color será el pintalabios. Cuesta saberlo con esa luz—. He pedido un Jack con Coca-Cola. No sé muy bien qué es esto.

—Toda la mezcla que tiene Bev se cayó de un camión en alguna parte —respondo—. Esa es nuestra mejor Coca-Trola. Si te bebes más de dos, te deja ciega.

Se ríe. Es un sonido tan brillante que me provoca un parpadeo sorprendido.

—Me llamo Paige —dice tendiéndome la mano.

Ya era hora de que se volviera hacia mí, y por primera vez le veo la cara. «Pecas» es lo que viene a mi mente de cenutrio, una sola palabra, como un neandertal. Pero tampoco es culpa mía que tenga tantas, salpicándole la nariz y las mejillas, enmarcadas en el pelo oscuro y revuelto que le llega hasta la barbilla.

—Eddie —respondo, haciendo un gallo en la primera sílaba y olvidándome por completo de estrecharle la mano.

—Munson, ¿verdad?

Contengo una mueca. Se acabó. Sabe quién soy, así que ni de milagro va a quedarse para tomar otro Jack con Trola.

—¿Sí? —digo.

Me ha salido demasiado a la defensiva, pero es que ya sé lo que viene ahora. Más vale subir el puente levadizo pronto que tarde. Pero Paige sonríe, con una expresión satisfecha que me pilla con la guardia baja del todo.

—Ya me parecía que eras tú —dice—, cuando te he visto ahí arriba. Habéis mejorado.

—Eh... —viene a ser lo único que logro articular.

—Función de secundaria. Invierno de 1981. Tocasteis una versión de *Prowler* que cayó en saco roto.

Decir que cayó en saco roto es quedarse muy corta. Nos expulsaron del escenario a media canción, y luego toda la semana siguiente hubo miembros del consejo escolar intentando echar abajo la puerta de nuestros padres, preocupados porque Ataúd Carcomido intentaba convertir a sus preciosos niñitos al satanismo.

Sea quien sea la chica, estuvo allí para verlo. Me da la impresión de que debería adivinar su apellido, pero no lo adivino en absoluto y, tras unos momentos con la mirada perdida, Paige se apiada de mí.

—Paige Warner —dice—. Instituto Hawkins, promoción del 82.

Por lo menos, eso sí que me suena de algo.

—Warner...

—Mi hermano aún estudia ahí —dice ella—. Va a tercero. Juega en el equipo de béisbol.

Por lo que, con toda probabilidad, ha intentado darle una paliza a alguno de mis chicos del club Fuego Infernal por lo menos una vez.

—¿Te apetece otro? —le pregunto, porque si hay algo que no me apetece nada es ponerme a discutir los méritos y defectos del deporte de instituto.

Su ceja se alza como si supiera exactamente lo que estoy haciendo.

—¿No me dejará ciega?

—¿Qué es la vida sin un poco de riesgo?

Paso al otro lado de la barra con una fluidez que me impresiona hasta a mí mismo. Tengo como unos cinco minutos antes de que Bev vuelva de su descanso por migraña que en realidad es una pausa para fumar y me chille por hacer el vago, así que pienso aprovechar hasta el último segundo.

—¿Cargado o flojo?

—Flojo. Cuando vuelva, mis padres aún estarán despiertos.

Le preparo el combinado, poniéndole casi una lata entera de refresco de segunda en el vaso, y lo deslizo por la barra hacia ella.

—Así que estás de visita —digo mientras veo cómo da un sorbo—. Si no, te habría visto por ahí.

—Mmm —responde, observándome por encima del borde del vaso.

—Mmm —la imito, arrugando la nariz—. No me vale como respuesta. Te largaste de este pueblucho y ahora has vuelto para pasar... el tiempo que sea. Y, por algún motivo, has decidido venir a tomarte una copa aquí, aunque en el pueblo hay un montón de sitios donde tendrías menos probabilidades de que te vomiten encima en el aparcamiento.

—¿Y si te dijera que este es el único bar en treinta kilómetros a la redonda que tiene escenario y que me apetecía oír música en directo?

Lanzo una mirada hacia los amplis cutres y el escenario chirriante.

—Te respondería: ¿qué tiene de malo conducir treinta y un kilómetros?

Vuelve a reírse.

—A no ser —añado— que quisieras vernos a nosotros en concreto.

—Antes de que empieces a inflarte, no. Solo es una feliz coincidencia.

—Feliz, ¿eh?

—Claro. —Se encoge de hombros, pasando un dedo por el borde del vaso—. Tienes razón, estoy de visita. Mi abuela murió hace poco y su casa viene a ser una zona de guerra. Acaparadora compulsiva que lo flipas. Me he venido unas semanas para ayudar a mis padres a sacarlo todo, y da miedo. Hemos encontrado..., no sé, ¿tres gatos muertos ya?

—Son muchos gatos muertos.

—Muchos gatos muertos —asiente—. Y a lo mejor es por tanta matanza animal, pero no veas cuánto echo de menos Los Ángeles. Este sitio es lo más parecido al Roxy que hay en Hawkins, Indiana.

—Guau, ¿Los Ángeles? —Guau—. Guau. —Sacudo la cabeza, intentando despejar las visiones que estoy teniendo de arena y surf y sol—. Ya me daba bastante lástima que te haya tocado volver aquí. Pero ¿que te toque volver desde California?

Paige ladea la cabeza.

—No todo es horrible.

Algo en su forma de mirarme está desequilibrándome, y por fin doy en la tecla de por qué. Es por lo desacostumbrado. Lo normal cuando alguien le pone los ojos encima a Eddie Munson es que vea al pringado del pueblo, al bicho raro. Pero Paige... está mirándome como a una persona.

Como a una persona a la que quiere comerse entera.

No es que me haya comportado del todo como un monje desde aquel beso desastroso con Ronnie hace cinco años. Estuvo Nicole Summers en segundo, y la memorable Cass Finnigan este mismo curso. Pero las dos veces se notaba al entrar en materia que esas chicas estaban... retándose a sí mismas. No les interesaba conocerme. Solo querían contarles a sus amigos lo que era enrollarse con el tío raro.

Tampoco me dejaron el corazón hecho trizas, la verdad. No estaba buscando ser el novio de nadie. Pero esa mirada de Paige...

—Conque, hum... —Carraspeo—. El Roxy, ¿eh?

—El Roxy, el Troubadour, Whisky a Go Go... Suelo estar todas las noches de la semana en alguno de ellos.

—Suena... Tengo que serte sincero, suena a paraíso.

—¿Verdad? —dice ella—. Y algunos días lo es. Pero casi siempre voy por trabajo. Soy *scout*. Bueno, *scout* subalterna. Asistente de *scout*.

—O sea...

Le hago el saludo de los Boy Scouts levantando tres dedos. Su nariz se arruga de nuevo en una sonrisa, haciendo bailar esas pecas.

—Cazatalentos para una discográfica, listillo. WR Records. Trabajo para Davey Fitzroy, que es...

—Ya sé quién es Davey Fitzroy. —Me noto un poco mareado, o puede que un poco loco. Es una experiencia objetivamente demencial oír a alguien de Hawkins mencionar como si nada a una persona cuyo nombre solo he visto en la letra pequeña de mis fundas de disco más apreciadas—. Es un genio.

—Desde luego. Entre otras cosas.

Imponiéndome a mi deslumbrado aturdimiento, la miro enarcando las cejas.

—¿Tienes alguna historia que contar?

—Tengo... —Empieza a decir, y suelta una risita triste—. Tengo dos años con demasiadas noches acostándome tarde para esquivar a guitarristas colocados y baterías borrachos que creen que la mejor forma de llegar hasta mi jefe es meterme mano a mí. Tampoco les serviría de nada, ni aunque me molara esa mierda. A Davey le encanta dar con la puerta en las narices a la gente, y la única forma de ascender en WR es hacer algún fichaje, así que estoy atrapada en un divertido círculo vicioso hasta que Davey me eche a la calle o lo deje yo. —Da un buen sorbo a su copa y las palabras le van saliendo más rápidas—. Voy a un montón de conciertos, sobre todo de músicos que aún son desconocidos. Busco a tíos como tú, grupos como Ataúd Carcomido, que lleven toda la vida tocando en antros apestosos. Pero, por muy buenos que sean, aún no he encontrado ningún grupo que Davey quiera llevar. No tienen lo que busca.

—¿Y qué busca?

—Algo auténtico. Cuando alguien se muestra de verdad tal y como es en el escenario, lo notas. Y cuando lo encuentras, no puedes apartar la mirada. —Da un golpecito al hielo de su vaso con una uña pintada de negro—. Entre tú y yo, y que no salga de aquí...

Me llevo una mano al corazón.

—Confidencialidad barman-cliente.

—No sé cuánto tiempo más podré seguir dándome cabezazos contra la pared. En fin, me encanta la música. Hasta me encanta la industria musical, o lo que podría llegar a ser. Pero si no hay sitio en ella para mí...

—¡Junior!

Es la voz de Bev, un latigazo en la noche. Me separo a resorte de la barra, agarrando el trapo con las dos manos como si fuese a protegerme del maremoto de metro cincuenta con olor a tabaco que se cierne sobre mí.

—Te he dicho hace un siglo que repongas la Pabst y sigue sin haber.

—Déjame un minuto, Bev.

Pero Paige ya está apurando el vaso y apartándose mientras se pone el bolso al hombro.

—Ya nos veremos —dice.

—¡Junior!

—Aquí estaré —respondo, y veo cómo esquiva a Sam el Borracho y sale por la puerta del bar.

Mientras voy a la parte de atrás para cargar el barril de Bev, caigo en la cuenta de que estoy sonriendo.

«Algo auténtico. Cuando lo encuentras, no puedes apartar la mirada».

Creo que sé muy bien a qué se refiere Paige.

4

Aún estoy en las nubes cuando enfilo por el paseo Filadelfia con la furgo. En otro mundo, quizá en uno donde no sean las dos de la madrugada, a lo mejor estaría canturreando. Flipando en colorines. ¿Qué es lo que dicen en las pelis románticas esas?

«Tíos como tú». No es la cita exacta, pero sí lo que Paige me ha dicho. Sonando a cumplido. «Tíos como tú».

Vuelvo en mí y los neumáticos pisan la gravilla del camino de acceso a casa. «Concéntrate, Munson. Duerme un poco, que se te va la olla».

Pero no va a ser tan fácil, porque cuando abro la puerta de la furgo y salto a la hierba, vislumbro algo que me hace saltar el corazón de cabeza al estómago. La luz de la cocina está encendida, escapando tenue por la rendija entre las cortinas cuando sé que no debería hacerlo. Pero no es eso lo que me tiene tan de los nervios. Ese honor se lo llevan los dos pares de botas que hay al lado de la puerta. Hay dos botas viejas pero impolutas, alineadas contra la pared con meticulosa precisión. Las otras dos están embarradas, dejadas ahí de cualquier manera, la bota izquierda caída de lado.

Ese último par es el que me está alterando la presión sanguínea. Conozco esas botas. Las he visto irse andando de mi vida infinidad de veces.

Mi primer instinto es irrumpir por la puerta principal a

toda velocidad. Pero no voy a darles a esas botas la satisfacción de meterme prisa. Así que me concedo tiempo para sacar la guitarra de la furgoneta, pasarme la correa por el hombro y subir los peldaños hasta la puerta.

Cuando entro en la cocina, mi padre tiene ocupadas las dos sillas, repantigado en una con los pies en calcetines subidos a la otra. Hay una lata de pasta en salsa abierta en la mesa delante de él, con una cuchara metida. Mi padre ni siquiera se ha molestado en cortar del todo la tapa de la lata, que asoma a un lado como un pétalo afilado, protegiendo la que iba a ser mi cena.

Mi tío Wayne ni ha intentado hacerse con una silla. Tiene el culo apoyado en la encimera, las manos en los bolsillos y una bolsa de plástico con comida en el suelo a sus pies. No es nada del otro mundo: a Wayne le gusta pensar que me moriré de hambre si no hace nada, así que cada dos semanas o así llego a casa y lo encuentro metiendo cenas preparadas para microondas y latas de sopa en los atestados estantes y en la mohosa nevera.

—¡Ahí lo tenemos! —exclama mi padre al verme entrar, bajando los pies de la silla.

Wayne mueve la cabeza hacia mí en gesto de saludo, sin apartar la mirada de mi padre.

—Eddie —dice.

Nunca ha sido hombre de sonrisa rápida, pero está poniendo el ceño marcado que se reserva para su hermano.

—¿No saludas a tu viejo? —pregunta mi padre, y me doy cuenta de que llevo casi veinte segundos plantado en la puerta mirándolo.

—¿Cuándo has llegado? —replico.

—Hará un par de horas. No veas el puto tráfico que había en la I-80.

—¿Joliet?

—¿Quién ha dicho nada de Joliet? A lo mejor vengo desde Chicago.

—El talego estatal está en Joliet —dice Wayne.

Mi padre le saca la lengua a su hermano.

—Hombre de poca fe. —Se levanta y abre los brazos—. Un abrazo, ¿no?

Debería resistirme más a obedecer y caminar hacia él. Debería dar media vuelta, subir a la furgo y largarme a cualquier sitio. Esta historia siempre empieza igual, con un abrazo que huele a cuero y tabaco y colonia barata. Siempre termina igual también.

Lo abrazo.

—Me alegro de verte, hijo —dice, dándome unas palmadas en la espalda por si no bastaba con el abrazo—. Te he echado de menos.

«No lo bastante para llamar —pienso, y me digo—: ¿Por qué leches callártelo?».

—No lo bastante para llamar.

Retrocede, agarrándome con los brazos estirados.

—Eres demasiado listo para necesitarme aquí agobiándote. ¿A que sí, Wayne?

Wayne se limita a desplazar su mirada fija de mi padre a mí.

—Te he traído comida.

—Comida, dice. —Mi padre le da un capirote a la tapa de la lata, manchando la mesa de gotas de salsa—. Lo raro es que no tengas escorbuto, si has estado comiendo esta mierda.

—Gracias —respondo a Wayne.

—Recuérdame que te prepare una cena de verdad —sigue diciendo mi padre—. Nos pasaremos por el Big Buy y compraremos aderezos, azúcar, harina. Ingredientes. ¿Sabes lo que son los ingredientes, Wayne?

Su sonrisa pícara me invita a unirme, a burlarme de mi tío como él, y la verdad es que me cuesta resistirme. Pero me trago el impulso y me obligo a observar la cara de mi padre. Nunca viene a Hawkins sin tener un buen motivo, y sus «motivos» tienden a detonar. Cuanto antes averigüe qué se trae entre manos esta vez, antes podré salir del radio de impacto.

—¿Cuánto tiempo vas a quedarte?

Mi padre pone los ojos en blanco.

—Pasas tanto tiempo con tu tío que ya suenas igualito que él. «¿Cuánto te quedas esta vez, cuánto te quedas esta vez?».

Wayne tiene los hombros tensos.

—¿Cuánto tiempo, Al?

Mi padre se encoge de hombros.

—No sé.

Por lo menos es sincero. Si hubiera dicho algo como «Para siempre», lo habría echado a patadas.

—Genial —ladro, sacando una birra de la nevera.

No suelo beber después de trabajar en el Escondite, porque ya tengo el olor pegajoso de la Bud derramada metido en los poros, pero me parece que esta noche toca hacer una excepción.

—Eddie...

—Si quieres cerveza, te la compras —lo interrumpo, cerrando la nevera de un portazo y volviéndome hacia él, pero su expresión me detiene en seco.

Al Munson es un tío que ocupa espacio. Y aire, y atención, y la segunda silla de la cocina: si algo está disponible, es suyo. Pero la verdadera magia Munson está en lo difícil que resulta odiarlo por ello. Podría robarle un beso a la novia de un motero y, aun así, terminar la noche jugando al billar con él. Tiene una sonrisa para todo el mundo y un encanto que le rebosa del culo. Hasta le he visto arrancarle una carcajada al gruñón del jefe Hopper. Si conoces a Al Munson, es imposible no adorarlo.

Yo he heredado su pelo, su furgoneta y sus púas de guitarra. Pero a Eddie Munson nadie lo adora a primera vista.

Por eso me sorprende darme cuenta de que el Al Munson que tengo delante en la cocina parece una persona diminuta. Hay grietas en su sonrisa de ganador, su magia Munson hace aguas. No para de observar el techo. No me mira a los ojos.

El tío Wayne también se ha dado cuenta. Me lanza una mirada de advertencia, como si supiera lo que se avecina. Porque, por supuesto, lo sabe. Ha hecho este baile incluso más veces que yo.

—Se está haciendo tarde, Wayne —dice mi padre—. ¿No tendrías que irte a casa?

Hay un músculo en la mandíbula de Wayne tan tenso que parece que vaya a partirse. Le cuesta unos segundos, pero al final consigue separar los dientes lo suficiente para responder:

—Tienes la habitación preparada en la caravana si la necesitas, Eddie.

Niego con la cabeza.

—No hará falta.

—Mmm. —Wayne se cala su gorra de béisbol hasta las orejas y echa a andar malhumorado hacia la puerta principal—. Nos vemos, Al.

Mi padre le hace un pequeño saludo militar burlón.

—Seguro que sí.

La puerta se cierra. Y solo quedamos mi padre y yo, juntos en la cocina por primera vez en más de un año. Menea la cabeza.

—¿Puedes creerte que seamos parientes de un condenado muermo como ese?

Pero no voy a dejarme distraer tan fácilmente, y menos cuando aún se leen los problemas en el rostro de mi padre.

—¿Qué ha pasado?

—Que... —Mi padre hace una inhalación honda y temblorosa—. Que la he jodido.

Ahí está. Ese es el Motivo con mayúscula.

—¿La poli?

Niega con la cabeza.

—Cometí… algunos errores de cálculo. Pedí dinero prestado a quien no debía. Y ahora quieren recuperarlo.

Dejo la cerveza en la encimera.

—¿Qué dinero?

—¿Me creerías si te dijera que lo doné a una buena causa? —Hay una chispa de humor en sus ojos, solo por un momento—. ¿Que se lo di a una viuda hambrienta y sus tres hijos? —Clavo la mirada en él y la chispa desaparece—. Ya me parecía que no. Vale, bien. Son deudas de juego. Acababa de salir después de dos meses entre rejas en la cárcel federal de Colorado. Frankie y sus chicos me recogieron y me llevaron a desfogarme a un casino. —Me sonríe, un poco pálido—. Supongo que el casino se desfogó conmigo.

—¿Cuánto?

—Diez de los grandes.

El pulso me ruge en los oídos.

—Joder, papá.

—Lo sé, lo sé, pero escucha…

—¿Quién es esa gente? ¿Vienen a por ti? —Si han seguido a mi padre hasta Hawkins, ¿significa que yo también estoy en su punto de mira? Y si yo lo estoy, ¿lo está Wayne? ¿Lo está Ronnie? ¿Cuánto alcance tiene esa metralla?—. ¿Están viniendo hacia aquí?

—Que me escuches. —Da un paso adelante y me pone la mano en el hombro, firme y segura, al contrario que su tenue sonrisa, y noto que el pulso se me empieza a normalizar—. No van a acercarse a nosotros, te lo prometo.

—¿Tienes diez mil dólares por ahí guardados sin que yo lo sepa?

—Aún no. Pero los tendré. —Mi padre levanta mi birra de la encimera antes de que pueda protestar, pero no le da un trago. Me la pone en la mano y me cierra los dedos en torno al frío cristal—. Venga, siéntate un segundo.

Lo hago, tras apartar la silla que estaba usando de reposapiés. Él se sienta delante de mí para mirarme a los ojos.

—Hay un camión que saldrá de Pine Meadow, Oregón, dentro de unas semanas —dice—. Va a cruzarse el país entero para llegar a Baltimore unos dos días después.

—Esto empieza a parecer una clase de mates.

—Pues levanta la mano si tienes algo que decir —replica mi padre, y no puedo evitar reírme. La magia Munson nunca falla—. Mira, ese camión, lo importante de ese camión... es lo que lleva. —Apoya los codos en la mesa y se encorva hacia mí—. Hierba de cosecha propia por valor de un millón de dólares, bien empaquetada y lista para distribuirla por toda la costa este. Bien empaquetada y lista para nosotros.

El rugido de los oídos ha vuelto. Fijo los ojos en él.

—¿Quieres..., quieres robar un *millón* de dólares de...?

Mi padre se ríe, como si fuese yo quien está diciendo burradas en la cocina.

—¡Venga ya, hombre! Aunque pudiera colocar toda esa mierda, ¿qué iba a hacer yo con un millón de dólares? Qué va, solo hablo de mangar lo suficiente para pagar esta deuda. Con un pastel así de grande, nadie echará de menos una cortadita de nada.

—Una cortadita de diez mil dólares —murmuro.

—¿Y bien? —Mi padre me observa muy atento—. ¿Qué opinas?

—Opino... que lo que diga no va a cambar mucho las cosas. —Levanto la botella hacia él en un brindis—. Así que haz lo que te dé la gana.

—No, chaval, no me estás escuchando —dice mi padre—. Este trabajito no puedo hacerlo yo solo. Necesito otro par de manos. Te necesito a ti.

Está extendiéndose un entumecimiento por mi cuerpo que no tiene nada que ver con lo tarde que es ni con los sorbos de birra barata que corren por mis venas. Es por esto que ver sus botas ahí fuera ha hecho que se me caiga el alma a través del suelo. Creía tener claro el Motivo que me haría correr para ponerme a cubierto esta vez, pero me equivocaba.

«Empaquetada y lista para *nosotros*». Eso es lo que ha dicho. No es solo que Al Munson esté metido en un lío. Es que quiere utilizarme para salir de él. Si mi padre se sale con la suya, no solo voy a ser daño colateral. Voy a ser parte de la explosión.

—Es un trabajo de muy bajo riesgo —está diciendo mi padre, ajeno a mi crisis interna—. Llegamos al camión y nos llevamos lo que queramos, no un montón, pero sí lo suficiente para salir del paso. Una parte para mí y otra para ti.

—Para mí —repito, aturdido.

Mi padre sonríe.

—Venga, no me digas que una pasta como esa no te cambiaría la vida.

—Da igual lo que pueda hacer —respondo—. No voy a meterme en esto.

Niega con la cabeza, solo una vez. Es un gesto tan cercano a la decepción paterna que me pone de punta los pelillos de la nuca.

—No puedes decidirte tan rápido.

—Claro que puedo. Búscate a otro que te sujete la bolsa.

—Tienes que ser tú, Eddie.

—¿Por qué?

No dice nada. Se queda ahí sentado, mirándome con esa sonrisa abierta y autodespectiva que le sacó nada menos que una risotada a Jim Hopper, y de pronto no puedo estar en la misma habitación que él. Me levanto, apuro la cerveza de unos pocos tragos y me seco los labios en la manga.

—El sofá está donde lo dejaste. Creo que también hay una manta.

—Tú consúltalo con la almohada —responde mi padre.

Qué confiado parece. Me imagino a mí mismo arrojándole la botella vacía, solo durante un segundo, y tengo que conformarme con enviar hacia él la lata abierta de pasta en salsa.

—Vete al infierno —le suelto, yendo hacia la puerta de la cocina.

—Eso ya está escrito de un modo u otro, chaval —dice mi padre mientras echo a andar por el pasillo, en voz tan baja que casi no lo oigo—. Lo rápido que llegue depende de ti.

5

Al final, el asunto es muy sencillo. ¿Quién quieres ser? Gareth me mira mal desde el otro lado de la ancha mesa de laboratorio. Empiezo a pensar que el ceño fruncido es su expresión natural, y la verdad es que no se lo reprocho. Si a mí me hubiera tocado tener ese halo adorable de mullidos rizos castaños y esa boca cromada, creo que también torcería mucho el gesto.

—Quiero ser Illian.

—Illian es comida para peces. Anda, esfuérzate un poco.

—¡Es que no lo sé! —estalla Gareth, clavando el lápiz en su cuaderno de papel cuadriculado como si le hubiera dado un tortazo a su madre.

Está de un humor de perros desde que ha entrado por la puerta hace veinte minutos, y no se le ha suavizado ni un poco en el tiempo que llevamos aquí. Estamos escondidos en el laboratorio de química con la luz apagada, porque no tenía tiempo de convencer al señor Vick de que nos dejara usarlo oficialmente. Forzar las viejas cerraduras del instituto está chupado, pero nunca me gusta hacerlo. Por una parte, la probabilidad de que algún otro profesor metomentodo entre y me pille es más que alta. Por otra…

«Necesito otro par de manos».

Por otra, no tengo nada claro que me guste saber hacerlo, para empezar.

Esta mañana he dejado a mi padre roncando tan fuerte que temía que derribara la casa, espatarrado en el sofá. Ni se ha movido cuando he abierto la puerta para salir, y me he tomado un momento para observarlo a la luz matutina, tragándome los complicados sentimientos que afloraban en mi pecho.

Al Munson siempre está volviendo a mi vida como elefante en cacharrería, de innumerables maneras. A veces solo acaba de salir de la cárcel y necesita un sitio donde pasar desapercibido. A veces tiene que pedirle dinero prestado a Wayne. A veces ha conseguido algún trabajo honrado, «este para conservarlo, de verdad». Esas son sus estancias más cortas.

Pero nunca ha vuelto por mí. Y, aunque tampoco es que mi padre esté intentando compensar un déficit de tiempo de calidad conmigo, esta vez ha venido porque quiere que trabaje con él. Podría haber recurrido a cualquiera de sus colegas y me lo ha pedido a mí.

No debería alegrarme, ¿verdad? Desde luego que no. Pero...

—¿Cómo que no lo sabes? —le pregunto a Gareth—. Cuando creaste a Illian sí que lo sabías.

Gareth tiene los tobillos enganchados en un taburete-barra-trampa-mortal del departamento de ciencias, y no para de echarse hacia atrás sobre dos patas. Además, se duele un poco del brazo izquierdo. No le he mencionado ninguna de las dos cosas aún porque no quiero que me apuñale a mí en vez de a su cuaderno.

—A Illian lo creó Jeff —responde él—. Me dijo que no se podía entrar en el club Fuego Infernal sin tener un personaje, y que no quería esperar un millón de años a que aprendiera a rellenar la ficha, así que me dio una hecha.

—Vaya, pues eso... no nos viene muy bien.

—Da lo mismo. —Las patas flotantes del taburete caen con brío sobre el linóleo y Gareth se levanta—. No hace falta que...

—Vale, las cosas claras, novato. —Me juego la vida dejando caer la mano sobre su cuaderno para que no se lo guarde en la mochila—. El máster soy yo, ¿verdad?

Gareth pone una mirada precavida.

—Verdad.

—O sea que yo dirijo la partida. Yo digo cuándo se termina. ¿Entendido? —Veo que Gareth asiente—. Vale. Pues planta el culo ahí otra vez y vamos a resolver esto.

Gareth planta el culo ahí otra vez.

—Gracias —digo—. Empecemos por lo básico. Enano, elfo, humano, gnomo. ¿Qué te atrae más?

—Illian era semielfo.

—No te pregunto qué era Illian. Ya sé lo que era Illian: era un personaje de Jeff. Te estoy preguntando qué te atrae a ti.

—A mí... me gustan los enanos —dice Gareth.

—Enano. Guay. ¿Me dejas?

Cojo el cuaderno de delante de él y, con toda cautela, como quien desarma a un pistolero, le quito el lápiz a Gareth de la mano. «Enano», escribo, y lo subrayo dos veces.

—La siguiente pregunta ayudará a determinar tu clase, ¿vale?

—Vale —responde Gareth, ya más calmado.

—Alineamiento. ¿Qué te apetece? —Me mira sin comprender, y «Gritarle a Jeff» sube unos cuantos puestos en mi lista mental de tareas—. Viene a ser... qué tipo de persona eres, en el fondo. Legal o caótico. Bueno o malvado. Por ejemplo, si vas a llevar a un enano, el manual dice que lo típico es que tiendas más hacia el lado legal del espectro, pero el dilema entre bueno y malo ya es cosa tuya. Y cuando elijas qué combinación prefieres, legal bueno, legal malo o hasta legal neutral, podrás plantearte en qué tipo de..., no sé, en qué tipo de código moral te basarás para actuar durante la partida.

A Gareth se le arruga el entrecejo mientras lo asimila.

—Entonces, si soy un enano, tengo que ser legal, ¿no?

—No *tienes* que ser nada —le digo—. Eso es solo lo que se recomienda. Lo que la gente cree que son los enanos. Legales buenos. —Río al ver que Gareth arruga la nariz—. Ya, ya sé, muy soso. A mí me gusta combinar un poco. ¿Enano caótico malvado? ¡Pues claro que sí! No te limites a lo que el manual dice que deberías ser, porque nunca merece la pena. Haz lo que creas que será más divertido.

—Caótico —responde Gareth en el instante en que cierro la boca, tan rápido que la palabra se superpone al final de mi última frase. Le brillan los ojos. Ese chaval ha pillado el espíritu—. Quiero ser caótico. Caótico... bueno.

—Un clásico, tronco —digo, asintiendo aprobador—. Ahora ya podemos hablar de tu clase de personaje. ¿Has pensado en llevar a un ladrón?

A lo largo de la siguiente hora nace Hodash el Rompedor. El nubarrón de anoche se va disipando mientras veo cómo Gareth tira dados para asignar sus características y apunta ideas para el trasfondo del personaje. Su entusiasmo es contagioso, y hace más que evidente que Illian jamás fue suyo, porque Gareth nunca se había implicado tanto en una sesión del club Fuego Infernal como lo está haciendo ahora mismo, encorvado sobre su cuaderno e insuflándole vida a su pequeño enano pícaro caótico.

—Una pregunta, novato —digo cuando ya tenemos establecidos los fundamentos de Hodash y estamos guardando los papales y los libros en las mochilas para marcharnos.

Gareth me mira, cauteloso, por encima de su enorme mochila.

—¿Sí?

—Tranqui, que no es un examen. —Me paso la chupa por los hombros y meto los brazos en las mangas—. Es solo por curiosidad. Si no habías jugado nunca a *D&D* antes del instituto, si nunca te habías hecho una hoja de personaje ni nada, ¿por qué te apuntaste al Fuego Infernal?

Gareth cambia el peso de un pie al otro.

—¿Dónde iba a meterme si no?

No sé muy bien qué pensar de eso, así que me limito a revolverle el pelo.

—Venga, largo de aquí. Nos vemos el miércoles.

Gareth agacha esa cabeza esponjosa que tiene y sale correteando por la puerta. Le doy un último repaso al laboratorio para eliminar cualquier pista de que hayamos estado dentro. Luego salgo también al pasillo y dejo la puerta cerrada con llave.

Ronnie está esperándome en un banco fuera de la biblioteca, como de costumbre. Guarda lo que está leyendo, un aburrido libro en tapa blanda para clase de literatura con el que no tengo intención de molestarme, y se levanta al verme llegar.

—¿Crisis del novato?

—Evitada.

—Uf. —Ronnie finge quitarse el sudor de la frente—. No podemos permitir que esos corderitos vaguen por ahí congelándose. —Empezamos a recorrer los pasillos en dirección a la salida—. Me extraña que hoy hayas venido —añade, pasándome un brazo por los hombros—. Pensaba que estarías amancebado en algún sitio con la chica de anoche.

—¿Amancebado? Abuelita Ecker, ¿eres tú?

—La abuelita Ecker diría: «Más vale que te la envuelvas si no quieres acabar persiguiendo a otro diablillo Munson por el pueblo».

—Por eso tu abuela y yo nos llevamos tan bien. No hubo amancebamiento. Fui un perfecto caballero, y ella también.

—Pues qué mal.

Hago rodar el llavero con el dedo.

—No te lo estás currando nada si quieres que te lleve. ¿Te acerco a casa?

Ronnie sonríe.

—¿La última vez?

Subo los ojos al techo.

—La última...

Desde algún lugar de los pasillos desiertos a mi espalda llega el ruido de un golpe. Ronnie entorna los ojos.

—¿Lo has oído?

Me encojo de hombros.

—¿Quieres que te lleve o no?

Otro golpe, seguido de un traqueteo metálico. Es el inconfundible sonido de alguien arrojado contra una pared de taquillas.

Miro a Ronnie. Ella me mira a mí.

—¿Deberíamos...? —pregunta.

Quiero volver a encogerme de hombros, retirarme a la furgo y contarle a Ronnie lo que pasó con Paige, lo de mi padre, todas las locuras que sucedieron anoche. Pero se oye otro golpetazo y luego voces, un fragmento de lo que solo puede ser Gareth susurrando:

—... dicho que no lo tengo.

—Mierda —mascullo. Ronnie ya está volviendo por el pasillo hacia el altercado, pero la agarro por la manga antes de que se aleje—. Busca a alguien.

—Pero...

Su protesta muere al verme la cara. De entre nosotros dos, ella es quien conseguirá ayuda si la pide y ambos lo sabemos. Disgustada y con el ceño fruncido, da media vuelta y sale corriendo en dirección a la sala de profesores.

Lo cual significa que estoy solo mientras me guardo las llaves en el bolsillo y sigo el creciente sonido de alguien a punto de recibir una buena paliza.

Gareth está arrinconado cerca de la puerta del auditorio, sosteniéndose el brazo del que ya se dolía. Tiene la espalda contra las taquillas y su mejor mirada furiosa en la cara.

Que no está teniendo un gran efecto en la muralla de verde-Tigres-de-Hawkins que lo rodea. Reconozco a los tres tíos en chaqueta deportiva de los pocos espectáculos de animadoras a los que Ronnie me ha arrastrado. El equipo de baloncesto del Instituto Hawkins. ¿Cómo se llama lo contrario a ser campeones estatales? Porque ese ha sido su mayor logro.

—¿Sabes lo que va a pasar ahora, piños metálicos? —está diciendo el capullo en jefe. Es Tommy H, el peor base de Indiana central—. Un puñetazo por cada dólar que me debes. ¿Cuántos eran, veinte?

—Veinticinco —responde uno de sus compinches. ¿Connor, Caleb? Para saberlo seguro, tendrían que empezar a importarme una mierda los deportes, y eso no pasará jamás—. Sumando los intereses.

—Veinticinco —asiente Tommy H—. Y estoy haciéndote buen precio.

Los omóplatos de Gareth intentan abrir un agujero en las taquillas.

—¿Por qué no te haces el *hara-kiri*? —replica.

—¿Por qué no te hago a ti...?

Pero nunca tendremos el gusto de escuchar la nada imaginativa réplica que Tommy H haya estado preparando en esa cocorota suya, porque Gareth me ha visto y su cara se ilumina como un maldito faro. Es demasiado evidente para que se le pase a nadie, ni siquiera a esos palurdos, y de pronto cuatro pares de ojos se clavan en mí, tres pertenecientes a Tommy H y sus amiguitos deportistas...

... y el cuarto perteneciente a una chica con coleta rubia y uniforme de animadora, cuya cara quiere sonarme de algo pero no logro situar ni aunque me maten.

—¿Y tú qué pintas aquí, bicho raro? —gruñe Tommy H.

«Nada, la verdad».

—¿Estás bien? —le pregunto a Gareth.

Niega con la cabeza.

—Sí —responde.

Aparte de los mensajes contradictorios, está bastante claro cómo va a desarrollarse la situación.

—Me parece que he oído a tu madre aparcar ahí delante. Mejor no la hagas esperar.

Pero Tommy H agarra a Gareth por el hombro y vuelve a estamparlo contra las taquillas cuando el chaval intenta moverse.

—Ah-ah. No hasta que pagues.

La chica le tira de la manga a un compinche de Tommy H, un retaco rubio.

—Venga, Jason, vámonos.

—Espera un momento. —Jason aparta a su novia—. Eres Eddie Munson, ¿verdad?

Tiene esa especie de fuego maniaco ardiendo al fondo de su mirada. Me asusta mucho más que los enormes músculos de Tommy H.

Me apoyo contra la pared, cruzándome de brazos. Si no puedo mantener la calma, al menos desde luego sé fingir que lo hago.

—¿Y a ti qué más te da?

—¿Munson? —Tommy H empieza a mirarme con otros ojos mientras una sonrisa sádica le llena la cara—. Vaya tela. Esto sí que tiene gracia.

La chica tiene las dos manos envolviendo la muñeca de Jason y tira con fuerza.

—Venga, dejad que se vayan, qué más da.

—¿Quieres que un Munson te ayude? —Tommy H escupe la pregunta en tono burlón a la cara de Gareth, agarrándole el cuello de la camiseta—. Son una familia de maleantes y bichos raros.

Me trago la chispa de furia que se enciende en mis entrañas.

—No busco bronca, tío, así que…

—Dicen que en comisaría están apostando —me interrumpe Tommy H— a quién será el próximo que detenga a tu padre. O a si aparecerá muerto antes en el arcén de la autopista.

—¡Para ya, Tommy! —La chica ha soltado al loco de su novio y se ha metido en el círculo para aferrar la mano con la que Tommy retiene a Gareth—. Suéltalo —insiste, tirándole de la mano.

Quizá sea por la sorpresa de ver a alguien con el color verde de los Tigres de Hawkins plantándole cara, pero Tommy H suelta a Gareth.

«Chrissy Cunningham». El nombre me viene de pronto, ahora que en su cara se aprecia algo más que una temerosa docilidad. Chrissy Cunningham. Aún está en segundo curso, pero cualquiera con media neurona funcional sabe que es la reina en ciernes del Instituto Hawkins. Estoy acostumbrado a verla solo como la típica animadora: dientes perfectos, pelo perfecto, todo perfecto. Es un paquete tan fundamentalmente aburrido que mi cerebro más o menos se la salta, bostezando ante su existencia.

Pero existe otra Chrissy Cunningham. Es solo que no creía que hubiera sobrevivido al salto al instituto. No creía que existiese siquiera fuera del auditorio de la escuela de secundaria.

Lo que tenía la función de la Escuela Hawkins era que todo estudiante de secundaria estaba obligado a participar por lo menos una vez mostrando sus talentos. La experiencia era justo el suplicio que sugiere su nombre, una tortura tanto para los preadolescentes obligados a cantar y bailar ante las risitas de un jurado compuesto por sus compañeros como para los padres que formaban parte del público a regañadientes. Pero, en nombre de «reforzar las destrezas comunicativas», la función seguía celebrándose año tras año, y año tras año una nueva generación de jóvenes de Hawkins salía de ella con cicatrices psicológicas.

Yo había pospuesto el calvario todo el tiempo que pude. Traté de pasar el octavo curso sin que nadie se fijara en mí, pero un día el señor Fleming me llamó la atención delante de toda la clase de lengua y me hizo apuntarme en ese mismo instante. No iba a caer sin arrastrar a mis amigos al fondo, así que le endosé también el muerto a Ronnie, y ella se lo endosó a Dougie y…

… y así fue como nació Ataúd Carcomido.

Al llegar la tarde de la función habíamos conseguido ensayar un impresionante total de dos veces, el claustro de la escuela solo había aprobado la canción que elegimos porque enfatizamos la palabra *priest*, sacerdote, de Judas Priest, y yo estaba a punto de vomitarme encima. Por eso mi padre mantenía la distancia cuando me dejó en la escuela a las cinco de la tarde: un movimiento en falso y habría tenido que conducir hasta casa adornado con la bolsa de Fritos que había sido mi comida de ese día.

—Toma. —Me puso una púa de guitarra en los dedos. Su púa. La sostuve en alto delante de la cara, sintiéndome un poco igual que Gollum con el Anillo Único—. Lo vas a hacer genial.

—Vendrás luego a vernos, ¿verdad? —le pregunté, y su sonrisa torcida me reconfortó al instante.

—¿Sabes lo que dicen de no sacarme de ahí ni con agua caliente? —respondió, cerrándome los dedos en torno a la púa—. Es tuya, por cierto. Para siempre.

Horas después aún tenía esa púa agarrada tan fuerte que se me empezaban a agarrotar los dedos, mientras los alumnos de la escuela de secundaria comenzaban a pasar por el escenario. La mayoría de los reacios intérpretes se habían quedado a esperar en el pasillo que llevaba al auditorio, porque no es que hubiera unos bastidores gigantescos. Pero, si sabías moverte por allí, y si nadie se moría por buscarte, había una pequeña pasarela elevada que bordeaba los extremos del telón. Con el suficiente disimulo, se podía subir a ella y buscar caras conocidas entre el público.

Que era lo que había estado haciendo cuando alguien se sentó en la pasarela a mi lado.

Casi chillé de la sorpresa. Había estado tan concentrado en los breves vistazos que podía echarle al público que ni me di cuenta de que alguien se me había acercado por detrás. Y allí tenía a esa chica sentada, abrazándose las piernas larguiruchas con los brazos larguiruchos, con los ojos en sombra por la tenue iluminación de la pasarela.

—¿Buscas a alguien? —me susurró.

Debajo de nosotros, cinco alumnas de segundo hacían un torpe espectáculo de *majorettes.*

No supe muy bien cómo reaccionar. Estaba clarísimo que aquella no era la clase de chica que debería estar hablándome. No era Ronnie Ecker, llevando un mono de segunda mano y una gorra maltrecha. Esa chica era refinada. Tenía el pelo rubio. Rizado. Parecía que se hubiera escapado de la cubierta de una novela de Nancy Drew.

Pero, tras un silencio insoportable, se hizo evidente que la chica no había cometido ningún espantoso error al dirigirme la palabra, o al menos ninguno del que fuese consciente a aquellas alturas. Así que carraspeé y susurré:

—A mi padre.

—¿Dónde está? —preguntó ella, asomándose por un lado como si pudiera distinguir a Al Munson entre un mar de adultos desconocidos.

Me encogí de hombros. Porque ya llevaba casi una hora subido a aquella pasarela y lo más parecido a mi padre que había encontrado era mi tío Wayne, lejos en el lado izquierdo del auditorio, viendo cada actuación con la misma expresión estoica en su rostro barbudo.

—¿No ha venido? —preguntó.

Esperaba ver lástima en los ojos de la chica, y me sorprendió hallar una voraz envidia.

—Se le habrá hecho tarde —dije, y me sonó falso hasta a mí.

Pero ella asintió como si me creyera.

—Yo he subido para buscar a mi madre.

—¿También llega tarde?

La chica arrugó la nariz.

—Ojalá. Está ahí mismo.

Seguí la dirección en que apuntaba su dedo y al instante fijé la mirada en la mujer inmaculada y elegante que estaba sentada en el centro de la primera fila.

—Lo siento —dije, y eso hizo sonreír a la chica.

—Yo también —susurró, como si fuera un secreto, como si fuera algo que nunca antes le había dicho a nadie.

A una chica del escenario se le cayó el bastón por quincuagésima vez y me di cuenta de que la actuación estaba a punto de terminar. Planté los brazos, subí las rodillas a la pasarela e hice una mueca cuando la rejilla se me clavó en la piel.

—Ahora va mi grupo —dije—. Hum...

—«Mucha mierda» —respondió, llenando el silencio—. Y...

—Eddie.

—Eddie, si tu padre no llega a tiempo, yo te animo.

Movió los brazos y me fijé en los pompones por primera vez.

—Lo mismo digo.

Me encogí en el momento en que salió de mi boca. Pero la vergüenza casi mereció la pena por la sonrisa que le provocó.

Más tarde, después de que los últimos acordes de *Exciter* atronaran en los ofendidos y desganados tímpanos de los padres de Hawkins y todos los alumnos saliéramos de nuevo al escenario arrastrando los pies para recibir un último aplauso, vi a la chica en el vestíbulo, con su madre a un lado y un hombre trajeado e inexpresivo —¿su padre?— al otro. La madre estaba en pleno sermón que no alcanzaba a oír, pero sus gestos indicaban bastante a las claras que estaba detallándole a su hija dónde la había cagado en su actuación.

Crucé la mirada con la chica entre la multitud, el tiempo suficiente para vocalizarle «Lo siento» otra vez. Capté el borde de la sonrisa con que reaccionó antes de que su madre, viendo que no le prestaba toda la atención, la agarrase por el hombro y se la llevara hacia la puerta.

Pensaba que los últimos cuatro años habían aniquilado todo rastro de la inquieta, imperfecta y accesible Chrissy Cunningham. Pero quizá me equivocaba.

—Chris tiene razón —interviene Jason—. Más vale que nos larguemos. Harrington aparecerá en cualquier momento, y no va a hacerle ninguna gracia que…

—Harrington no hará una mierda —escupe Tommy H—. Ya no es lo que era desde que Wheeler lo tiene castrado. Y este pringado me debe…

—Lo que hay que oír —mascullo—. Vas por ahí diciendo que alguien no tiene huevos mientras te dedicas a abusar de novatos.

Es un error. Sé que es un error desde el instante en que he abierto la boca. Lo único que quería era sacar a Gareth y largarnos, pero ahora Tommy está volviendo hacia mí su cara roja como un tomate. Toda chispa restante de la personalidad de Chrissy se apaga y muere mientras los amigos de Tommy entran en formación a su espalda, y ahora estoy yo solo contra un puñado de deportistas malcarados. Estupendo.

—Me parece que el rey de los bichos raros se ha saltado las clases —dice Tommy—. Tendremos que enseñarle nosotros la lección.

—Gareth…

Es lo único que consigo pronunciar antes de que un hombro se me clave en la tripa cuando Tommy embiste de cabeza contra mí. Vuelo hacia atrás y los dientes me castañean en el cráneo al caer de espaldas al linóleo. Todo el aire abandona mis pulmones en un estallido, y conservo el suficiente buen juicio para darle la forma de una palabra:

—¡Vete!

Por suerte, Gareth también tiene el suficiente buen juicio para no quedarse allí, porque veo el destello de sus Converse huyendo entre la maraña de piernas que vienen hacia mí.

—Ese pringado nos debía veinticinco —me suelta Tommy H burlón desde arriba—. Me parece que a ti tendremos que cobrarte el doble.

Se prepara para atizarme una patada en las costillas…

… y agarro su pierna al llegar y ruedo, derribándolo conmigo. Se estrella contra el suelo mientras mana de su boca una combinación de nueve palabrotas distintas.

—¿Esta es la lección que ibas a darme? —le pregunto.

Me empuja con un gruñido y se levanta de rodillas. Cuando recobra el equilibrio echa atrás el puño, alzándose sobre mí, y me acurruco todo lo que puedo mientras los mamones del baloncesto me rodean, me cubro la cara con los brazos y...

—¿Qué leches pasa aquí?

No soy tan imbécil como para bajar los brazos, así que lo único que veo es un mar de piernas separándose para dejar paso a unos sensatos mocasines de color caqui. Pero, aunque no veo la cara de la persona, desde luego que reconozco la voz mientras los cordoncillos marrones de los zapatos se detienen delante de mí.

—Señor Hayes, explíquese —le exige el director Higgins.

—Ha sido Munson —gimotea Tommy H. Aún está de rodillas. Menudo lameculos—. No dejaba de molestar a Chrissy y...

—Menuda idiotez —oigo que escupe Ronnie desde algún lugar detrás de Higgins.

—No es verdad —protesta Chrissy a la vez.

—Vámonos, Chris —dice Jason, y tira de ella por el pasillo.

Cuando por fin bajo los brazos y me levanto, capto un último atisbo de Chrissy antes de que se la lleven a rastras.

—No es lo que ha pasado —le digo a Higgins.

Ronnie se ha puesto al lado del director.

—Esos tres estaban atacando a un alumno de primero. Eddie ha venido para que no le pasara nada.

Higgins levanta una ceja.

—¿Dónde está ese alumno?

Por supuesto, no hay ni rastro de Gareth. Le he dicho que huyera.

—Gracias a Dios que ha venido usted, señor —interviene Tommy H—. No sé lo que iba a hacerme este bicho raro.

Miro hacia el cielo, irritado.

—Serás pelota, maldito…

—¡Ya basta! —ladra Higgins—. Señor Hayes, usted y sus amigos márchense. Nuestros Tigres de Hawkins deberían concentrarse en destacar en sus actividades extraescolares, no en involucrarse con… esto.

El gesto de su mano abarca toda mi persona.

—Gracias, señor —dice Tommy H.

Empuja a tal-vez-Connor por el hombro y, con un murmullo de «Venga, capullo», se van los dos al trote pasillo abajo.

—Usted también, Veronica —le dice Higgins a Ronnie.

—Pero…

—Ronnie. —La miro a los ojos—. Tranquila. Vete de aquí.

La veo tensar los músculos de la mandíbula, como para impedir que salga otra protesta. Pero tras un largo momento, cede.

—Luego nos vemos —dice, con cara de exigirme una promesa.

—Nos vemos —respondo, haciéndosela.

Y desaparece, y ya solo quedamos Higgins y yo bajo el zumbido de los tubos fluorescentes en el pasillo desierto. Me meto las manos en los bolsillos.

—¿Y yo, señor? —le pregunto—. Aquí todos somos Tigres de Hawkins. ¿Yo no tengo extraescolares en las que destacar?

El ácido en la mirada de Higgins podría dejar marcas en el metal.

—Usted se viene conmigo, Munson —responde—. Vamos a tener una pequeña charla.

6

Las oficinas del instituto están casi vacías, salvo por la presencia de Janice, la secretaria, en el mostrador. Como siempre, su fanática devoción por el color púrpura se manifiesta en cada centímetro cuadrado de su vestuario. Tras las gafas de culo de vaso, sus ojos aumentados me miran de arriba abajo mientras sigo a Higgins al interior. Una uña pintada de burdeos marca un ritmo a golpecitos contra su cuaderno de hojas amarillas. No parece muy emocionada por mi presencia.

—¿El alboroto es por él, director Higgins? —pregunta Janice.

Higgins da un suspiro de agotamiento.

—¿Le extraña?

—Hum —dice ella—. ¿Quiere que saque su expediente?

Hablan de mí como si no estuviera.

—Buenas tardes para usted también, Janice —le suelto, asomando de detrás de Higgins para lanzarle mi mejor sonrisa. Mi hombro protesta al retorcerme, aún dolorido por el placaje de Tommy H, pero no le hago caso—. Si me lo permite, ese color le realza un montón el brillo de las gafas.

—No será necesario —dice Higgins, manteniendo la entrañable tradición de fingir que no existo—. Creo que todos tenemos memorizado el historial de Munson.

—Venga, no lo diga así —protesto—. ¡Quien lo oiga pensará que está harto de esto! Y creo que los dos coincidimos en que nos gustan nuestras pequeñas charlas.

—¿Necesitará… algún otro documento? —pregunta Janice.

No lo dice con todas las palabras, pero todos sabemos a qué se refiere. ¿Será por fin el día en que Higgins cumpla su sueño de toda una vida y me expulse?

—No —gruñe Higgins.

Permito que las comisuras de mi boca se alcen a lo loco. Si Higgins tuviera una buena excusa para darme la patada, ya lo habría hecho. Pero las malas notas no bastan para expulsar a un alumno. No vendo droga, no insulto a los profesores. Y cuando me he metido en alguna pelea, siempre he sido el que salía con moratones.

Aunque nada de eso impide que Higgins me lleve a su despacho siempre que puede.

—Usted, conmigo —me espeta.

Hago un saludo militar entusiasta, le guiño un ojo a Janice y sigo a Higgins a su despacho.

En algún momento de los últimos dos años, por lo visto alguien señaló que la puerta del despacho del director podría ser un poco menos amenazadora. Higgins se ocupó del asunto haciendo que le imprimieran un cartel bien grande con las palabras TU DI-RECTOR en gruesas letras negras. Es un letrero odioso, y no sé cuántas veces le he sugerido a Higgins que lo cambie.

—Cierre la puerta —dice.

La cierro y me dejo caer en la endeble silla que hay delante del escritorio. Higgins se me queda mirando un rato. Le devuelvo una mirada aún más intensa.

—¿Empiezo ya? —pregunto por fin—. No traigo nada preparado, pero…

—Déjate de idioteces.

—Si tuviera alguna idiotez, le aseguro que me la dejaría.

—No te he traído aquí para oír cómo le das a la lengua —restalla Higgins.

—¿Y para qué me ha traído, señor? —le pregunto—. Porque lo mismo me equivoco, pero parece que le trae sin cuidado que el equipo de baloncesto esté pegando a los novatos para quitarles el dinero de la comida. Ah, claro, pero me olvidaba de que *destacan*, ¿verdad? —La cara de Higgins se está poniendo roja de ira—. ¿Se refiere a destacar en plan académico o a que el padre de Tommy H tiene el concesionario más grande del pueblo y no puede permitirse cabrearlo?

—No me busques, Munson —dice Higgins—. Estás en la cuerda floja y ya empieza a bambolearse.

—¡Caray, viviendo al límite! Yo no lo he hecho nunca. ¿Qué se siente?

Pero, para variar, Higgins se muestra inmune a mis pullas.

—Te he hecho venir —dice— para que hablemos. De hombre a hombre.

Es un comentario lo bastante críptico para que me salten todas las alarmas dentro del cráneo.

—Hum.

—¿Te has parado a plantearte en serio tu futuro?

Si tuviera una lista de las cosas que esperaba que Higgins me preguntara, en la vida se me habría ocurrido añadir esa. Ni una sola vez, en mis cuatro años como alumno en este instituto dejado de la mano de Dios, ese hombre me ha venido con nada que no fuese rancia irritación. ¿Y ahora va y se pone a hacer de consejero escolar? Algo trama.

—Me parece a mí que ya se lo plantea usted por los dos —respondo.

Suelta un bufido.

—Es la primera buena intuición que tienes. —Entrelaza los dedos y apoya los antebrazos en la mesa. Es un gesto de «Vamos a ponernos serios tú y yo» que me hace rechinar los dientes—. Empecemos por el presente, ya que parece que es lo único que te entra en la cabeza. Luego hablaremos del futuro. Voy a hacerte una pregunta y quiero que te la pienses todo lo que puedas. ¿Estás listo?

«Listo para flipar».

—Dele caña. Señor.

—¿Por qué sigues aquí?

A lo mejor Higgins tiene razón y mi CI es subterráneo, porque ya van dos veces en la misma conversación que una pregunta suya me pilla por sorpresa. Parpadeo mirándolo. Niega con la cabeza y la lástima que supura ese estúpido gesto me contrae aún más la mandíbula.

—¿Lo quieres más fácil? Muy bien. ¿Qué te retiene en el Instituto Hawkins?

—¿El... hecho de que estamos a mitad de curso?

—¿De verdad es una cosa que te importa? Es evidente que te dan igual las clases. Tus notas son penosas. No hay forma de que mejores la media, ni aunque todos tus profesores te pusieran una estrella de oro personalizada. Tienes dieciocho años. Podrías ir a cualquier sitio, hacer cualquier cosa. ¿Por qué sigues presentándote aquí?

Tengo una respuesta para él. Es: «¿Dónde voy a ir si no?». Pero no hay un poder en el mundo lo bastante fuerte para arrancármela. De verdad que antes muerto que darle la satisfacción de oír eso de mis labios.

Tampoco es que haga falta. Por el petulante brillo de sus acuosos ojos azules se nota que lo sabe.

—¿Necesitas permiso para irte? —pregunta—. Lo tienes. Vete.

Fuerzo una sonrisa.

—Pero ¿qué harían todos aquí sin mí?

—Te crees adorable —replica Higgins—, pero voy a decirte lo que eres en realidad: una manzana podrida. Y es mi trabajo garantizar que no extiendas tu podredumbre al resto de mi instituto. Sin embargo, antes de dar pasos más extremados, quería comprobar si hay algún ápice de sentido común debajo de todo ese pelo. Apelar a tu lado bueno. Si es que lo tienes.

Me palpita la sangre en los oídos.

—Es una apuesta arriesgada.

—Eso pensaba también. Pero quiero que me digas la verdad. ¿Crees que ese chico de ahí fuera se habría metido en ese mismo lío de no ser por ti?

Lo que quiero decirle es: «Estás loco». Y también: «Ah, conque reconoces que dejas a Tommy H salirse con la suya, ¿eh?». Pero las palabras se marchitan en mi garganta.

¿Cuánto tiempo lleva Gareth poniéndose la camiseta del club Fuego Infernal? Mínimo una vez por semana, desde que Jeff se la dio en septiembre. ¿Cuánto tiempo lleva el equipo de baloncesto puteándolo? No quiero pensarlo, pero seguro que más o menos desde la misma época.

Recuerdo cómo se les ha agriado el veneno en la cara al verme aparecer para ayudar a Gareth. Me han llamado «rey de los bichos raros», como si Gareth fuera súbdito mío. Como si solo eso ya mereciese un castigo.

—Sin ese... club que tienes, el chico de fuera podría ser un miembro valioso del cuerpo estudiantil —está diciendo Higgins—. Pero, en vez de eso, pierde el tiempo con esas idioteces... eh... —No puede decir «satánicas». Separación de Iglesia y Estado y tal y cual. Pero, joder, cómo se le notan las ganas—. Con esas idioteces fantasiosas que predicas. Y está sufriendo las consecuencias. Y no es el único.

—¿A qué se refiere con eso?

—¿Cuánto tiempo crees que pasará antes de que su afiliación con un delincuente afecta a todos los miembros de tu pequeño círculo?

—No soy un delincuente.

—Eres un Munson.

Cómo no. Aquí es donde cambia siempre la marea, pivotando en mi apellido. Ya ha pasado antes, con Tommy H y sus secuaces. Pasa siempre que el agente Moore se cruza conmigo. Munson. Es lo único que la gente necesita saber sobre mí, el apellido que narra con pelos y señales la tragedia entera.

—Tu padre salió de aquí sin graduarse —prosigue Higgins—. Igual que tu tío. No creo que ningún Munson haya ido a la universidad desde el Instituto Hawkins en los últimos cincuenta años, y no parece que tú vayas a ser la excepción. Así que haznos un favor a todos. Deja de pudrir todas las manzanas buenas solo porque puedes.

Tengo los puños cerrados en el regazo. Lo que más deseo en el mundo es meterle una buena hostia al ufano Higgins en toda la cara, pero, si lo hago, solo conseguiré hacerle honor a mi apellido. Así que me conformo con levantarme de golpe, tanto que dejo la silla oscilando sobre las patas traseras.

—¿Hemos terminado?

Higgins no se pone de pie.

—Eso espero.

—Genial.

Sin decir más, abro la puerta de un tirón, paso cagando leches por delante de Janice, quien seguro que lo ha oído todo, y salgo enfurecido de las oficinas.

No sé lo que siento mientras regreso al pasillo. Furia, frustración, remordimiento, desespero... Las emociones se enredan unas con otras hasta formar un gigantesco ovillo, que me tapona las orejas y los ojos y el cerebro hasta que solo oigo ruido blanco. Estática.

«Eres una manzana podrida».

No es ni de lejos lo peor que me han dicho en la vida. Pero entonces ¿por qué me está afectando así? ¿Cómo leches se las ha ingeniado Higgins para meterse por fin como un gusano en mi cerebro?

Gareth ocultando los cardenales bajo su camiseta del Fuego Infernal. El ácido en los ojos de Tommy H intensificándose nada más verme. La mano en la muñeca de Chrissy mientras su novio la alejaba a rastras. De mí. Me quedo quieto en el pasillo como una estatua atontada mientras esas imágenes pasan en bucle por mi mente, una y otra y otra vez...

Algo me da un golpe en el hombro y por fin vuelvo en mí,

esperando encontrar a Tommy H o a sus compinches aproximándose de nuevo. Pero es solo Ronnie, con la gorra en una mano y la otra cerrada para soltarme otro puñetazo.

—Au —digo—. ¿Por qué?

—Llevo como un minuto entero llamándote. ¿Estás bien?

«Eres una manzana podrida», me susurra Higgins al oído, pero lo que respondo es:

—Estoy bien.

Porque tal vez Ronnie y yo procedamos del mismo parque de caravanas, pero ella tiene el billete dorado. Ella tiene futuro. ¿Y cómo va alguien así a entender que…?

De pronto sé exactamente lo que tengo que hacer.

—¿Seguro? —me pregunta Ronnie—. Pareces… —No termina esa frase—. ¿Qué te ha dicho Higgins?

Intento sonreír. Estoy seguro de que fallo por un kilómetro.

—Lo mismo de siempre.

Me mira con los ojos entornados, estudiando mi cara.

—Eddie…

—Tengo que ir a un sitio, así que el tren está a punto de salir. —Muevo el llavero en el aire—. ¿Estás a bordo o qué?

—Siempre —dice ella—. Espero que lo sepas.

7

Estaría bien que Bev me diera una bienvenida cálida, pero lo único que dice al verme es:

—Esta noche no tocáis.

Niego con la cabeza, apoyando los codos en la barra. Esta noche hay lo que en el Escondite se considera una multitud, gente alborotando atraída por la oferta de cerveza a cincuenta centavos. Ese repunte es justo por lo que Bev no quiere que una actuación de Ataúd Carcomido espante a la clientela.

Pero no pasa nada. No he venido por eso.

—No busco hacer un bolo —le digo—. Busco a una chica.

—Pues yo que tú me cortaría el pelo.

—Estuvo aquí anoche. Pelo oscuro, botas.

Bev me mira sin decir nada.

—Era la única persona de todo el bar que no se cae inconsciente al suelo cada noche entre semana. Venga ya, Bev, fijo que la recuerdas.

—¿Vaqueros? —pregunta por fin, tras una larga pausa—. ¿Pendientes ridículos?

—Tampoco diría que fuesen ridículos, pero…

—¿Demasiada mierda en los ojos?

—Eh…

Pero Bev no está mirándome. Tiene los ojos fijos en un punto por encima de mi hombro, un punto en dirección a la puerta del Escondite.

Me vuelvo. La veo.

Acaba de entrar y está contemplando a la clientela de los jueves por la noche con una mezcla de júbilo y recelo. Tengo la sensación de que en cualquier momento decidirá que el nivel de caos no le merece la pena, se esfumará en la noche y ya no volveré a encontrarla.

Ya estoy yendo hacia ella.

—¡Creo que deberías pensarte lo del corte de pelo! —me grita Bev desde atrás.

Pero no le hago caso porque Paige me ha visto entre el gentío y, hostia puta, se le ilumina la cara entera. Es posible que vaya a darme un infarto. Pero ahora no hay tiempo para eso. Tengo una misión.

—¡Esperaba encontrarte! —exclama Paige—. ¿Tocáis esta noche?

Niego con la cabeza.

—En realidad solo he venido porque esperaba encontrarte a ti.

—Ah, ¿sí?

Alguien bastante más allá del umbral de chispeo topa contra mi hombro y tengo que trastabillar para recobrar el equilibrio y esquivar la beoda estela del hombre en forma de ducha de cerveza.

—¿No prefieres ir fuera?

—Sí —responde Paige con fervor, y salimos juntos por la puerta a la agradable noche, fresca y silenciosa.

El aparcamiento del Escondite está hecho más de grava irregular que de inmaculado asfalto, pero al menos es tranquilo. Nuestra única compañía aquí fuera son un par de tíos con barba de unos días que hablan en voz baja y empalman un cigarrillo tras otro cerca de los contenedores. Los tengo situados a ambos: en Hawkins todo el mundo se conoce de vista, y esos dos trabajan con mi tío en la fábrica. Están tan metidos en su conversación que casi ni nos miran mientras salimos haciendo crujir el suelo a la luz de la luna, lo cual significa que puedo centrar toda mi atención donde debe estar: en Paige.

—¿Qué tal lo de sacar trastos? —le pregunto mientras cojo un paquete de tabaco de la chaqueta y me pongo un cigarrillo en los labios.

Un momento después parpadeo ante la supernova más minúscula del universo, porque Paige se me ha adelantado con su propio Zippo y me da fuego con un golpe seco de pulgar.

—Horripilante —responde mientras le ofrezco el paquete, del que saca otro piti y se lo enciende—. Hoy tocaban cajas de pizza —añade exhalando, y contemplamos cómo ambas caladas escapan al cielo—. Pedía a domicilio en Ike's Slice dos veces por semana, y no creo que tirara jamás ni una sola caja.

—¿Ningún otro gato?

—Aún no. Pero apenas hemos hecho mella en la casa. —Me lanza una mirada de soslayo—. Le he dicho a mi madre que me quedaré un poco más. Para ayudar.

—¿Y el trabajo?

—Davey apenas lo nota cuando estoy. Seguro que no se da cuenta de que he desaparecido. ¿Por eso querías encontrarte conmigo esta noche? ¿Para hablar de mi difunta abuela la acaparadora y darme remordimientos por el curro?

—No.

—Entonces ¿por qué querías verme, Eddie?

¿Por qué no puedo decírselo y punto? Debería ser fácil. No podía pensar en otra cosa mientras venía en la furgo, con la sonrisa burlona de Higgins todavía ardiendo en el cerebro. Pero tengo a Paige al lado y mi lengua se ha transformado en un bloque de plomo, es solo un peso muerto en la boca.

—Has preguntado si tocábamos hoy —me obligo a decir.

—Ajá.

—Te gusta nuestra música. Te gusta Ataúd Carcomido.

—Sí, sois muy buenos.

—Pues contrátanos.

La cereza ardiente en la punta del cigarrillo de Paige muere de repente.

—¿Perdona?

La rodeo para mirarla a la cara.

—Somos buenos. Fíchanos.

—Eh..., no es tan fácil como...

—¿Por qué no?

—Joder, Eddie, ¿lo dices en serio? —Está enfadada. La he cagado a base de bien—. Pensaba que querías... Dios, seré idiota. Solo quieres llegar a Davey, igual que todo el mundo.

—No, no es..., no estoy diciendo eso. No *solo* estoy diciendo eso.

—¿Y qué estás diciendo?

—Estoy diciendo... que buscabas algo auténtico. —Separo las manos a los lados—. Pues mírame, Paige. No soy un pedazo de plástico fabricado al por mayor en el sur de California. Soy solo un chico de Indiana. No tengo una puta mierda a mi favor, ni dinero ni nada. Lo que ves no es porque quiera marcar tendencia. Llevo los vaqueros rajados porque están rajados. Tengo pinta de estar sin blanca porque estoy sin blanca. —Respiro hondo. Me tiembla el pecho—. Dijiste que cuando lo encuentras, lo sabes. Estoy diciéndote que lo has encontrado. Y estoy diciéndote que tienes la guinda del pastel, y es que te gusta mi música.

Paige está mirándome con los brazos alrededor del estómago, y a lo mejor estoy volviéndome loco, pero casi da la sensación de que esa chispa furiosa de sus ojos empieza a desvanecerse.

—Invitar a una chica a salir del local y ponerte a hablarle de trabajo es una jugada de mierda.

—No me digas que la gente no lo hace en Los Ángeles.

Paige resopla. Luego, dándose golpecitos en un incisivo con una uña, su mirada me rastrilla desde la punta de mis raídas deportivas hasta la coronilla. Siento sus ojos recorrerme, dejando un resplandeciente calor a su paso.

—Así que lo he encontrado, ¿eh?

—Sí.

—Grupo de garaje que sale del pueblo y triunfa a lo grande en la escena nacional. Mozo de bar convertido en líder de grupo convertido en estrella del rock.

«Estrella». Suena mucho mejor que «manzana podrida».

—Ponme dos de eso.

—Es una buena historia.

—¿Crees que puedes hacer algo con ella? ¿Conmigo?

Vuelvo a tener su mirada encima, persistente.

—Se me ocurren un par de ideas. —Paige suelta la colilla y la apaga con un crujido de su bota—. De acuerdo.

Casi no puedo creerme lo que oigo.

—¿De acuerdo?

Paige asiente.

—Te daré una oportunidad. Solo una. Pero hay que hacerlo a mi manera.

Asiento como si tuviera suelta la cabeza.

—Lo que tú quieras. Lo que tú digas.

—Estoy jugándomela con esto. De verdad necesito que lo entiendas. Davey va a pensar que estoy echándoles una mano a unos colegas del pueblo, cuando le saque el tema. Por tanto, tenemos que demostrarle que se equivoca desde el mismo principio.

—Ensayar como si no hubiera mañana, entendido.

—Como estamos en Hawkins y WR Records obviamente no, tendréis que grabarles una maqueta. Y no me refiero a enchufar un radiocasete en vuestro garaje. Me refiero a que necesitaréis un estudio. Una mesa de mezclas. Hacerlo como es debido.

«Hacerlo como es debido». Empiezo a distinguir una forma en las últimas volutas de humo de mi pitillo, y se parece mucho a un símbolo de dólar.

—Suponiendo que todo eso vaya bien y que le gustéis a Davey, cosa que no te prometo, tendréis que veniros a

Los Ángeles y hacer una prueba para él y los demás ejecutivos.

—¿No nos contrataría por la maqueta?

—Esto no es un concurso musical, Eddie. Quieren saber en qué invierten.

—Claro.

«Claro». Ese símbolo de dólar está haciendo muchos amiguitos.

—Pero creo... De verdad creo que tienes razón. —Paige suena casi sorprendida de estar reconociéndolo para sí misma—. Creo que tú y Ataúd Carcomido... tenéis algo que le gustará a la gente. Esto podría salirnos bien. —Respira hondo, y me doy cuenta de que Paige estará arrojándose a la piscina casi tanto como yo—. Vamos a haceros famosos.

Estira el brazo para estrecharme la mano, y me siento como un gilipollas porque estoy atascado aquí de pie, con tarifas de estudios y gastos de viaje bailándome en la cabeza. No tengo ese dinero. No tengo nada que se parezca a ese dinero, y, por muchos turnos que haga en el Escondite, Bev no va a costearme el desplazamiento a California.

Pero conozco a alguien que podría.

Le estrecho la mano.

—Estrella del rock —digo—. Suena de lujo.

8

El plato que aterriza delante de mi padre está tan cargado que la torre de tortitas casi le roza la barbilla.

—En cocina tenían en marcha unas pocas de más —le explica la camarera. Aún lleva rulos en la parte delantera, pero se retuerce un mechón de atrás con una larga uña—. Te las he puesto para que no se echaran a perder.

—Eres un sol, esto...

Mi padre le mira el pecho con los ojos entrecerrados, haciendo como que busca la tarjeta con su nombre. Pero nadie tiene tan mala vista y, al cabo de un largo momento, la mujer le da un caderazo juguetón en el hombro.

—Para ya —le dice—. Me llamo Dot.

—Encantado, Dot —responde mi padre—. Y, dime, ¿tenéis un poco de miel en este elegante local? Me apetece mucho algo dulce.

—A ver qué encuentro —dice ella, pero el guiño que le hace prácticamente chilla que lo más dulce es ella.

Para cuando se marcha contoneándose hacia el mostrador de la cafetería, mi propio plato de huevos con beicon, mucho más escaso, ya está frío como un témpano. Lo ataco de todas formas, confiando en que un buen charco de kétchup lo arreglará un poco.

—Esta cafetería es un antro —dice mi padre con la boca llena de tortita—. ¿Por qué no hemos ido donde Benny?

—Porque cerró.

—Anda ya. Ese sitio es toda una institución.

—Solo hasta que Benny se pegó un tiro en el ojo.

—Mierda. —Mi padre suelta un suave silbido y se queda callado un momento, perdido en algún pensamiento distante—. Ese tío me debía doscientos pavos.

—Joder, cómo...

—Aquí tienes algo dulce, dulzura. —Dot ha vuelto, y trae juegos de palabras. Deja la jarrita de miel delante de mi padre y sonríe—. ¿Te apetece... alguna otra cosa?

—Estamos servidos —digo, sobre todo para recordarle que también existo.

Para mí no hay sonrisa de labios rojos. Dot me fulmina con la mirada y se va con andar afectado mientras mi padre entierra la risa en su monte Everest de tortitas.

—Sí que se te dan bien las mujeres, chaval.

«Se me ocurren un par de ideas». La voz de Paige es un susurro en el oído.

—Me las apaño.

—Ah, ¿sí? ¿Tienes a alguien en el punto de mira?

—Papá.

—Eso es que sí.

—No te he traído aquí para hablar de mi vida amorosa.

—¿Y para qué me has traído?

Lo dice en tono frívolo, pero le veo los ojos penetrantes por encima de la taza de café. Sabe que pasa algo. Se lo huele desde el principio. Y tiene motivos para sospechar, claro. No somos la clase de familia que sale a desayunar. Pero la idea de hablarle de esto en nuestra casa me parecía demasiado... de puertas para dentro, por así decirlo. Necesitaba distancia, poder aislarme un poco. Necesitaba algo que lo hiciera menos personal y más procedimental. Por eso estoy pinchando los restos de unos huevos fríos como témpanos mientras mi padre se enfrenta a un monte Everest de tortitas.

—La otra noche. Dijiste. Que tenías un trabajito en mente.

Noto las palabras pegajosas en la boca, tanto que me cuesta escupirlas. El rostro de mi padre no se ha movido ni un milímetro.

—Así es.

—Dijiste que son diez de los grandes para ti. Si tuvieras un compañero, ¿cuánto se sacaría?

—¿Cuánto necesitaría ese compañero?

Tengo hechas las cuentas. He sumado los desorbitados precios del estudio de grabación y el viaje, y he inflado el total haciendo castillos en el aire, por si también necesito dinero para irme a vivir a California.

—Cinco mil —respondo.

Es una cifra exagerada, que conjuro con la expectativa de que mi padre intentará regatear. Pero asiente sin más. Quizá sean imaginaciones mías, pero me da la impresión de que estaba conteniendo el aliento.

—Hecho.

—He dicho cinco mil, ¿eh? No quinientos.

—Te he oído la primera vez. Hecho —repite—. Estás salvándome el pellejo, así que lo menos que te debo…

—Espera, espera, espera. —Me echo hacia atrás, intentando salir del alcance del doloroso alivio que inunda su cara—. No he dicho que me apunte, todavía no. Antes de aceptar nada, necesito saber en qué estaría metiéndome.

Distingo un brillo aprobador en los ojos de mi padre, que no creo que haya visto nunca antes dirigido a mí.

—Siempre he sabido que eras listo. De acuerdo, hablemos de negocios.

Se limpia los labios de restos de tortitas y empuja el plato a un lado.

—No quiero paños calientes.

—Ni se me ocurriría. ¿Has oído hablar de un tío llamado Charlie Greene? —pregunta y, al ver que niego con la cabeza, continúa—: Me alegro, porque es uno de los capos de la droga más gordos de Oregón. Hierba, coca, jaco, *speed*, keta…

Lo que no puede cultivar o producir él mismo, lo importa. Su territorio es sobre todo el Pacífico Noroeste, pero tiene unas cuantas delegaciones: Baltimore, Des Moines, Grand Island. Y tiene que abastecer a esas delegaciones.

—Estás diciéndome que hace envíos —respondo—. Desde Pine Meadow hacia Baltimore.

Mi padre asiente.

—Querías saber en qué te metes. Pues el asunto es que el próximo envío debería salir de Oregón dentro de cinco semanas. Lo cual significa, si no falla nada, que pasará por el centro de Indiana en cinco semanas y un día.

Caigo en la cuenta de que he cogido una tira de beicon frío y estoy desmenuzándolo en trocitos. Cohibido, me limpio las manos en la fina servilleta de cafetería.

—¿Y quieres que lo asaltemos como bandidos enmascarados? ¿Que cacemos un tren en marcha a caballo y nos liemos a tiros? ¿La bolsa o la vida?

—Es una idea —dice mi padre—. O podría serlo si Charlie usara el ferrocarril. Pero le gusta tener cierta flexibilidad. No vamos a robar un vagón de tren, sino un camión.

Tengo una fugaz premonición de unos faros acelerando hacia mí, de un claxon atronador barritando una advertencia ignorada. Parpadeo para hacerla desaparecer. Cojo otra vez el beicon. Sigo pulverizándolo. Cualquier cosa para alejar de mi mente la imagen de morir convertido en tortita.

—Guay.

Mi padre sonríe.

—Pareces a puntito de cagarte en los pantalones.

—Cállate. Sigue hablando.

El sorbo admirado que mi padre le da al café es sonoro, más que nada dedicado a Dot, que sigue observándonos desde detrás del mostrador barbilla en mano.

—Como no se puede cargar un camión con bolsas llenas de droga y esperar que la policía estatal mire hacia otro lado, Charlie tiene un método. Toda la mierda que envía está empaquetada para que parezca... fruta, verdura. Productos agrícolas. Lo que esperarías encontrar viniendo de la costa oeste, todo bien mezclado con el material de verdad. Así que, para mantener la ilusión y que la hierba no termine descargada en Baltimore dentro de una caja enorme de zanahorias mohosas, Charlie tiene una flota de camiones refrigerados que su gente usa para llevar los envíos. Así circula el aire y todo llega bien fresco y limpito. —La sonrisa de su rostro se ensancha—. Los llaman camiones fresquinchi.

—No los llaman camiones fresquinchi.

—Yo nunca te mentiría —miente—. Esos camiones salen de Oregón y toman la interestatal, pero, cuando dejan atrás las montañas, se desvían por carreteras locales. Es más fácil untar a un agente de tráfico de pueblo que a un policía estatal, y, si el dinero no funciona... —El dedo con el que mi padre me apunta está manchado de miel—. Las instrucciones de Charlie son clarísimas. Una vez arrancas, ya no paras hasta llegar, y, si paras, más te vale tener muy buen motivo. Por eso van dos tíos en cada camión, para turnarse y tenerle un ojo echado al retrovisor.

—Y disparar a polis.

La manera en que se encoge de hombros es demasiado despreocupada para mí.

—Solo si es necesario.

—Entonces... Vale, entonces... —Me da un poco la sensación de que tengo el cerebro a punto de salirme hirviendo por las orejas—. A ver si... lo tengo todo claro. Tu plan es robar un camión en marcha que tiene instrucciones concretas de no parar por nada del mundo. Un camión que transporta una burrada métrica de drogas muy ilegales y también a dos asesinos bien armados y más que dispuestos a hacerse otra muesca en la culata, si tienen ocasión.

—Y hay que hacerlo con el tiempo justo —dice mi padre—. Se me había olvidado mencionarlo. Si ellos llegan pronto o nosotros tarde, adiós a la oportunidad. Se acabó.

—Maravilloso. —Me paso una mano por el pelo, posiblemente dejando trocitos de beicon. Me importa una mierda—. Suena factible. Suena factible de cojones.

La sonrisa divertida de mi padre ha desaparecido y ahora solo está observándome otra vez, calculador y concentrado.

—Me has dicho que no querías paños calientes.

Es verdad. Y por lo que parece, ha sido sincero del todo conmigo.

—Eddie —dice mi padre—, no te propondría este trabajo si no creyera que puedes con él.

Se equivoca. No es algo con lo que pueda. Lo más parecido que he hecho nunca a dar un verdadero golpe fructífero fue asaltar el castillo de Strahd con el club Fuego Infernal hace dos años, y aun así la palmaron dos miembros del grupo.

Qué fácil fue hablar de alineamientos con Gareth, bajo el brillo fluorescente de las luces del laboratorio del señor Vick. «¿Qué te apetece?». Sencillo. Pero en esta cafetería, en este momento, lo único que puedo pensar es en lo que *no* me apetece. No soy ningún criminal caótico malvado, piense lo que piense la gente del pueblo. No puedo hacerlo. Es demasiado. No seré capaz de...

«Esto podría salirnos bien».

Las palabras de Paige susurran en mi recuerdo, rebosantes de emoción contenida, de un futuro que me aleja de Hawkins hacia el dorado sol de California. Pero además está...

«La he jodido. Pedí dinero prestado a quien no debía». Y también: «Ahora quieren recuperarlo».

La sombra de ese Al Munson desesperado estaba bien enterrada hasta hace un momento, de buena mañana en la cafetería, con Dot babeando por él desde cinco metros de distancia. Pero para mí es fácil recordarla. Sospecho que siempre me será fácil recordarla.

—¿Qué me dices? —pregunta mi padre.

Respiro hondo. Y entonces me arrimo su plato de tortitas a medio comer y me lleno la boca.

—No hagas que lo lamente —farfullo.

Mi padre se reclina en el reservado y me mira. La sonrisa agradecida que pone me enciende en el pecho una cálida ascua en la que intento no pensar.

—De eso ni hablar, hijo —responde—. De eso ni hablar.

9

La familia de Dougie vive al final de una bonita calle sin salida en la parte buena del pueblo. No sé cómo los convenció Dougie para que nos dejaran ensayar en su casa, pero, por las miradas que me lanza la señora Teague por la ventana siempre que aparco delante, tuvo que ser bajo coacción.

Sin embargo, ese día no hay ojos furibundos cuando bajo de la furgo. La mujer está observando con una cara de perfecta confusión la bicicleta, de piñón fijo y color rosa desteñido, que está apoyada en su buzón... y a la chica que hay de pie junto a ella.

—Bonita bici —le digo a Paige.

—Esa señora me está mirando —murmura ella por la comisura de la boca—. Desde hace cinco minutos.

—Es la señora Teague. —Saludo a la mujer con un exagerado gesto entusiasta, como si fuese el vecino amistoso en la típica comedia de situación. No oigo su agraviado resoplido a través del ventanal, pero me deleito viendo cómo cierra las cortinas con gesto brusco e irritado—. Es una de nuestras muchas fans enloquecidas. Ven, ensayamos en el garaje.

Llevo a Paige por el camino de acceso que rodea la casa. Empieza a oírse el traqueteo de la batería, las bolsas de patatas fritas al arrugarse, el quejumbroso afinamiento del bajo de Jeff. Ya han llegado todos. Bien. Así no tendré que convencerlos dos veces.

—¡Buenas tardes, damas y caballeros! —proclamo, demasiado alto y alegre, mientras paso por la puerta abierta del garaje.

Ronnie está sentada a la batería, haciendo rodar una baqueta entre los dedos. Dougie se ha apropiado de la otra baqueta y la está usando para intentar desenganchar un alargador de *jack* de un estante alto mientras Jeff brega con las clavijas de su bajo frunciendo el ceño, concentrado en la cuerda de re.

—Llegas tarde, tío —dice Dougie—. Mi madre solo nos deja una hora antes de cortar la luz, porque se ve que los vecinos no paran de quejarse y... ¡Joder!

Ha logrado soltar por fin el cable, que se le enrolla en la cabeza como una boa constrictora. Por su parte, Ronnie no se deja distraer por las desventuras de Dougie ni por el lento estrangulamiento de Jeff a su mástil. Su mirada se afila al instante cuando Paige aparece en la puerta del garaje, y entonces se desvía de repente hacia mí.

—¿Trae usted compañía, señor Munson?

—Hola —dice Paige—. Bonito bajo.

Las manos de Jeff saltan del instrumento como si las cuerdas le quemaran.

—¡Uh! —profiere, a medias entre la exclamación y el gañido.

—¿Eres una grupi? —pregunta Dougie, sin fingir siquiera que no tiene la mirada clavada en ella, y voy a tener que intervenir antes de que mi grupo convenza a Paige de que ha cometido un error al tomarme medio en serio.

—Vale, vale, panda de bichos raros. —Me pongo delante de Paige. Con un poco de suerte, sin una línea de visión directa, recuperarán aunque sea una pizca de función cerebral—. ¿Podemos ser normales?

Ronnie, por supuesto, no está prestando atención. Se inclina de lado en su taburete hasta poder ver de nuevo a Paige.

—Estuviste en el concierto del Escondite.

Paige sonríe.

—Qué buena memoria.

—Siempre recuerdo a las chicas que le hacen puré los sesos a Eddie.

—Conque puré, ¿eh? —dice Paige, dedicándome una cálida mirada de reojo.

Me inunda un rubor desde las cejas hasta los dedos de los pies, todo al mismo tiempo.

—¿Cierras? ¿El puto pico? ¿Ronnie?

Pero Ronnie no tiene intención de romper la racha de hagamos-como-si-Eddie-no-estuviera.

—Encantada de conocerte —dice, saliendo por un lado de la batería para tenderle la mano a Paige—. Cualquier... buena amiga de Eddie es amiga mía. Me llamo Ronnie.

Paige le estrecha la mano.

—Paige.

—¿Eddie te ha convencido de venir a ver el ensayo? —pregunta Ronnie—. Porque creo que se considera crimen de guerra en algunas partes del mundo.

—Deja que me disculpe por adelantado en nombre de todos ellos —le digo a Paige, interrumpiendo a Dougie antes de que pueda aportar algo que vuelva irreparable la situación—. Y no, capullos, Paige no ha venido como... mi cita.

—Entonces ¿está soltera? —pregunta Dougie.

—Bueno... —dice Paige retrocediendo medio paso.

—Trabaja en WR Records —suelto de sopetón, porque, como los tenga en ascuas un segundo más, mis compañeros de grupo van a hacer que todo el dichoso asunto descarrile—. Quiere que grabemos una maqueta. Para enviársela a su jefe. En WR Records.

El silencio que se hace es gratificante, la verdad, porque la mecha de esta noticia lleva días chispeándome en los huesos, desde el momento en que Paige aceptó plantearse mover nuestro grupo. He necesitado toda mi fuerza de voluntad para no revelárselo a Ronnie, pero ahora, al ver su cara conmocionada, no sabes cómo me alegro de haberme mordido la lengua.

Aun así, llega un momento en que el silencio se está prolongando un poquito demasiado.

—No os emocionéis todos a la vez —digo mientras intento disimular lo ansioso que estoy.

—¿WR Records? —pregunta Jeff. Parece que solo decirlo está dándole náuseas—. Pero... ¿WR Records de verdad?

Paige me pone una mano en el brazo y pasa por mi lado hacia el interior del garaje.

—Trabajo de cazatalentos asistente para Davey Fitzroy —explica—. Sí, en WR Records. Y Eddie no os engaña. Creo que a Davey le interesaría saber de vosotros, de Ataúd Carcomido.

Abro la boca para añadir algo, pero Paige me lanza una mirada de advertencia y cierro las fauces otra vez.

—Pero antes de dar ningún primer paso, como reservar tiempo en un estudio, contratar a un ingeniero de sonido o incluso avisar a Davey, necesito que los demás me lo confirméis. ¿Esto os interesa?

—Pues claro que les interesa —digo—. Es un contrato discográfico. ¿Verdad, tíos?

Miro de nuevo a mi alrededor. La sorpresa empieza a disiparse a medida que asimilan las palabras de Paige, pero las expresiones que se asientan a su paso no son del todo el entusiasmo desbocado que me esperaba. Solo Dougie parece ansioso, con los ojos encendidos en llamas.

—Joder, ya lo creo —responde. Me da la sensación de que hasta está salivando—. ¡Joder, ya lo creo!

—Un momento, entonces... —Jeff tiene una profunda arruga entre las cejas, y no sé muy bien si es de confusión o de inquietud—. ¿WR quiere ficharnos?

—Quieren que grabemos una maqueta —le digo—. Paige se la enviará a su jefe. Si a él le gusta, volaremos a Los Ángeles para hacer una prueba.

—¿A Los Ángeles? —pregunta Jeff.

Parece que toda esa información se le está atascando en las orejas y no consigue filtrarla al cerebro.

—Joder, ya lo creo —grazna Dougie—. Hagámoslo. ¿Cuándo empezamos?

Pero la única persona a la que estoy prestando atención es la que aún no ha dicho nada. Ronnie está en el centro del garaje, agarrando un extremo de su baqueta con cada mano. Se le han puesto los nudillos blancos; si alguien la asusta ahora mismo, creo que partirá el palo en dos. Y tiene la mirada perdida en el espacio vacío entre Paige y yo, con el rostro inexpresivo por completo.

De todas las reacciones, esa es la que menos me había esperado. Estiro el brazo y le doy un empujón de broma en el hombro, tanto para despertarla como para calibrar su reacción.

—¿Estás viva ahí dentro, Ecker?

Parpadea y entonces me mira.

—Sí —dice, y eso es todo.

—Entonces... —Jeff ya empieza a computar y se le suaviza la arruga entre las cejas—. Entonces podríamos ser algo así como estrellas del rock.

—Esa es la idea —dice Paige.

—¿Puedo hacerte una pregunta? —interviene Ronnie, que vuelve a tener una luz en los ojos, y no es la chispa faltona de cuando creía que Paige era mi posible nueva novia, sino algo más feroz y dirigido.

Paige sonríe, accesible y relajada.

—Puedes hacerme todas las preguntas que quieras.

—Muy amable. —Ronnie empieza a darse golpecitos con la baqueta en el muslo, un plas-plas-plas rápido—. Solo quiero saber... ¿por qué nosotros? ¿Por qué Ataúd Carcomido?

Pongo los ojos en blanco.

—Porque...

—Le estoy preguntando a ella, Eddie.

—Y haces bien en preguntar —dice Paige—. Supongo que la respuesta más sencilla es que me gustó lo que vi. Tenéis, todos vosotros, algo que opino que el mundo de la música necesita con desesperación ahora mismo.

—¿Y qué es?

—Una historia —responde Paige y, por un segundo, su mirada se desvía de soslayo hacia mí. «Mozo de bar convertido en líder de grupo convertido en estrella del rock»—. Mire donde mire últimamente, solo encuentro a un montón de niños pijos que tratan su contrato discográfico como un pasatiempo a la moda. Nadie quiere hacerse fan de eso, ni de ellos. Pero ¿un puñado de héroes de pueblo que intentan abrirse un hueco en lo más alto? Vais a ser leyendas.

La baqueta de Ronnie no ha dejado de tabalear.

—Entonces estás diciendo que... te interesamos nosotros, no nuestra música.

—Me interesan las dos cosas. Así es como funciona la industria.

—¿Y qué pasa si la historia cambia? —pregunta Ronnie—. ¿Qué pasa si deja de encajar con lo que busca WR?

—Eso es imposible —tercio—. Es nuestra historia. De verdad somos unos...

—¿Héroes? —rebufa Ronnie—. ¿Quién nos llama así?

—Parece que tenéis mucho de lo que hablar —dice Paige. Su sonrisa profesional sigue puesta, pero capto un atisbo de tensión en las comisuras—. ¿Qué tal si os dejo espacio para discutirlo y luego... ya lo retomaremos, según decidáis?

—Te acompaño fuera —me ofrezco, porque creo que debería hacerlo, pero Paige me detiene poniéndome otra vez la mano en el brazo. Incluso con la chupa puesta, siento el calor de su palma quemándome la piel.

—Quédate —murmura, y me parece lo correcto, pensándolo bien—. Habla con ellos.

Y luego, tras un último apretón, me suelta y sale a la dorada luz del día. Miro cómo se marcha hasta que desaparece por la curva del camino.

—Yo me apunto —dice Dougie en el instante en que deja de oírse el crujido de las pisadas de Paige—. Me apunto. Firmaría ahora mismo. Hagámoslo.

—No lo sé... —responde Jeff. Está mordiéndose tanto el labio que se le empieza a hinchar—. Vosotros estáis en el último curso, pero a mí aún me quedan dos años de instituto.

—Pero ¿qué dices, colega? —restalla Dougie—. ¿El instituto? ¿Qué haces pensando en el instituto, si tienes a alguien diciéndote que podrías ser famoso?

—No es tan fácil —replica Jeff—. ¿Qué pasa, a tus padres va a encantarles cuando les cuentes lo que quieres hacer con tu vida?

—Que se jodan —dice Dougie—. Si fuese por mi padre, iría directo de la ceremonia de graduación al asiento de copiloto de su furgoneta para reparar neveras. Teague e Hijo por los siglos de los siglos. Sin paradas, sin desvíos, sin *remedio*. Yo me apunto.

—El instituto siempre estará ahí, tío —añado mirando a Jeff—. A lo mejor acabamos siendo los próximos Metallica y pasamos décadas de gira, o a lo mejor se va todo al garete dentro de dos meses. En todo caso puedes volver cuando quieras, sacarte el diploma, ir a la universidad, trabajar de nueve a cinco hasta que te mueras. Pero esta oportunidad caducará pronto. Piensa en cómo vas a sentirte dentro de diez años, dentro de veinte, si te despiertas una mañana con tu anillo de la promoción del 86 y te das cuenta de que dejaste pasar la ocasión de ser algo increíble.

Y es posible que haya usado mi voz de máster para narrarle ese futuro gris, y es posible que Jeff esté condicionado desde hace dos años para creerse cualquier cosa que diga esa voz, pero no le estoy mintiendo. Solo estoy procurando que comprenda todos los hechos.

—Muy bien —dice Jeff por fin.

—¿Sí?

Sonríe y una chispa de emoción se extiende por su cara como un incendio descontrolado.

—Muy bien.

—¡Muy bien! —exclamo.

Y luego, conteniendo el aliento, me vuelvo hacia Ronnie.

—¿Qué dices tú, Ecker? —le pregunto—. Fama, fortuna, gloria: Ataúd Carcomido. ¿Qué te parece?

Ronnie está haciendo rodar la baqueta otra vez, tan rápido que se ve borrosa.

—¿Me lo preguntas de verdad? O sea, ¿quieres saber lo que pienso? ¿O solo quieres que te diga si me apunto o no?

Es una trampa. Solo hay una forma de responder a esa pregunta sin sonar como un verdadero mamón.

—Pues claro que quiero saber lo que piensas.

—Pienso... —Ronnie suspira y se le aflojan los hombros. Cuando vuelve a alzar la mirada hacia mí, su máscara impasible ha caído y puedo interpretar todos los pensamientos vulnerables que le sangran por los ojos—. Pienso que quiero que esto sea real. Pienso que quiero vivir en un mundo donde pasen estas cosas. Pero no vivo en él, Eddie. Ninguno vivimos en él. Mira alrededor. Pero mira de verdad, con los ojos abiertos. —Señala con la baqueta el suelo de hormigón, el cable enmarañado a los pies de Dougie, las desvencijadas estanterías de alambre—. No somos unos genios del metal. Somos músicos garajeros. A lo más que llegamos es a un bolo semanal en el Escondite, y eso poniéndolo todo de nuestra...

—¡Menuda idiotez! —exclama Dougie—. Esa chica dice que tenemos algo especial, así que...

Levanto la mano, haciendo callar a Dougie antes de que se le vaya del todo la pelota.

—Paige cree que somos auténticos.

—Pero ¿qué significa eso? —contraataca Ronnie—. Yo no lo sé. Tú no lo sabes. Y no creo que ella lo sepa tampoco.

Pero, sea lo que sea, es..., es como un molde. Es un paquete que cree que puede vender, ¿verdad?

Su reticencia está calándome.

—Si no quieres grabar la maqueta...

—No he dicho eso. Es solo que... no quiero que nos volvamos locos por intentar ser lo que busca otra persona. —«No quiero que *tú* te vuelvas loco» es lo que está telegrafiando su expresión, más claro que el agua. La inquietud de Ronnie hace que me irrite incluso más, sobre todo cuando añade—: No tenemos nada que demostrar, Eddie. Ni a la gente de este pueblo ni a nadie de ninguna parte.

—Yo solo quiero tocar música —replico, con una mordida en el tono que ya no puedo retirar, pero Ronnie absorbe las palabras sin más.

—¿Nada más? —Ronnie tiene la mirada intensa, buscando en mi cara algo..., algo que nunca comprenderé—. ¿Me lo prometes?

La irritación se esfuma de golpe, dejándome desinflado y expuesto.

—Te lo prometo —le digo.

Y, por fin, Ronnie asiente.

—De acuerdo —dice, en voz casi demasiado baja para oírla—. Entonces seamos estrellas del rock.

10

La casa, más que construida, parece dejada caer de cualquier manera. Se desmorona entre los árboles, pendiente abajo hasta la orilla del lago, como derramada. La miro entornando los ojos, buscando en ella una sola cualidad redentora mientras camino detrás de mi padre hacia la puerta principal.

—Parece que este sitio esté encantado.

Mi padre ya está llamando a la puerta.

—Encantado de pasarlo tan bien, si acaso. No seas grosero.

—¿Con quién, con Casper?

Pero la nube de humo que emerge cuando la puerta se abre hacia dentro no es ningún fantasma bueno. Es la niebla más espesa e impenetrable de humo de maría que he visto en la vida, tan densa que creo que podría cortar un pedazo con un cuchillo.

—¿Eres tú, Munson? —balbucea una voz desde algún lugar de la nube, y empiezo a distinguir una forma sombría, la silueta de un hombre alto con barba desaliñada y bermudas, medio desmoronado igual que su casa—. ¿Te has traído a un amigo?

—Este es mi hijo —responde mi padre—. Chaval, te presento a Rick, alias Porricky.

Había creído que el primer paso para planificar un golpe sería más emocionante, algo relacionado con mapas o diagramas, o quizá una excursión a un almacén de armas al estilo

James Bond. Pensaba que quizá sería un paso peligroso, o por lo menos tangible.

«Ya llegaremos a eso —me ha dicho mi padre al comentárselo, mientras enfilábamos con la furgo por el paseo Filadelfia al salir de casa—. Pero estas movidas se hacen llevando un orden. Y no tiene ningún sentido tirarnos a la piscina si no hay un comprador esperando al otro lado».

No sé qué me esperaba al oír la palabra «comprador», pero desde luego no es la cara animada y amistosa que se cierne sobre mí en el umbral. Porricky es todo un gigante, con grandes ojos sonrientes y una camiseta desgastada del oso Smokey con el lema «SALVAD EL BOSQUE».

—¡Munson Junior! —exclama Rick, agarrándome la mano y dándole una sacudida tan entusiasta que casi me disloca el hombro—. ¡Es como conocer a un miembro de la realeza!

—Llámame Eddie —digo entre el castañeo de los dientes.

Rick no da señales de haberme oído.

—¿Qué hacéis ahí? ¡Pasad, pasad! —Se aparta para dejarnos espacio—. ¡Bienvenidos al Palacio Porricky!

No sé del todo por qué, quizá por la abrumadora cordialidad de Rick, pero raspo las suelas contra la madera antes de entrar, preocupado por meter tierra en la casa.

Igual es que he visto demasiadas pelis, pero, cuando mi padre me ha dicho que íbamos a casa de un traficante, he visualizado algo oscuro y lúgubre. En cambio, la estancia a la que pasamos es abierta y bien iluminada, aunque la persistente neblina de humo convierte la luz solar en una especie de resplandor anaranjado. El sitio no está ordenado ni mucho menos, pero tampoco es un horror: no hay capa de polvo, no hay nada derramado y pegajoso y las latas de cerveza y los platos sucios que se ven aquí y allá no parecen tener más de un par de días. A mis ojos, los ojos de un adolescente que lleva meses viviendo solo, esto es casi higiene a escala de sargento instructor.

Un regimiento de frascos de color azul brillante llenos de pastillas aguarda en posición de firmes sobre una mesa a un lado, y mi padre toca la tapa de uno al pasar.

—¿Diversificando el negocio? ¿Qué son, anfetas?

—La vida es dura, amigo mío —le dice Rick sin interrumpir sus andares arrastrados—. Mi misión es aligerar las cargas y alegrar los días, no juzgar a la gente.

La cama deshecha de Rick está entre dos ventanas anchas en la pared del fondo, pero la mayoría del espacio se lo come una descomunal mesa de billar. Rick va en su dirección, apuntando con sus zapatillas de andar por casa hacia un taco que está apoyado de cualquier manera contra un destartalado aparador lleno de cerámica.

—¿Sabes jugar? —me pregunta, cogiendo el taco.

Me encojo de hombros.

—Un poco.

—De lujo. —Me pasa el taco, saca otro de debajo de un sofá tapizado de flores y se levanta con un sonoro gruñido—. Nunca te hagas viejo —me aconseja.

Porricky no puede tener más de treinta y cinco años, pero asiento con la cabeza de todos modos.

—Lo tendré en cuenta.

—¿Cómo va todo, Rick? —pregunta mi padre mientras quita una pila de revistas viejas de encima de una butaca para sentarse, hundiéndose tanto como puede en el respaldo acolchado.

—Chis —dice Rick, con la mirada fija en el desvencijado triángulo que está llenando de bolas de billar. Repiquetean unas contra otras, cada vez más apretadas—. ¿Quieres romper?

¿Es posible que una conversación descarrile si nunca ha estado encarrilada?

—Me da igual —respondo—. ¿Seguro?

—Adelante.

Rick retira el triángulo con una floritura, se aparta de la

mesa y se apoya en su taco como si fuera un bastón. Lanzo una mirada dubitativa a mi padre.

—Si vas a romper, rompe —dice él.

Supongo que voy a romper. Tardo dos segundos en preparar el tiro. Entonces suena un ruidoso ploc y las bolas salen despedidas en todas direcciones, tan caóticas que si la seis verde cae en una tronera es solo por pura suerte.

—Vas con lisas. —Rick hace un asentimiento de aprobación, como si hubiera metido esa bola a propósito—. Buena elección. Ah, todo que te cagas, tío. —Tardo un segundo en comprender que se dirige a mi padre, respondiendo a su pregunta de antes—. Aquí de tranquis, ya sabes. El negocio va bien, la vida va mejor.

—Me alegro mucho —dice mi padre mientras apunto para mi siguiente tiro.

—Reconozco que me preocupé al no saber nada de ti —dice Rick—. ¿Dos años sin oír ni mu? Empezaron a colarse unos pensamientos de lo más oscuros. Menos mal que sigues vivito y coleando.

—Ya sabes que hace falta algo más que un matón gilipollas para retirarme de la circulación.

Ploc. Meto otra bola. Cuando levanto los ojos, Rick está mirando a mi padre con una difusa perspicacia ardiendo en sus ojos inyectados en sangre. Mi padre no parece ni darse cuenta. Se reclina más en la butaca, con las manos detrás de la cabeza, como si la casa fuera suya y no de Rick.

—Claro —contesta Rick al cabo de un tiempo—. Ya lo sé.

Mi siguiente tiro acaba con la bola blanca en una tronera.

—Mierda —exclamo irguiéndome—. Te toca.

—Hablando de negocios —dice mi padre mientras Rick entiza la punta de su taco—, Eddie y yo hemos dado con una oportunidad que creemos que podría interesarte.

—Mm-mmm —responde Rick, mirando con un ojo cerrado a lo largo del taco a la vez que apunta a la bola doce en la esquina del fondo.

—Dentro de unas semanas tendremos entre manos... calculo que unos diez kilos de hierba. Y no me refiero a mierda cultivada en un patio trasero. Nada de semillas ni tallos. Diez hermosos kilos de Ambrosía Dorada. Traída desde Oregón.

—¿Y por qué me lo cuentas a mí, tío? —pregunta Rick.

Ploc. La bola doce desaparece en la tronera y Rick rodea la mesa con el ojo puesto en la quince, que ha terminado detrás de un muro de lisas.

—¿Tú qué crees? —replica mi padre.

Rick se muerde el carrillo y se agacha con los ojos al nivel de la mesa.

—Creo que quieres que te la compre —dice, y su codo se agita y el taco golpea y la bola blanca da un improbable salto sobre la línea de defensoras, cae contra la quince y la hace desaparecer por el hueco—. Por...

La máscara relajada de mi padre ha perdido grosor y la tensión de abajo empieza a asomar.

—Quince mil.

—Quince mil por diez kilos de Ambrosía Dorada. —Rick da un silbido, pero no aparta la mirada de la mesa—. Menudo chollo me ofreces. Habría que ser idiota para rechazarlo.

—Pues no seas idiota. —Mi padre se levanta y la butaca chirría debajo de él—. Venga, Rick, ¿alguna vez te la he liado?

Ahora Rick sí que lo mira, y su expresión dice que a mi padre no le interesa nada que responda a eso con sinceridad.

—Mi padre estaba encerrado —suelto sin pretenderlo del todo. Lo único que me pasa por la cabeza es que, por algún motivo, esta pequeña reunión no parece ir muy bien y, si mi padre no va a arreglarla a base de labia, debería intentarlo yo—. Si te preguntabas por qué no sabías nada de él, es porque lo detuvieron. En Colorado.

Rick vuelve su sonrisa fácil hacia mí.

—No seré yo quien se pregunte por qué Al Munson ha desaparecido de la faz de la tierra, Junior —responde—. ¿Tú sí?

Sí. No. Yo qué sé.

—Entonces ¿a qué vienen tantas dudas? —pregunto. Rick resopla. Con apenas una mirada rápida a la mesa, se coloca y mete otra bola, y yo me aparto para dejar que repita sin parar de darle a la sinhueso—. Tú mismo lo has dicho: es una ganga. Nosotros hacemos el trabajo, tú te llevas el material. Con diez kilos puedes forrarte. Lo único que tienes que hacer es decir que sí.

Rick apoya la barbilla en la punta de su taco.

—¿Y luego qué? Hacemos el negocio, llegamos a lo de comer perdices y ¿qué pasa después?

—No lo...

—Era una pregunta retórica, colega —me corta Rick—. Sé la respuesta. Después, el asunto de a quién le chorizaron la mandanga Munson y compañía pasará a ser problema mío cuando los lobos me encuentren. Estaré aquí apalancado, viviendo la vida, yendo a mi bola, y de pronto un par de tíos llamarán a la puerta para preguntarme dónde está su maría. Y cuando les diga que ya no la tengo, ¿qué me pasará? —No tengo respuesta a eso, así que Rick niega con la cabeza—. Nada bueno, ya te lo digo yo.

—No ocurrirá —tercia mi padre.

—Lo que tú digas, tío.

El tono de Rick es afable, pero la mirada que desvía al techo no. Hace otro tiro. Esta vez falla.

—Piénsalo, Rick —insiste mi padre, llegando a mi lado y cogiéndome el taco—. Es imposible que el rastro de esto llegue hasta ti. Cuando Eddie y yo tengamos el material...

—Ni se te ocurra decirme a quién vais a afanárselo —advierte Rick.

—Cuando lo tengamos, nuestros misteriosos benefactores ni siquiera sabrán que ha desaparecido hasta que ya sea tarde. No sabrán quiénes somos, ni dónde perdieron la hierba. A lo mejor es que no la cargaron toda en un principio, vete a saber. El caso es que nadie oirá tu nombre ni te verá la cara en ningún momento.

Mi padre no tira, así que en la práctica estamos en un parón. Rick hace rotar su taco entre los dedos, estudiando la posición de las bolas sobre el fieltro verde. No parece convencido. Nunca va a convencerse, al menos no por mi padre, no por el tío con sobrados antecedentes de evaporarse en plena noche y, si lo he interpretado bien, de dejar a Rick tirado en la cuneta. El plan ya nace muerto, seco antes de tener ocasión de florecer. Adiós WR Records. Adiós Los Ángeles. Adiós Paige Warner.

Estoy en plena espiral negativa cuando me asalta un recuerdo inesperado, tan nítido que casi viene hasta mí y me da un toquecito en el hombro.

«Un puñetazo por cada dólar que me debes».

Es lo que dijo Tommy H. Y entonces Gareth le escupió una bordería y la cara de Tommy se puso morada de furia. Después de eso, ya le dio igual cuánto dinero de mierda para el almuerzo pudiera llevar Gareth encima.

Solo quería hacerle daño al chaval.

—El rastro no llegará hasta ti —digo, repitiendo la frase de mi padre— porque tú les traerás sin cuidado.

Rick tiene la barbilla apoyada en la punta de su taco, y me mira entornando los ojos a través de la neblinosa luz solar.

—¿Y eso por qué?

Empujo la bola blanca con el dedo y la hago rebotar contra la banda.

—Si averiguan quién les ha robado la hierba, se cabrearán, ¿verdad? Pero se cabrearán con mi padre y conmigo. Puede que vengan a por nosotros para recuperar el dinero, pero lo que buscarán en realidad es vengarse de la herida en el orgullo. Y tú no tienes nada que ver con eso. Tú vienes a ser un transeúnte, un tío del montón que ha tenido potra. Si hay metralla, no te dará a ti. —Recupero el taco de manos de mi padre. Apunto. Y deseo con toda mi alma acertar, porque el discursito quedará mucho menos guay si no lo hago—. Claro que, si aun así te parece demasiado riesgo, ya nos buscaremos la vida. No eres el único proveedor de Indiana. Solo eres el que nos cae más cerca.

Clic. Le doy a la bola y me enderezo para encararme hacia Rick sin mirar si el tiro ha acertado. El corazón me aporrea en el pecho, pero me atornillo la mejor sonrisa de Al Munson en la cara y la mantengo ahí.

Rick me observa un buen rato. Luego, de pronto, estalla en carcajadas. Es una risa escandalosa y bobalicona, que burbujea desde algún lugar al fondo de su pecho.

—¡Joder, Junior! —exclama—. ¡Menudo vendedor estás hecho! ¡Casi me lo trago y todo!

Mi padre me da una palmada en la espalda. Noto lo húmeda que tiene la palma a través de la camiseta.

—Sí que se lo curra, ¿eh?

—Mira lo que te digo. Si lo que estés planeando con tu viejo se tuerce, ven a pedirme trabajo. No te faltará de nada.

—¿Y antes de eso?

Rick aún está riéndose mientras saca una chusta de porro de uno de los muchos bolsillos de sus bermudas y se la enciende.

—Son diez kilos de Ambrosía Dorada —dice con una bocanada de humo—. ¿Qué voy a hacer, pasar de ellos? Si me los traéis, os los quito de las manos.

Siento una oleada de alivio. Quizá todavía no tenga que renunciar a mi sueño californiano.

—Es un placer hacer negocios contigo, Rick.

—El placer es el negocio —responde Rick, agachándose para hacer el siguiente tiro—. Que no se te olvide.

11

El negocio sigue rondándome en la cabeza dos días después, mientras Paige y yo llegamos a un aparcamiento de gravilla en algún lugar de las afueras de Lafayette. Echo el freno de mano, apago el motor y nos quedamos sentados en mi furgoneta, contemplando un edificio rectangular de ladrillos con dos plantas que debe de ser la construcción más aburrida del universo.

Pero, si las apariencias fuesen lo único importante, Paige y yo no habríamos salido de Hawkins a las siete de la mañana y conducido más de una hora para estar aquí ahora mismo. Si las apariencias fuesen lo único importante, los nervios no me tendrían sudando a chorro solo por quedarme sentado en un aparcamiento.

Estudio en vivo Mike, dice el letrero amarillento que hay encima de la puerta. Me da la sensación de que está vigilándome.

—¿Estás segura de que no podemos grabar en el garaje de Dougie? —pregunto.

Paige, que se ha pasado casi todo el viaje dormitando en el asiento del copiloto, me lanza una Mirada-con-eme-mayúscula que, sin palabras, dice: «No seas cobarde», y también: «Si ibas a rajarte, haberlo hecho antes de obligarme a levantarme antes de que pongan las calles».

—Lo digo en serio —insisto—. Puedo gorrearles el equipo a los empollones del club de imagen y sonido. En una tarde lo tenemos hecho y…

—¿De dónde viene eso? —pregunta Paige mientras saca un espejo pequeño de algún sitio y lo usa para desarrugarse el pelo tras la siestecita.

Me muerdo el interior de la mejilla. Viene del estado de mi cuenta bancaria. He pasado los últimos días haciendo acopio de todo centavo que tuviera disponible, y después de dar la vuelta a todos los cojines del sofá y saquear el cambio de todas las cabinas telefónicas del pueblo, mi grandioso total asciende a ciento ochenta y cuatro dólares. Y treinta y nueve centavos. Al salir de Hawkins con Paige esta mañana aún bullía dentro de mí la relativa convicción, la esperanza, de que quizá llegara para cubrir el presupuesto que estaban a punto de tirarme a la cabeza.

Pero ahora que estamos fuera del estudio, es como que la realidad… empieza a aplastarme. Ni de coña tengo bastante pasta, ¿verdad? Es imposible.

—Si estás nervioso —dice Paige, haciéndose cargo de la conversación mientras yo soy un pegote catatónico que solo mira por el parabrisas—, no lo estés. El encargado de este sitio no puede ser peor que los tíos con los que tengo que tratar en Los Ángeles. Tú déjame hablar a mí. Conseguiré una hora buena. Y una tarifa buena también. —Ese último comentario hace que la mire. Paige sigue observando su reflejo en el espejito, evitando el contacto visual con tanta efectividad que tiene que ser aposta—. Ya estamos aquí. ¿De verdad quieres dar media vuelta y marcharte?

Es un reto. Está provocándome para que me quede, para que dé el siguiente paso. Así que hago lo que mejor sé hacer. Tiro el dado.

Las bisagras de la furgo gimotean cuando abro la puerta y bajo.

—¿Vienes o qué? —le disparo mirando atrás.

A mi espalda, Paige suelta una palabrota riendo, cierra su espejo y me sigue hacia el edificio.

El Estudio en Vivo Mike debería tener a un propietario llamado Mike, pero quien lleva el cotarro es un tío llamado Nate Caputo. Tiene toda la pinta de ser un hippie acabado de sesenta y tantos años, con la cabeza llena de rizos entrecanos, una chaqueta con flecos y un ceño permanente. El ceño solo se frunce más cuando Paige nos presenta. Hemos tenido que quedar con él antes de su sesión de grabación de las nueve, y Nate no es en absoluto una persona madrugadora.

—Bajad la voz —masculla cuando Paige y yo nos lanzamos a describirle Ataúd Carcomido y nuestra maqueta.

Pero cuando bajo el volumen y vuelvo a intentarlo, se limita a soltar un gruñido y largarse pasillo abajo, hacia el olor del café recién hecho.

—Yo me ocupo —dice Paige.

Sale trotando detrás de Nate. Y me quedo solo.

No tengo intención de darme una vuelta por allí. Voy a quedarme quieto y esperar a Paige cruzado de brazos. Pero entonces...

... veo la puerta.

Está entreabierta, solo una rendija, lo justo para ver qué hay al otro lado. Y dentro...

Lo primero en que me fijo es la batería. Luego en las alfombras extendidas unas encima de otras, apiladas a buena altura en el suelo. Luego en el palo larguirucho de un pie de micro. Y luego ya estoy abriendo la puerta del todo y entrando en un auténtico estudio de grabación por primera vez en la vida.

No es un espacio muy amplio, pero incluso con todo el equipo y los instrumentos y las lámparas envueltas en pañuelos, no da sensación de apretado. Mis zapatillas deportivas rozan la alfombra con un frufrú que suena demasiado fuerte, y me doy cuenta de que la sala está completamente insonorizada. Para comprobarlo, doy con la uña en el charles y sonrío al oír el rasposo tch-tch-tch que provoco.

Es todo un golpe, un impacto entre los ojos, verme allí en el centro del montón de alfombras, con el aire acolchado presionando desde todas las direcciones. Estoy en un estudio de grabación. Uno de verdad. Solo los había visto en fotos o en películas, imágenes brillantes en las páginas de antiguos ejemplares de la *Rolling Stone* o granuladas en los reportajes sobre grupos de la MTV. Pero esto no es bidimensional. No es a baja fidelidad. Esto es...

—Esto es un tugurio.

Las palabras llegan quebradas, llenas de estática y a demasiado volumen, por el intercomunicador que hay montado en el techo. Miro alrededor sobresaltado y descubro a Paige observándome a través del cristal. Está en la sala de control, agachada sobre la consola de audio. En su lado del cristal está más oscuro, pero la luz de la sala de grabación le ilumina la cara, le hace brillar la piel como si tuviera el sol ardiendo en algún lugar de su interior.

—Je —respondo antes de darme cuenta de que, con la insonorización, no puede oírme si no hablo por el micro. Me acerco y pruebo otra vez—. Sí.

Es todo lo que logro decir sin desvelar el hecho de que, por dentro, estoy flipando en colores. El lugar será un tugurio, vale. Pero, aunque fuese Abbey Road, reaccionaría igual. Estoy en un estudio de grabación, como una verdadera estrella del rock. ¿Munson Junior llegó a pensar alguna vez que terminaría aquí?

Paige se tapa las orejas con las manos y clava la mirada en mis ojos a través del cristal.

—¿Eh? —digo, esta vez acordándome de usar el micro.

Hace un gesto y vuelve a taparse las orejas, y por fin se me ocurre mirar hacia donde ha señalado. «Ah». Hay unos auriculares enormes colgando de la esquina de un amplificador. Los levanto y me los pongo en la cabeza.

—¿Cómo tengo el pelo? —pregunto, sonriendo por encima del micro.

Paige pone cara de sufrimiento, pero se le nota que sin muchas ganas. Atisbo la sonrisa que intenta reprimir.

—Voluptuoso.

—¿Qué ha dicho Nate?

—Aún está un poco en Babia. No voy a intentar nada hasta que se eche al menos un café entre pecho y espalda. —Ladea la cabeza y señala con el mentón hacia algo detrás de mí—. ¿Ves esa guitarra?

La he visto nada más entrar, una Stratocaster colgada de una montura en la pared. Está un poco desgastada, con rasguños en la caja y la correa empezando a deshilacharse. «Esta preciosidad ha visto mil batallas». Pero cuando me paso la correa, enchufo la guitarra y toco un acorde, el sonido que surge es puro y claro y perfectamente afinado.

—¿Qué te parece? —pregunto, haciendo una pose.

—Me gusta —dice Paige.

—¿Hasta para ser un tugurio?

—No me refería al estudio. —Paige ladea la cabeza y me escruta a través del cristal—. Me gustas tú. Ahí dentro, detrás del micro, con una guitarra. Encajas.

No sé si puedo contestar a eso ahora mismo, al menos sin que se me quiebre la voz. Así que devuelvo la atención a la guitarra y recorro los trastes con los dedos haciendo una versión minimalista de la intro de *Number of the Beast*.

—¿Puedo preguntarte una cosa?

Su voz suena floja pero imposible de pasar por alto, fluyendo de los altavoces a mis orejas hasta llenarlo todo. Fallo una nota.

—Ale —digo, y dejo que Paige interprete por sí misma si estoy lamentando la disonancia o dándole permiso a ella.

—¿Por qué la música?

Es una pregunta tan general que tengo que olvidarme de los Iron Maiden durante más de medio minuto mientras intento descifrar a qué se refiere.

—A todo el mundo le gusta la música.

—No a todo el mundo le gusta como a ti. —Ladea la cabeza otra vez y su pelo corto se balancea en una onda oscura—. Vale, bien. Rehago la pregunta. ¿Por qué *esta* música?

Toco un acorde de quinta vacía y lo dejo reverberar, llenando todos los rincones del estudio de grabación.

—¡Porque es la caña! —grito para hacerme oír entre el ruido.

—Eso está claro —dice ella cuando los últimos ecos han remitido—. Pero no es la única razón, ¿verdad? —Cuando la miro inexpresivo, medio resopla y medio suspira—. Anda, échame una mano, Eddie. Si voy a vender este paquete, necesito texto que escribir en el lateral.

¿Por qué la música? ¿Por qué esta música? Hago rodar la púa entre los dedos mientras intento poner mis ideas en algún tipo de orden.

Y es que, por extraño que parezca, en realidad nunca me he hecho esa pregunta. Durante dieciocho años, la música más o menos ha... estado ahí, sin más. En plan: comer, respirar, mear..., música. Escucharla, tocarla, hablar de ella. Es una constante en la vida. Pero ¿por qué?

—Por mi madre.

No estoy muy seguro de haberlo dicho queriendo. Ha salido un poco por su cuenta, murmurado al micrófono como si estuviera en algún extraño confesionario del rock. Me imagino las palabras llenando el aire de la sala de control, igual que la voz de Paige me llena la cabeza, enviada directa a mis tímpanos desde los auriculares.

—Mi padre fue quien me enseñó a tocar la guitarra, pero mi madre, eh... —Carraspeo—. Vivía en Memphis cuando conoció a mi padre. Se había criado allí, diecinueve años rodeada de música por todas partes. Country, bluegrass, rock..., pero lo que más le gustaba era el blues. El blues de Chicago, el duro, el que se te mete en los huesos, ¿sabes?

Paige se ha erguido al otro lado del cristal de observación, fuera de la luz que se filtra desde el estudio. Ya no le veo la cara. Es solo una silueta lo que me responde:

—Sí.

—Así que cuando se marchó, cuando se mudó a Indiana,

se llevó la música con ella. Son como nueve horas en coche desde Memphis hasta Hawkins, y mi padre y ella se pasaron todo ese tiempo apretujados en un trasto minúsculo con veinte cajas de discos. Y luego, cuando nací, empezó a compartir esos discos conmigo.

Aún estoy tocando una melodía con la maltrecha Stratocaster, pero ya no son los Maiden. Es un *riff* de Muddy Waters y, al sonar por los altavoces del estudio, casi oigo la estática del tocadiscos de mi madre crepitando por debajo, familiar y cómoda como un suéter viejo.

—Aún los tengo. Aún los escucho. Están guardados en cajas de cartón al lado de la tele. Ella los llamaba sus billetes de avión. Incluso estando atrapada en Hawkins... —Esperando a que su marido volviera a casa después de algún plan demencial—. Incluso entonces, esa música le contaba historias. La ayudaba a ver el mundo.

»De niño no lo pillaba —continúo—. Lo único que yo oía en esos discos era a gente cantando sobre la tristeza, sobre lo chunga que es la vida. Y luego, bueno..., se puso enferma y... murió. Cuando yo tenía seis años. Entonces lo pillé.

Dejo de hablar. Lo normal después de esa revelación es que haya un coro de arrullos compasivos que me hacen rechinar los dientes. Pero Paige está quieta y callada en la sala de control, mirándome. Escuchando.

Así que le doy algo que escuchar. La pista de guitarra de *Paranoid* de los Black Sabbath me sale natural de los dedos, medio blues y medio metal, e igual son imaginaciones mías, pero me parece ver la sombra de Paige moviendo la cabeza al ritmo.

—Me gusta esta música porque va de la tristeza y lo chunga que es la vida. Y las cosas son tristes, la vida es chunga. Es auténtica. Pero, además, cuenta historias. Esta música te lleva de aventura a otro mundo en el que... te enfrentas a demonios. En el que viajas a lo más profundo del infierno. La música de mi madre eran billetes de avión. Supongo que, entonces, mi música es un portal dimensional.

—Te gusta porque es la caña —dice Paige.

—Me gusta porque es *la puta caña.* —Termino el *riff* y dejo caer la mano—. ¿Con eso tienes bastante texto?

Se inclina de nuevo hacia delante, entrando en la luz, y por fin le veo la expresión del rostro. No está sonriendo, no del todo. Pero tiene ese brillo en los ojos, ese suave resplandor que no tiene nada que ver con las lámparas halógenas envueltas en pañuelos que le llega desde el estudio.

—Creo que...

La puerta que tiene detrás se abre de golpe y, un segundo después, alguien enciende el interruptor de la pared. De repente veo hasta el último detalle de la sala de control, hasta el último cable que brota de la parte trasera del panel de audio, hasta la última raja en el sofá de segunda mano que rezuma relleno en el rincón.

Y a Nate, que se ha terminado el café y está listo para hablar. Veo por el cristal que le está diciendo algo a Paige, quien asiente en respuesta.

—¿Voy yo también? —pregunto por el micrófono, algo avergonzado.

Un segundo antes mi voz estaba filtrándose por los altavoces de esa sala de control solo para los oídos de Paige, y me daba la sensación de que éramos las dos únicas personas del mundo. Y Nate..., bueno, tampoco quiero faltarle al respeto, pero no me transmite del todo esa misma onda.

Paige se inclina hacia el micrófono el tiempo justo para responderme:

—Quédate ahí un momento.

Entonces vuelve su atención hacia Nate y la espalda hacia el estudio de grabación. De pronto soy muy consciente de estar plantado en el centro de una sala vacía, sosteniendo una guitarra que no es mía, llevando unos altavoces tan inmensos que me resbalan de las orejas. «Madre mía, acabo de abrirle mi alma a Paige con la pinta de un crío jugando a disfrazarse». Sintiéndome completamente pueril e incluso más idiota, comienzo a devolverlo todo al sitio donde lo he encontrado. A ordenar la caja de los juguetes.

Cuando termino de desconectar los amplis, colocar los auriculares y colgar la Stratocaster de la pared, la conversación de Paige y Nate está como al doce de intensidad. Él niega con la cabeza casi sin parar, cambiando el peso de un pie al otro, retorciendo una tira de cuero falso medio desprendida del sofá. Paige, en cambio, está plantada como un árbol. Nate le saca más de treinta centímetros, pero aun así Paige lo mira como si Nate fuera una araña y ella una lupa, diciendo solo una palabra por cada diez de él.

Así que en realidad tampoco me sorprende mucho que sea Nate quien cede al final, arrojando las manos por encima de la cabeza. Exclama algo que no oigo, pero mi lectura de labios de aficionado me dice que es o «¡Muy bien!» o «¡Mierda!». A continuación da media vuelta y sale al pasillo como alma que lleva el diablo.

Paige flaquea un pelín, lo justo para que me dé cuenta, en el instante en que Nate da un portazo. Un poco perdido, doy un golpecito en el cristal para llamar su atención, y su cara es inescrutable cuando alza la mirada hacia mí.

«¿Qué?», vocalizo.

En vez de responder, Paige me indica con un gesto de la mano que vaya a la sala de control.

Ominoso. Salgo deprisa al pasillo y me encuentro a Nate encendiéndose un pitillo mientras voy directo hacia la otra puerta.

—¿Cómo es que te has juntado con esa? —gruñe, moviendo la cabeza hacia donde está Paige.

—Me debió de tocar la puta lotería, tío, yo qué sé.

Exhala una nube de humo justo mientras paso.

—Entonces ¿cómo es que se ha juntado ella contigo?

Tiro hacia delante, parpadeando para quitarme el picor de los ojos, y me meto en la sala de control.

—Podemos alquilar el estudio —dice Paige nada más entro, y no puedo contener un «¡Yuju!» que resuena en el angosto espacio—. Tienen un hueco dentro de una semana más o menos, así que, si el resto del grupo está libre...

—Están libres.

—No se lo has preguntado, Eddie.

—Están libres, créeme.

La sonrisa de Paige es el primer rastro de dulzura que alumbra su rictus impasible.

—Te creo.

Respiro hondo, preparándome para la pregunta difícil.

—¿Cuánto será?

Paige trastea un momento con un dial de la mesa de mezclas.

—Sesenta.

—¿Sesenta? Oye, eso no está nada...

—Por hora.

—Ah.

—Con un mínimo de cinco horas.

Es decir, trescientos dólares. No me llega ni de milagro, ni aunque haga todos los turnos que Bev tenga disponibles entre ahora y el domingo que viene.

—¿Puedes...? —Se me quiebra la voz. Carraspeo y lo intento otra vez—. ¿Podemos regatear?

Paige niega con la cabeza.

—Ya está regateado.

El estómago me da un vuelco.

—No puedo permitírmelo, Paige.

—Lo sé. —Es una mala noticia, pero Paige aún tiene su sonrisa, suave y melancólica—. Por eso voy a cubrirlo yo.

Mi cerebro está ocupado dando vueltas y vueltas, como un hámster en su rueda, así que me cuesta un segundo procesar lo que acaba de decir.

—¿Vas a...? —No llego a más antes de que se me acaben las palabras. Tiene que estar de cachondeo. Está gastándome una broma. Es imposible que alguien se ofrezca a adelantarle trescientos dólares a Eddie Munson—. Venga ya.

—Ya he pagado la fianza.

Pero..., pero...

—¿Por qué?

—No me preguntes eso —dice ella—. Pregúntame: «¿Por qué la música, Paige?».

—¿Por qué la música, Paige?

—Porque las cosas son tristes. La vida es chunga. Y la música...

—¿Es auténtica?

Se echa el bolso al hombro y me mira con la misma inclinación resuelta en la barbilla que le he visto mientras desintegraba a Nate.

—Y cuando encuentras algo auténtico —dice—, no puedes apartar la mirada.

12

La noticia de que tenemos fecha para grabar arrolla a Ataúd Carcomido como un tren de mercancías, y la semana siguiente estamos todas las tardes metidos en el garaje de Dougie con la puerta abierta de par en par, ensayando hasta que los dedos no aguantan más o la señora Teague nos corta la luz, lo primero que ocurra. Ataúd Carcomido siempre ha sido bueno, lo bastante bueno para que Paige se plantee ficharnos, pero ahora somos un grupo bueno y centrado, y la combinación resulta embriagadora.

Aún siento el zumbido de la música en las venas el jueves mientras la furgoneta cruza rugiendo la entrada del parque de caravanas. El peligro de un posible accidente es lo único que me impide mover la rodilla al ritmo que llevo en la cabeza, pero Ronnie, en el asiento del copiloto, no tiene esas restricciones. Está aporreando el ritmo de *Mortaja de fuego* en el salpicadero una y otra vez con sus baquetas, como lleva haciendo todo el camino hacia casa.

—Sienta bien, ¿verdad? —le pregunto cuando hace una última floritura con las baquetas y se las guarda en el bolso.

—Sienta de maravilla —responde.

—Pensaba que Jeff iba a cagarse encima al llegar al puente, pero me parece que ha estado practicando.

—Sí.

—Ah, por cierto, ¿qué te parecería cambiar la letra de la

última estrofa? En vez de «Recorriéndome la piel, quemándome las venas», poner «Recorriéndome la piel, ardiéndome en las venas».

—Me suenan bien las dos.

—Lo digo por «recorriéndome» y «ardiéndome». Mejor que hagan rima asonante, ¿no? Creo que voy a cambiarlo. —Retomo el ritmo que Ronnie ha abandonado, a manotazos sobre el volante—. Igual se lo pregunto a Paige. Sabe de estas mierdas, seguro que puede darnos algún consejillo. —Cuando miro a Ronnie, está como observándome por el rabillo del ojo—. ¿Qué pasa?

—Nada. Es que estás... muy emocionado con esto. Da gusto verlo.

—¿Y eso de «somos demasiado garajeros para esto»?

—¿Qué haces usando mis propias palabras en mi contra? Pensaba que éramos amigos.

Me echo a reír y paro la furgoneta delante de su caravana. Ronnie empieza a recoger sus cosas.

—Mierda, ¿te has apuntado los deberes de biología? —me pregunta.

No sabía ni que tuviéramos deberes de biología. Cuando estoy en el instituto no paro de pensar en la maqueta, en el trabajo con mi padre o en el club Fuego Infernal, lo que significa que las clases vienen a ser solo ruido blanco para mí. Igual que los adultos en los dibujos animados de Snoopy. Blablabla.

Parece que mi rostro inexpresivo le sirve a Ronnie de respuesta, porque pone cara de agobio y abre la puerta de la furgo.

—¿Para qué pregunto?

—Eso, ¿para qué preguntas?

—Se los pediré a Jeannie. —Baja de un salto—. Y luego te llamaré para decírtelos, y tú me vas a hacer un monólogo de dos minutos sobre las diferencias entre el ADN y el ARN cuando nos veamos mañana. Sin excusas, Munson. Te he oído hablar media hora del tirón sobre las complejidades de la política élfica en la obra de Tolkien.

—Lo que no comprendes es que, como rey supremo de Lindon, Gil-Galad quizá pudiera aspirar a gobernar sobre las dinastías sindar del Bosque Negro y Lothlórien…

—Ah-ah, se acabó —dice Ronnie, pasándose el bolso por el hombro.

—… pero esas dos dinastías sindar se establecieron en un principio para escapar de la influencia noldor, y, dado que en Lindon había una cantidad considerable de elfos noldor…

—¿Ese es Eddie Munson?

La puerta de la caravana de Ronnie está abierta y veo a la abuela Ecker en el escalón de arriba, con los brazos en jarras. A pesar de que ya roza los ochenta años, se yergue casi tan alta como Ronnie y tiene mucha fuerza nervuda embutida en ese cuerpo fibroso. Lo sé por experiencia, ya que la abuela Ecker solía ser la única que me controlaba cuando hacía locuras de crío. Aún me estremezco cada vez que veo un cucharón de madera.

—¡El que viste y calza, abuela! —respondo, sacando la cabeza por la ventanilla.

—Baja de ese trasto y entra a cenar —me ordena, con una voz que no deja margen a la discusión.

Encuentro algo de margen de todos modos.

—No puedo, lo siento. Bev quiere que trabaje esta noche.

En realidad mi padre y yo vamos a acercarnos a la Zona de Guerra a comprar material, pero no hay manera de explicarles eso a las mujeres Ecker sin que desenreden mi vida entera.

—Uff.

El gruñido de la abuela Ecker me dice todo lo que opina de Bev, del Escondite y de mis prioridades en general. Pero, antes de que su gélida mirada me haga añicos, se vuelve para coger algo de la repisa interior que hay justo al lado de la puerta, una bandeja de aluminio cubierta con papel de plata.

—Ronnie —dice, y mi amiga se apresura a llegar hasta ella y traérmela con mucho cuidado.

—No sé si puedo presentarme en el trabajo y ponerme a cenar con cubiertos —protesto.

—No digas tonterías —responde la abuela Ecker—. Es para tu tío. Mi mejor cazuela de pavo. Llévasela.

La caravana de mi tío está unas parcelas más abajo, pero el sol ya empieza a ponerse y le he prometido a mi padre que volvería antes del anochecer.

—¿No se la puede llevar usted?

—Ese hombre no acepta nada de mí —dice la abuela Ecker—. Pero todos sabemos que tiene que comer o se quedará en los huesos. No te lo estoy pidiendo, Eddie.

Me pasa por la mente una imagen de ese cucharón de madera.

—Sí, abuela —digo.

Apago el motor y bajo como un buen chico del asiento del conductor. Ronnie me pone la bandeja en las manos.

—Y que me devuelva la bandeja esta misma semana —añade la abuela Ecker mientras se gira hacia el interior de la caravana—. O le diré cuatro palabras al respecto.

La mosquitera se cierra a su espalda antes de que pueda decir «Sí, abuela» otra vez. Ronnie me sonríe como disculpándose y sigue a su abuela por los peldaños.

—¡ARN y ADN! —me recuerda antes de entrar.

—¡Sauron aprovechó lo resentidos que estaban los elfos noldor con Gil-Galad para ganarse su confianza! —respondo a viva voz, pero Ronnie cierra la puerta de la caravana antes de que pueda infligirle más daño psíquico.

Así que, con una bandeja de aluminio llena de pavo, queso y macarrones calentándome las manos, camino hacia la caravana de Wayne. No me molesto en llamar. El tío Wayne nunca cierra la puerta con llave, ni siquiera cuando se va al trabajo o a beber con sus amigos. «No tengo nada que quieran robarme», responde siempre cuando se lo cuestiono y, dado que es su vida, nunca insisto.

Casi vuelca su cuenco de leche con Cheerios cuando abro la puerta.

—Por el amor de Dios, Eddie, un día vas a darme un infarto.

Está sentado a la diminuta mesa plegable que tiene en la esquina de la minicocina y, por las ojeras, me jugaría algo a que acaba de salir del tajo.

—La señora Ecker me ha enviado a traerte esto. —Levanto la bandeja de aluminio—. Cazuela de pavo, creo.

—Que alguien le diga a esa mujer que no voy a morirme de hambre —gruñe Wayne.

Pero la caja de cereales vacía y tumbada que tiene al lado del codo cuenta otra historia distinta. Para lo mucho que se preocupa de que mi cocina siempre esté medio abastecida al menos, Wayne tiene un punto ciego en lo que respecta a su propia despensa.

—No seré yo. No puedo pasarme la vida haciendo de intermediario entre vosotros. —Señalo con la barbilla la puerta amarillenta de la nevera—. ¿La guardo ahí?

—Sí.

Wayne se aparta para dejarme pasar a la cocina. Y, en efecto, al abrir la nevera la encuentro vacía salvo por un par de latas de Pabst y un vetusto paquete de bicarbonato. No tengo problemas para hacerle sitio a la bandeja. La meto en el estante de abajo y cierro la puerta otra vez. Mi tío está observándome mientras enderezo la espalda.

—Me alegro de que hayas venido —dice.

—Aunque te haya dado un infarto.

—No seas listillo. Quería hablar contigo.

—Eh…, vale.

Se pone a trastear con su cuenco de cereales.

—¿Estás bien? —me pregunta por fin—. ¿Ahí, en casa?

—¿Con mi padre, quieres decir?

—Eso es.

—Sí, nos va bien.

Wayne no ha dejado de juguetear con el cuenco. El clin-clin de la cuchara va a darme dolor de cabeza.

—Estáis... pasando mucho tiempo juntos.

Me cruzo de brazos y me apoyo de lado en la nevera.

—Bueno, es mi padre.

Clin-clin.

—¿Te ha dicho por qué ha vuelto esta vez?

—Supongo que me echaba de menos.

Tengo que reconocerle a Wayne el mérito de no estallar en carcajadas ante esa mentira ridícula. Clin-clin, hace la cuchara.

—Supongo que sí.

El dolor de cabeza empieza a arraigar cerca de mi sien izquierda. Alargo el brazo y saco la cuchara del cuenco de Wayne antes de que empeore.

—Pensaba que querías hablar conmigo —digo mientras tiro la cuchara al fregadero. Repica contra el fondo, estruendosa en la atmósfera contenida de la caravana—. ¿Eso era lo que tenías que decirme?

—No.

—Pues escúpelo de una vez, anda. Si no estoy en el Escondite dentro de media hora, Bev va a destriparme.

—Ayer me encontré con Rick Lipton en Melvald's.

Tardo un segundo en situar el nombre. Rick Lipton. Porricky.

—Ah, ¿sí?

No me atrevo a decir nada más. Enrosco bien la tapa sobre el manantial de pánico que bulle en mi interior y confío en que no se me note en la cara.

—Te envía recuerdos y dice que te pases por su casa si quieres volver a perder al billar.

Me meto las manos en los bolsillos.

—¿Y ya está?

—Eddie. —Wayne aparta el cuenco de cereales y se levanta. Intenta establecer un contacto visual significativo conmigo, así que se lo concedo, abriendo mucho los ojos para demostrarle lo absurda que es la situación—. ¿Ahora te juntas con Rick Lipton?

—Joder, como si fuera un delito.

—Sabes a qué se dedica, ¿verdad?

Miro hacia el techo.

—Por la bolsa que guardas en la mesita de noche, está claro que tú sí.

Pero Wayne no se deja pinchar, no ahora mismo. Su mirada no vacila.

—No te juzgo por eso —dice mi tío—. Pero no puedes reprocharme que ate cabos.

—¿Y qué cabos son esos?

—Mi hermano vuelve al pueblo. Tú no quieres decirme por qué y él tampoco va a hacerlo. Pero no soy imbécil. Sé cuándo Al está metido en líos. ¿Y luego, unos días después, te echas una partida al billar con Porricky?

En la cara de Wayne no hay ira ni frustración, solo una inquietud ardiente, que de algún modo es peor. Tengo atascado en la garganta un nudo de algo que sabe muy parecido a la vergüenza, e intento tragármelo. «Da lo mismo —me digo—. Que se preocupe y critique todo lo que quiera, pero no puede controlarte a ti ni lo que haces».

Así que me limito a encogerme de hombros.

—No es para tanto.

—Intento avisarte —dice Wayne. Cruza los brazos bien apretados contra el pecho, como un cascarón protector—. Sé cómo se pone Al cuando tiene un plan en esa cabezota. Te llevará por los aires y te hará dar vueltas y vueltas, pero no estará ahí cuando las cosas te escupan otra vez al suelo. No sabes la de veces que me ha pasado a mí. No quiero que termines igual.

—Lo pillo. Nada de planes —respondo con un saludo burlón de tres dedos levantados—. Palabra de *boy scout*.

Pero Wayne niega con la cabeza.

—Hablo en serio, Eddie. Eres lo bastante mayor y tienes que haberte dado cuenta por ti mismo. De tu padre no puedes fiarte ni un pelo. Como te descuides, acabas calvo.

El fogonazo de mal genio que arde en mí es fulgurante y abrasador.

—Que sí, que ya lo pillo —restallo. No soy un crío, y desde luego no soy el crío de Wayne. No necesito que me den lecciones—. ¿Has terminado?

—Puedes contarme lo que sea, Eddie. Lo sabes, ¿verdad? Aunque no quieras que..., que te diga nada yo.

Me lo quedo mirando sin responder y observo cómo se le hunden los hombros en el silencio. Y a lo mejor es un efecto de la luz, pero me fijo en que tiene más canas en la barba que hace solo unos meses. Más arrugas en la cara. Es raro que esas cosas pasen tan deprisa.

—Sí —dice mi tío por fin—. He terminado.

Ha terminado. Hemos terminado. Yo desde luego he terminado. Le suelto un adiós colérico y ya estoy fuera, andando a pisotones hacia mi furgo como si el suelo hubiera hecho algo para cabrearme.

«Si vas a romper, rompe», me dijo mi padre junto a la mesa de billar. Bueno, pues he roto. La partida ha empezado. Y nada me impedirá jugarla hasta el final.

13

Para, para, para.

Arranco la mano de las cuerdas con un gruñido frustrado.

—Joder.

—¿Qué pasa ahora? —pregunta Dougie casi gritando.

—Creía que íbamos a grabar —dice Jeff, con genuina confusión—. ¿Por qué no nos deja grabar?

Al otro lado del cristal de la sala de control, Paige asimila las protestas.

—Porque aún no estáis donde tenéis que estar —dice, inclinándose sobre el hombro de Nate para hablar por el micro del tablero de audio—. Sonáis planos. Sonáis ensayados.

—Es que estamos ensayados —murmura Ronnie, y veo que empieza a mover la rodilla detrás del timbal base. Está costándole reprimir el enfado.

—La canción se llama *Mortaja de fuego* —dice Paige—. Quiero ver ese fuego. Venga, desde arriba.

«Desde arriba». Toco el primer acorde y arrancamos. Otra vez. Por millonésima vez esta mañana.

El ambiente está raro desde que hemos aparcado a primera hora delante del Estudio en Vivo Mike, parpadeando a la luz del sol. Al bajar de la camioneta de Dougie, Jeff y él han clavado la mirada en el letrero de la puerta con el mismo recelo que sentí yo cuando llegué con Paige hace una semana.

—¿Seguro que no podemos grabar en mi garaje y ya está? —ha preguntado Dougie.

Le he dado un toque en el hombro con el mío.

—Ya estamos aquí. ¿Quieres dar media vuelta y marcharte?

Su cara se ha retorcido en un gesto de «quizá», así que, con una palmada en la espalda, me he vuelto para ayudar a Ronnie a descargar la batería de mi furgoneta. Al cruzar la mirada con Paige mientras salía por la puerta trasera, he captado su sonrisita astuta.

—Sabias palabras.

Le he sacado la lengua. Y ese ha sido el último momento divertido del día.

A lo mejor es el absoluto desinterés que emana de Nate, encorvado detrás de la mesa de mezclas. A lo mejor es la presión de la luz roja intermitente en la cámara de vídeo que Paige ha colocado apuntándonos a través del cristal. A lo mejor es la opresiva consciencia de que el tiempo que nos queda para hacer la sesión no deja de menguar.

A lo mejor son esas tres cosas, sumadas a otro millón. Pero, sea cual sea el motivo, en el instante en que los miembros de Ataúd Carcomido ocupamos nuestro sitio en el estudio de grabación...

... damos asco.

Estamos desincronizados. Y cuando nos sincronizamos, sonamos como robots. Y cuando no sonamos como robots, nos desincronizamos.

Es un ciclo de pesadilla, y no tiene sentido. Llevamos años despertando esos vientos huracanados sin esfuerzo y cabalgando sobre ellos en nuestras canciones. Lo hicimos la primera noche que Paige nos vio en el Escondite, por el amor de Dios. Pero aquí, en el estudio, es como si lleváramos pesas de plomo en los bolsillos. Como si estuviéramos clavados al suelo. Y no logro averiguar por qué ni aunque me maten.

Este intento de tocar *Mortaja de fuego* no sale mejor que

los anteriores. Solo vamos por el primer tercio de la canción, pero esta vez soy yo quien la deja estar.

—Vale, vale. —Me aparto del micro y me vuelvo para cerrar el charles de Ronnie con los dedos. La mirada que me dispara es amotinada y reflectante, pero se suaviza al oírme decir—: Vamos a tomarnos un descanso.

—¿Qué pasa? —dice la voz de Paige a través de mis auriculares, filtrada desde la sala de control.

—Paramos cinco minutos —respondo por el micro—. ¿Podríais…?

No digo «dejarnos un poco de intimidad», no en voz alta, porque no sé muy bien cómo se tomaría Nate que lo mandaran a paseo en su propio estudio. Pero, aunque Ataúd Carcomido no esté en la misma longitud de onda en estos momentos, al menos Paige me lee la mente. Veo a través del cristal que le hace una pregunta a Nate, que no lo duda ni un instante antes de sacar una cajetilla de tabaco y dirigirse a la puerta. Paige se inclina hacia el micro.

—Pausa para fumar —dice—. Ahora volvemos.

—Gracias —respondo, de corazón.

Paige asiente y la sala de control se vacía. Respiro hondo. Me encaro hacia el resto del grupo. E intento no torcer el gesto al ver el tangible abatimiento que se dibuja en cada uno de sus rostros.

—No tiene sentido —dice Jeff. Tiene la mirada perdida en un punto a media distancia, como si las últimas horas le hubieran provocado una conmoción—. Hemos ensayado mucho. En los ensayos sonábamos bien.

—Es el único sitio en que sonamos bien —responde Dougie. Está haciendo un agujero en la alfombra con la punta de la zapatilla, mientras su Les Paul cuelga suelta de la correa—. Mirad este sitio. No tendríamos que estar aquí. Somos garajeros.

Me entran ganas de largarle una negativa genérica: «Pues claro que valemos para estar aquí, pues claro que no somos solo garajeros». Pero aún tengo fresco en la cabeza el recuerdo del aburrido desinterés de Nate y la furtiva ansiedad de Paige, y me cuesta hilvanar las ideas. Me cuesta creer.

—Menuda gilipollez.

Es Ronnie quien encuentra las palabras adecuadas. Aún está sentada, mirándonos, con los ojos intensos y la frente sudada por el esfuerzo. Dougie da un bufido.

—Pero si eres tú quien dijiste que...

—¿Y? —lo interrumpe Ronnie—. No tenemos que sonar perfectos. Hemos venido aquí a tocar música. Solo tenemos que dejar de ponernos zancadillas a nosotros mismos y hacerlo de una vez.

Un jirón de culpabilidad me retuerce el estómago. «Yo solo quiero tocar música». Es lo que les prometí a mis compañeros en el garaje de Dougie. Y si de verdad fuese lo único que quería, entonces esto, haber venido al estudio de grabación y olisquear aunque sea un atisbo de oportunidad que lleve a algún sitio a nuestro grupo de pueblo, debería bastar. Pero...

«Mozo de bar convertido en líder de grupo convertido en estrella del rock».

Si esa va a ser mi historia, «solo tocar música» nunca será suficiente. Las estrellas del rock llegan hasta el final. Van a lo grande. No se apagan en un estudio de grabación cutre de Indiana central.

—Ronnie tiene razón —digo—. Estamos poniéndonos zancadillas. Y eso nos está matando. Todos los ensayos, toda la presión, todo... *esto*... —Muevo la mano para abarcar nuestro entorno—. Estamos dejando que nos obsesione. Somos como armas, ¿vale? Armas cañeras. Espadas. Un poco de tensión y de práctica sirven para afilarnos. Pero si afilas una espada demasiado o demasiado a menudo, al final vuelve a embotarse. Y eso es lo que nos ha pasado. Pero, amigos míos, no tenemos por qué dejar que pase.

—Ah, ¿no? —pregunta Jeff, que no parece muy seguro.

—Sé que no —afirmo—. Lo hemos conseguido otras veces. Lo conseguimos cada semana en el Escondite. Pero no tenemos por qué ser el secreto mejor guardado de Indiana para siempre. Podemos enseñarle al mundo lo que está perdiéndose, y podemos hacerlo ahora mismo.

No es del todo un discurso en plan «solo quiero tocar música», y a Ronnie no se le escapa ese hecho. Noto que me está observando atenta.

—Somos Ataúd Carcomido —le digo al grupo—. Vamos a hacer lo que hace Ataúd Carcomido y repartir estopa. Jeff, quiero ver al chico que se presentó en el ensayo hace dos años y se negó a marcharse hasta que reconociéramos que necesitábamos un bajista.

Jeff sonríe, tímido pero complacido.

—Dougie, quiero ver al tío que llamó fascista a la cara al señor Lowe cuando no nos dejó ir al servicio en clase de geometría.

Dougie rebufa.

—Lo llamé fascista porque estaba siendo un fascista.

Y ya solo queda...

—Ronnie...

Pone los ojos en blanco, pero el efecto cae en saco roto porque también está partiéndose el culo de risa.

—Ahórramelo, te lo suplico.

—Ronnie, quiero ver a la chica que hizo venir a la poli por estar tocando la batería a las once de la noche detrás de casa de su abuela. La chica que mordió a Daniel Cirelli en el brazo cuando le soltó un piropo baboso. La chica que empezó este puto grupo conmigo.

»Olvidaos de los ensayos. Olvidaos de dónde estamos, olvidaos de la cámara, olvidaos de lo que nos jugamos. Da igual qué publico haya y dónde estemos, porque si hay alguien capaz de tocar música cañera en cualquier parte y para cualquiera, esos somos...

—¿Chicos?

La voz de Paige crepita por los altavoces. Nate y ella han vuelto a la sala de control. Nate está derrumbándose en su silla, todavía con cara de querer estar en cualquier otro sitio.

—¿Seguimos? —pregunta Paige.

Miro atrás hacia el grupo. El sofocante abatimiento ha desaparecido, reemplazado por una chispa eléctrica que refulge en todas las caras a mi alrededor. Hasta puedo sentirla en mí mismo mientras sonrío.

—Ataúd Carcomido —digo—, vamos a darles caña.

Me vuelvo de nuevo hacia la sala de control y...

No es un acorde lo que sale de mi chica, sino un brusco chillido. Por el rabillo del ojo veo que la cabeza de Nate en la cabina de control gira de golpe hacia nosotros, con los ojos como platos, desorbitados. Hasta Paige parece sorprendida al erguir la espalda y mirarme con un calor que siento familiar, emanando desde el otro lado del cristal.

Mis dedos bailan entre los trastes, moviéndose por puro instinto. Al cabo de una fracción de segundo entra Jeff también, arrojando de su bajo un latido monótono y amenazador que se entremezcla con la guitarra rítmica de Dougie, retorciéndose y fundiéndose unos instantes antes de...

Silencio. Y dos, tres, cuatro...

Los primeros remolinos de un huracán me susurran contra la nuca. Y entonces...

La batería de Ronnie entra como un trueno. Siento el ritmo sacudir el aire, vibrarme en la piel. Y no son solo imaginaciones mías, porque Nate se pone recto en su silla y luego se inclina hacia delante sobre la mesa de audio. Escuchando.

«Muy bien, eso le ha llamado la atención. A ver si la conservamos».

El retumbar de la batería de Ronnie se resuelve en un martillo neumático sincopado, que se infiltra por mis oídos y me sacude los huesos hasta que, sin pretenderlo, descubro que estoy llevando el ritmo con el pie. La guitarra de Dougie gime la armonía y el bajo de Jeff talla la columna vertebral, poniendo la canción en pie de un modo que no habíamos conseguido lograr en todo el día.

Pero la verdadera prueba está por llegar. Hemos arrasado con la apertura, y ahora…

Me acerco al micrófono y me quito el pelo de la cara con una sacudida de cabeza.

No es solo que cante. Llevo toda la mañana cantando. Pero hasta ahora me daba la sensación de ser una tarea, como si tuviera que obligar a salir a las palabras cada vez que abría la boca.

En cambio, esta vez… la voz no sale ronca. No me tiembla. No se me va el tono al quinto pino. La canción fluye de mí, salvaje y pura y al rojo vivo. Y alcanzo a sentir la *reacción* en la cabina de control, como la noche que Paige y yo nos conocimos en el Escondite, solo que amplificada, aumentada por la presencia de Nate, por el hecho de que hace dos minutos estaba dispuesto a descartarnos y ahora no puede apartar la mirada. El foco dorado de la atención resplandece en mí, y creo que podría vivir en este momento para siempre.

Me aparto del micro para inhalar la que parece mi primera bocanada de aire en quince años. Pero no hay tiempo que perder, porque vamos desbocados hacia el solo de guitarra y las baquetas de Ronnie embisten marcándonos el paso sin piedad. Y me lanzo sin ningún esfuerzo, acometiendo el solo, abriendo las alas, dejando que la energía me eleve flotando al cielo. El resto del grupo también lo siente: lo noto en la sonrisa feroz que me dedica Ronnie, en la forma en que Dougie se ha ensimismado, moviendo los labios con cada nota que le saca a su guitarra, en la cabeza de Jeff oscilando en el cuello como una condenada marioneta.

Enfrentarte a demonios. Viajar a lo más profundo del infierno. Es lo que le dije a Paige que era esta música para mí, y nunca ha sido más cierto que en este momento. Mientras el solo termina de arder, busco a Paige en la sala de control.

No es difícil encontrarla. Sus ojos son como balizas

llameantes, perforándome, fijos. Le sostengo la mirada mientras el bajo de Jeff nos lleva a la conclusión, y de pronto es como si volviéramos a estar en este mismo estudio hace una semana, solos Paige y yo, contándonos secretos a través de los auriculares.

Ya solo queda el último estribillo y las notas graves de Jeff nos impulsan inexorables hacia la línea de meta. Así que pego la boca al micro y lo canto para ella. Le canto *a* ella. Canto hasta que creo que va a fallarme la voz, y entonces sigo cantando, y entonces...

La canción termina.

Mis brazos caen como dos fideos demasiado hechos, la púa cuelga precaria de mis dedos. Pero, aunque siendo realista ya noto la nube de agotamiento acechando en el horizonte, no logra imponerse a la adrenalina que me inunda las venas.

—¡Sí, joder! —exclama Dougie, levantando los brazos de golpe—. ¡Sí, joder!

—Ha estado genial —dice Jeff, sonriendo con timidez.

—Ha estado de lujo —conviene Ronnie, dándome en el hombro con una baqueta.

Pero apenas soy consciente del impacto. Tengo los ojos fijos al otro lado del cristal, donde Nate está haciendo todo tipo de pequeños ajustes en la mesa de sonido, con más energía de la que le he visto nunca.

Donde Paige sonríe de oreja a oreja, inclinada hacia delante, agarrando con ambas manos el respaldo de la silla de Nate.

Cojo el micro y, solo por el gusto de ver cómo esa sonrisa se ensancha un poco más, pregunto:

—¿Qué os ha parecido?

Paige mueve la mano hacia su propio micro, pero Nate se le adelanta y clava el pulgar en el botón de hablar.

—La caña, hermano —dice, y su voz chisporrotea por nuestros auriculares y por los altavoces del techo—. Ha sido. La puta. Caña.

14

—¿Me vacuno ya del tétanos o espero a que la sangre se me ponga negra?

Mi padre suelta una risotada, con sus viejos prismáticos de mierda apretados contra las cuencas de los ojos. No tengo ni idea de cómo puede ver algo por ellos, con una lente que es más grieta que cristal. Pero igual es que ha estado comiendo zanahorias en la trena, porque suelta los prismáticos en el regazo con un asentimiento satisfecho.

—Ya se van a dormir.

Lo cual es una afirmación de locos en términos objetivos, porque el sol arde tan caliente que el sudor me gotea por la nuca. Estamos sentados desde las cuatro de la madrugada en mi furgoneta, aparcada en una arboleda cerca de una carretera de doble sentido en algún lugar del este de Illinois, invisible desde el deteriorado granero que hay un poco más abajo pero lo bastante cerca para tenerle el ojo echado a las montañas de carcasas de coche oxidadas que salpican la hierba.

A primera vista, el sitio se parece a cualquier otro negocio venido a menos en medio de ninguna parte. Los hay a patadas en esta parte del estado, ocupando hectáreas y hectáreas de terreno que no le importan lo suficiente a nadie para tenerlas cuidadas. Pero esta pocilga de mierda en concreto incluye un almacén con las ventanas tapiadas y una amplia puerta doble, un generador lo bastante grande para abastecer a todo Hawkins y una acumulación de herramientas eléctricas que haría salivar a mi tío Wayne.

Son todos signos delatores de un desguace ilegal. Y los vehículos robados se desguazan de noche. Lo que significa que más o menos ahora, cerca ya de las once de la mañana, los honrados ciudadanos que levantan el país ahí dentro deberían estar exhaustos y con ganas de acostarse.

—¿Preparado? —pregunta mi padre.

La respuesta sincera es: «No, no estoy preparado para robar en un desguace ilegal», pero entonces pienso en la cinta de la maqueta que está viajando dentro de un sobre acolchado hacia un inmaculado edificio de oficinas con amplios ventanales en Sunset Boulevard. Seguro que el sol no casca tanto en California.

—Ajá —digo.

Salgo también de la furgo y sigo a mi padre entre los árboles en paralelo a la carretera.

La primera vez que me explicó este plan, creía que estaba contándome un chiste. Empiezo a darme cuenta de que reacciono mucho así cuando mi padre me dice algo y de que, a menos que esté hablándome de un cura, un rabino y un marinero que entran en un bar, rara vez lo es. «Necesitamos una grúa —me dijo mientras recorríamos las estanterías de la Zona de Guerra, amontonando tiras de pinchos y monos en un enorme carrito de la compra—. Y de las grandes». En el momento supuse que tendríamos que visitar de nuevo a Porricky o que conocería a algún otro... socio de mi padre. Teniendo en cuenta que sus colegas cubren toda la gama de lo turbio sobre la faz de la tierra, tampoco era tan descabellado que conociera a algún «tío de las grúas enormes».

«Haz otra marca en la columna de ser un iluso», pienso mientras voy tras mi padre. Mis sueños del «tío de las grúas enormes» implosionaron bastante a lo bestia en el instante en que mi padre me dijo que para conseguir la grúa íbamos a cruzar líneas estatales.

—Un poco demasiado oscuro para ser el primer paso, ¿no? —dije mientras metía unos alicates en el carrito.

Pero él me sonrió.

—A oscuras hace más fresquito, chaval.

El asunto, según me explicó, era que las grúas resultaban difíciles de conseguir a no ser que los bolsillos te rebosaran de pasta, e incluso en ese caso las autoridades siempre estaban ojo avizor. Mangarle una a un mecánico respetable no parecía una solución mucho mejor, sobre todo si querías pasar desapercibido como era nuestro caso. No, solo había una clase de persona que no denunciaría a un ladrón a la policía.

Otro ladrón.

—Y resulta —me dijo mi padre mientras llevábamos la compra por el aparcamiento hacia mi furgoneta— que sé de un desguace ilegal en Illinois que tiene justo lo que buscamos.

La arboleda termina en el límite de la propiedad. Mi padre tiene los ojos fijos en las puertas del granero, cerradas con candado, pero a mí me preocupa más la caravana herrumbrosa que se hunde en la hierba a una decena de metros. Es el lugar donde las dos figuras, un hombre y una mujer vestidos con monos manchados de grasa, se han metido después de que las chispas y los chirridos del almacén cesaran al terminar la noche de trabajo. Han pasado solo unos cuarenta minutos desde que cerraron la puerta, pero ya se oyen sus ronquidos saliendo por las ventanas agrietadas. Están sobados como ceporros.

Esperemos que sigan así.

Mi padre me da un toque en el hombro para llamarme la atención y echa a trotar por la hierba hacia el almacén. Aplasta una lata de cerveza vacía bajo la bota y la hierba alta le roza haciendo ruido en los vaqueros. Pero los ronquidos de la caravana no flaquean, así que corro yo también, uno o dos pasos por detrás de él hasta que llega al candado de las puertas del almacén.

Mi padre mete la mano en uno de los bolsillos sin fondo de su chaqueta de cuero y saca dos varillas largas de metal.

Mantengo la nerviosa mirada en la caravana mientras él mete las ganzúas en el candado y les da un giro, luego otro... y el candado se abre con un chasquido en menos que canta un gallo.

—¿Cómo es que se te da tan bien? —murmuro.

—Púa, ganzúa... —Menea las manos y los alambres desaparecen. Magia Munson—. Si dominas una, la otra sale fácil.

—Menuda idiotez.

—Las cosas pueden ser idioteces y verdad al mismo tiempo.

Hacemos falta los dos para abrir las puertas del almacén. Esta vez mi padre se preocupa de no hacer ruido, moviéndose despacio y engrasando las bisagras para que no nos delate ningún chirrido metálico. Cuando por fin entramos en el polvoriento granero y juntamos las puertas sujetándolas con un ladrillo en el suelo, las gotas de sudor que me bajan por el cuello se han transformado en un torrente y tengo la camiseta empapada bajo los brazos. Doy asquito.

—¿Te has traído la linterna para algo? —me pregunta mi padre—. ¿O es solo un accesorio bonito?

Alzo la mirada al techo y enciendo la linterna. El rayo abre un surco de motas en la penumbra del almacén, iluminando pilas y pilas de esqueléticos armazones de coche amontonados a tres o cuatro alturas. Asoman bancos de trabajo en ángulos extraños. La única ruta despejada en medio del caos es un camino de unos dos metros de ancho que va desde las puertas hasta el fondo del taller. Apenas lo bastante ancho para que pase un camión.

—Ahí —dice mi padre.

Y, en efecto, el tembloroso rayo de mi linterna se posa en un fragmento de lo que solo puede ser la inmensa carrocería de la grúa, y mi padre se aproxima al lado del conductor para mirar por la ventanilla.

—Comprueba las ruedas —me ordena volviendo la cabeza.

Le hago un saludo militar burlón.

—Sí, señor.

—No seas mocoso. Esto es educativo.

Podría discutir, pero no parece que estemos en el lugar adecuado. Así que me agacho e ilumino con la linterna los pasos de rueda en busca del destello metálico de unas llaves.

—No hay suerte.

No las han guardado ahí. Pero mi padre se limita a bufar y coge una antena de coche que hay tirada por ahí.

—Los Munson no esperamos a la suerte —dice—. La creamos.

Embute la antena hacia abajo por la ventanilla y, después de moverla unos segundos, la cerradura de la puerta se abre igual que el candado del almacén.

—¿Eso también sale fácil después de la púa? —pregunto.

—Esto era nivel intermedio. —Mi padre abre la puerta de la grúa—. Vente para acá, a ver si pasas directo al avanzado. —Se sube al asiento corrido y, al ver que vacilo, añade—: No vamos sobrados de tiempo, chaval.

Resisto el impulso de sacarle la lengua y subo a su lado.

—Muy bien —dice. Haciendo palanca con un destornillador, abre el panel de plástico que hay debajo del volante. Me cae en las rodillas y lo aparto a un lado—. Arranca la grúa.

Se me cae el alma a los pies.

—Papá, no sé...

—Claro que sabes. Te enseñé yo mismo. ¿O estás diciéndome que no te acuerdas?

Por supuesto que me acuerdo. Fue lo que me regaló mi padre por mi décimo cumpleaños: lecciones sobre cómo robar coches. No tuve que preguntar por ahí en el cole para saber que no era un rito de madurez muy extendido.

«Algún día necesitarás cuatro ruedas», me dijo mi padre con una mirada solemne. Por aquel entonces lo creí a pies juntillas: pues claro que necesitaría un coche, igual que todo el mundo. No se me ocurrió hasta más adelante que no todo el mundo obtenía dicho coche robándoselo a otra persona.

—Se me olvidó practicar, seré idiota. —Trato de tapar con una risa el pesado peñasco que se me hunde en las entrañas—. Adiós a dar conciertos en el Carnegie Hall.

—Hablo en serio, Eddie —dice mi padre—. No trabajo con nadie que no ponga de su parte. Si quieres sacar tajada de este golpe, tendrás que ayudar. Así que te lo repito: arranca la grúa. —Me pone una navaja en la mano—. Habrás observado que no era una petición.

Aprieto los dientes para contener una réplica amarga. Luego bajo los brazos y saco dos cables rojos del manojo que cuelga bajo la columna de dirección.

«Con esos dos, la batería hará contacto». Lo oigo con la voz de mi padre, resonando desde aquella mañana soleada de hace ocho años. Vi cómo pelaba los cables con gesto practicado y los enrollaba juntos. Eso mismo hago yo ahora: abro la navaja con el pulgar y conecto los dos cables rojos.

—Bien.

La aprobación de mi padre me embarga. Ojalá no sentara así de bien.

«Primero el encendido». Es un cable amarillo, bastante fácil de distinguir. Lo separo de la maraña y lo retuerzo también junto con los de la batería. Mi estómago se retuerce a la vez que el cobre entre mis manos y caigo en la cuenta de que lo hace en reacción a la repugnancia. Estoy repugnado conmigo mismo, con lo fácil que me resulta hacer esta mierda, con lo mucho que recuerdo de ella, nítido y con todo detalle. Hay un motivo por el que no he practicado. Siempre me he dicho a mí mismo que no me parezco en nada a mi padre, que si necesito un coche me lo compraré.

Pero mírame ahora. No soy Eddie, no aquí, en la cabina de esta grúa a punto de ser robada. Soy Junior, el chico que pone la misma sonrisa torcida que Al Munson.

Y Junior tiene un trabajo que hacer.

Pelo el cable de ignición. «Solo tienes que ponerlo en contacto con los otros y revolucionar el motor unas cuantas veces», me bisbisea solícito el recuerdo, pero en esa ocasión oigo matices de mi propia voz superpuestos a la de mi padre. Se me retuerce el estómago otra vez, pero estoy a punto de juntar los cables…

… cuando algo chirría.

Se me erizan los pelillos de los brazos. Echo un vistazo por el retrovisor y veo que…

—La puerta está abierta.

No mucho, solo lo suficiente para dejar entrar una rendija de luz solar. El peso de la puerta del almacén debe de haber movido el ladrillo.

—Olvídate de la puerta.

—¿Quieres que tus amigos se enteren de lo que tramamos? —Ya estoy sacando las piernas de la grúa—. Vuelvo enseguida.

Mi padre no dice nada. Solo me mira, todo serio y decepcionado mientras bajo de un salto al suelo de hormigón. Trato de no sentirme como un cobarde, manteniendo la columna vertebral recta, caminando hacia la puerta del almacén. Pero los dos sabemos que esto es una retirada.

«Tú te apuntaste a esto —pienso, en una voz que suena mucho como la de mi padre—. Tú hiciste el plan, tú convenciste al camello. ¿Por qué huyes ahora?».

No tengo respuesta, o al menos ninguna que sea sólida. Tiene algo que ver con «Algún día necesitarás cuatro ruedas». Algo que ver con «No trabajo con nadie que no ponga de su parte», y con la sensación de que la carretera que lleva de un lado al otro de este trabajo en realidad tiene más recorrido después de que lo terminemos, si quiero seguir conduciendo. Tiene algo que ver con la sensación, después de pelar el cable de ignición, de que no solo sería la sonrisa de mi padre lo que iba a ver la próxima vez que me mirase al espejo. Sería su maldita cara entera.

Todas esas gilipolleces, al parecer, bastan para decantar por completo mi instinto de lucha o huida en la dirección de la huida. De modo que sí, me retiro. Me retiro hacia la única franja de sol en este asqueroso cementerio de coches.

A mis ojos les cuesta un segundo adaptarse a la luz cuando miro por la rendija de la puerta. El escaso ángulo me permite comprobar que el ladrillo se ha movido más de lo que pensaba, porque ya no lo veo. Se ha desplazado tanto que ha desaparecido del todo. Frunciendo el ceño, abro la puerta un ápice más, lo suficiente para poder sacar el brazo, agarrar el ladrillo de donde haya escapado y arrastrarlo de vuelta.

Pero me detengo en seco. Porque lo que encuentro no es un tope de puerta rebelde.

Es una pistola. Apuntándome directa entre los ojos.

—Tenías razón, Sammy —dice una voz desde el otro lado del arma—. Parece que se nos ha colado una rata.

15

Me río. No puedo evitarlo, se me escapa sin remedio. Llevo todo el día esperando a que caiga la guillotina y, cuando va y lo hace, ¿resulta que se llama Sammy?

—Te dispararé aunque estés majara, chico —dice la pistola, y eso me cierra la boca rapidito—. Fuera. Sal. Ya.

Salgo. Ya.

Los propietarios exroncadores de este desguace ilegal tienen más o menos la edad de mi padre. La mujer de la pistola lleva el grasiento pelo corto por arriba y con una cortinilla tapándole la nuca que daría envidia a Bob Seger. Tiene los ojos inyectados en sangre pero el dedo firme sobre el gatillo, lo bastante para hacerme renunciar a toda idea de salir por patas. Su colega Sammy se alza tras ella como una montaña, tan alto y ancho que proyecta sombra sobre los dos.

Ninguno de ellos parece muy contento de verme.

—Eh, eh —digo.

Mi breve ataque de euforia ha remitido. Ahora solo soy un chaval en un desguace que está mirando a lo largo del cañón de una pistola semiautomática.

—No parece de la bofia —murmura Sammy.

—¿Cómo coño va a ser de la bofia? —Doña Cortinilla me aprieta la pistola contra el pecho—. ¿Estás solo?

En algún lugar de la oscuridad a mi espalda, mi padre está al volante de una grúa apagada y, si estos tíos lo encuentran, estamos jodidos. Toda esperanza de librarnos depende de él.

Así que hago lo de siempre cuando los abusones se meten con mis chavales del club Fuego Infernal. Ser tan cabrón que tengan que fijarse en mí.

—Más solo que la una si no fuera por ti, preciosa.

Sammy bufa una risotada. Es el que mejor me cae de los dos. Doña Cortinilla, en cambio, se pone de color violeta.

—Conque vas de gracioso, ¿eh?

—Ah, sí, ¿te lo parezco?

—¿Se te ha olvidado el asunto de que voy a matarte?

De verdad de la buena que no. Pero estoy confiando en que el tenue traqueteo que oigo en el almacén no sea solo mi imaginación, así que digo:

—Siempre me vienen con promesas. Luego poca gente cumple.

No son imaginaciones mías. El ruido suena más fuerte. La considerable y única ceja de Sammy se comba por el centro, preocupada.

—Oye... —empieza a decir.

—Pero si te lo estás pensando, tampoco me extraña —digo, lo bastante alto para ahogar la voz de Sammy—. Matarme suena a pringue que te cagas, y he visto de cerca vuestro lugar de trabajo. Seguro que sois unos mecánicos de primera, pero limpiar no es vuestro fuerte.

Doña Cortinilla amartilla la pistola.

Y en ese momento las puertas del almacén revientan de golpe hacia fuera y mi padre sale como una exhalación, tan deprisa como puede llevarlo una grúa recién puenteada. Una hoja se estampa contra Sammy y lo envía volando a la hierba con tanta fuerza que la tierra tiembla. O a lo mejor es solo que me retumba el cráneo, porque me he arrojado al suelo tapándome las orejas mientras la sorpresa hace que doña Cortinilla pulse el gatillo, y un disparo rebota en la pared de acero ondulado un par de palmos encima de mi cabeza.

Aún me pitan los oídos mientras me levanto de rodillas, dispuesto a llamar al taxi. Pero lo único que veo al alzarme sobre la hierba son las luces traseras de la grúa alejándose en dirección a la carretera.

No va a parar a recogerme. Ni siquiera está frenando. Va a dejarme tirado aquí, en este desguace perdido de la mano de Dios, con dos personas que quieren convertir mi cabeza en confeti rojo.

«De tu padre no puedes fiarte ni un pelo —me dijo Wayne—. Como te descuides, acabas calvo». Empiezo a comprender a qué se refería.

Aún estoy mirando cómo se alejan las luces traseras de mi padre cuando algo destella abrasador y fulgurante contra un lado de mi cabeza. Entonces llega un dolor sordo, y luego la comprensión de que (a) doña Cortinilla acaba de atizarme con la culata de su arma y (b) me he caído otra vez al suelo.

—Serás gilipollas —sisea.

Está de pie encima de mí, con una bota a cada lado de mi cara. Tengo una vista estupenda de sus fosas nasales y también del cañón de la pistola. Preferiría no ver ninguna de las dos cosas.

—Escucha —digo.

Pero no tengo nada con lo que continuar. Si estuviéramos en el instituto, no habríamos llegado a esta parte. La pelea ya se habría disuelto. Estarían llevándome al despacho de Higgins para que me juzgara por mis inexistentes delitos.

Pero ahora mismo estoy solo. No vendrá nadie a ayudarme. Voy a morir aquí y, lo peor de todo, voy a desaparecer. Dudo mucho que nadie me busque siquiera.

—Voy a agujerearte ese peinado ridículo —gruñe doña Cortinilla en un insulto que es bastante hipócrita por su parte, pero estoy demasiado ocupado intentando no mearme encima para señalárselo.

—Escucha —repito, porque por lo visto es la única palabra que recuerdo.

—Y luego buscaré a tu socio y le haré lo mismo a él. Y a tu familia. Y a toda la gente que hayas conocido en toda tu miserable vida.

—*Escucha.*

Y esta vez va en serio. Porque ha vuelto ese sonido, ese traqueteo de motor ahogado, más fuerte a cada milisegundo que pasa. Doña Cortinilla tiene el tiempo justo para mirar a su espalda...

... y entonces la grúa embiste contra ella y la envía por los aires como un muñeco de trapo. Me tomo un aturdido y conmocionado segundo para admirar la visión del viento haciendo ondear su pelo como un estandarte mugroso. Luego choca contra el lado del almacén tan a lo bestia que abolla la pared de acero, se precipita al suelo y yace inmóvil.

—¡Bien hecho!

Miro parpadeando desde el suelo la cara invertida de mi padre en la ventanilla invertida de la cabina invertida de la grúa invertida.

—Pensaba que te habías ido —digo, sin pretenderlo del todo.

Mi padre suspira.

—Suenas igualito que Wayne.

A unos metros de distancia, la montañosa silueta de Sammy empieza a moverse. Mi padre revoluciona el motor.

—¿Estás cómodo ahí abajo?

—No.

—Pues mueve el culo, chaval, y vámonos.

Sammy farfulla algo, y es la chispa que necesitaba. Me levanto a toda prisa y el creciente bulto que tengo a un lado de la cabeza hace que el mundo se tambalee. Pero le echo narices y me meto en la cabina de la grúa. Ni siquiera he cerrado aún la puerta cuando mi padre pisa a fondo y echamos a rodar. Derrapamos entre piezas de coche desechadas y troncos podridos hacia la carretera mientras Sammy y doña Cortinilla gimen y se duelen a nuestra espalda.

—¿Estás bien para conducir? —me grita mi padre para hacerse oír sobre el rugido del motor.

—¿Eh?

—La cabeza. ¿La tienes bien para llevar la furgo?

El sentido común me dice que no, que ni de milagro. Pero la adrenalina canta en cada una de mis venas, y sigo vivo aunque hace veinte segundos parecía muy mala apuesta, y mi padre ha vuelto a por mí, así que…

—La tengo de puta madre.

—De puta madre —repite él, y esta vez no me entristece igualar su sonrisa torcida con la mía porque, contra todo pronóstico, empiezo a creer que todo esto puede salirnos bien.

Solo hace falta un poquito de magia Munson.

16

Pero ¿quieres dejarlo estar?

Le doy un manotazo al dedo de Ronnie, que no ha parado de apretarme el chichón desde que la he recogido esta mañana.

—No puedo dejar de mirarlo —dice ella, y el siguiente dedazo acierta de pleno en el centro del bulto. Siseo y me echo atrás, pero nada de eso parece disuadirla—. Me tiene hipnotizada.

—Tú sí que estás hipnotizándome a mí cada vez que lo aprietas —replico—. O provocándome una conmoción cerebral.

—Es para recordarte que arregles la puerta de la furgoneta. —Por fin baja el dedo y me relajo—. La próxima vez que te dé, lo mismo te abre el cráneo.

—No hace falta que me lo apuntes en la agenda. Me acordaré. Y date prisa, que llegamos tarde.

Estamos recorriendo al trote los pasillos cada vez más vacíos del instituto, apretando el paso hacia la afortunada sede que tenemos hoy para la sesión del club Fuego Infernal: el laboratorio de química del señor Vick. (Precio: una hora entera fregando matraces y barriendo un poco el suelo. Si no supiera lo atareados que van siempre los conserjes del Instituto Hawkins, presentaría una queja). Trato de no pensar en que el mundo aún me da vueltas si piso un poco demasiado fuerte, pero va mejorando a cada hora que pasa, así que supongo que no tendré que ir al hospital. En todo caso, no quiero darle esa satisfacción a doña Cortinilla.

Pero el club Fuego Infernal no está esperándonos dentro del laboratorio con todo preparado cuando Ronnie y yo llegamos, como debería. Están todos merodeando por el pasillo, con las mochilas amontonadas contra la pared. Jeff y Dougie juegan a algún juego raro con una pelota de goma, haciéndola rebotar en el techo antes de ir a las manos del otro. Gareth está sentado en el suelo con una libreta abierta sobre las rodillas. Al acercarme, distingo los renglones y renglones de escritura apretada que llenan las páginas, adornados con un boceto a lápiz de un enano ceñudo. «Sus notas de personaje».

Es el primero que nos ve llegar.

—¡Eddie! —saluda, levantándose a toda prisa.

Jeff y Dougie dejan de hacer el bobo con la pelotita y se vuelven también hacia nosotros.

—¿Qué hacéis aquí? —les pregunto—. No tenéis que esperarme para sentaros y sacar las cosas, ya lo sabéis.

—La puerta está cerrada con llave —me dice Jeff—. Pensábamos que el señor Vick te la habría dado a ti.

No me la ha dado. Me ha dicho: «Nos vemos el miércoles», y eso ha sido todo. Hasta ahora nunca ha habido ningún problema.

—Habrá cerrado el laboratorio sin darse cuenta —respondo, e intento obligarme a creerlo.

Ronnie deja su bolso en el suelo.

—¿Dónde está Stan? —pregunta, sacando el cartapacio que le guarda.

Echo un vistazo rápido por todo el pasillo. En efecto, no hay ni rastro de Stan.

—¿Ha dicho que llegará tarde?

Jeff niega con la cabeza.

—No lo he visto en todo el día.

—Se habrá puesto enfermo. O no habrá podido escaparse de sus padres.

Ronnie frunce el ceño.

—Siempre llama cuando va a perderse una partida.

Pero, si me ha llamado, no estaba en casa para cogerle el teléfono. He pasado todo el tiempo yendo de aquí para allá detrás de mi padre, ensayando con Ataúd Carcomido y frecuentando el Escondite por si a Paige se le ocurría aparecer. Una sombra de remordimiento crece en mi interior, pero la contengo.

—Pase lo que pase, honraremos a nuestro guerrero caído repartiendo caña en su honor. ¿O acaso Hodash el Rompedor querría que sus compañeros se quedaran tocándose las narices cuando podrían estar arrancándole tentáculos a un contemplador?

Gareth se pone recto con tanto brío que me da miedo que caiga de bruces.

—¡Ni hablar! —exclama.

—Eso me parecía.

Examino la puerta. Es posible que el señor Vick todavía esté en la sala de profesores, pero no muy probable. Si ha salido del laboratorio sin dejar la puerta abierta para el club Fuego Infernal, lo más seguro es que se haya ido a casa, así que ir a buscarlo sería perder un tiempo muy valioso.

Pero la cerradura de la manija no es complicada, desde luego mucho menos que la del desguace ilegal. Puedo abrirla. Lo he hecho otras veces.

—Presten atención, damas y caballeros.

Saco una vieja tarjeta de socio del Family Video que llevo en la cartera y me arrodillo para introducirla en la rendija entre la puerta y la jamba. Una parte de mí protesta contra la idea de forzar la puerta, como siempre. Pero esta vez sucumbe ante el recuerdo de la voz de mi padre: «Púa, ganzúa...».

—Anda, mira qué cosas. Un Munson cometiendo allanamiento.

«Me cago en la leche». En algún momento durante mi pequeño discurso inspirador, han aparecido por el pasillo Tommy H y tres gorilas suyos del baloncesto. Se despliegan a nuestro alrededor, formando con los hombros de sus chaquetas deportivas un semicírculo que nos impide salir.

—Como si fuera algo del otro jueves —comenta burlón el que podría llamarse Connor.

—¿Se puede saber qué queréis? —pregunta Gareth a voz en grito, inflando tanto el pecho que quizá saldría flotando si hiciera el suficiente viento.

Pero Tommy H se limita a sonreír ante su mirada iracunda.

—Ve con cuidadito —le dice.

—Vale, vale, campeón. —Me pongo a darle golpecitos a Gareth en el hombro hasta que sale de su furia ciega con un parpadeo—. Vamos a calmarnos un poco, o mejor un mucho. —Cuando el chico se desinfla lo suficiente para que me relaje, estiro la espalda y me encaro hacia la cuadrilla de atletas con mi mejor sonrisa de Al Munson—. Si queríais apuntaros a la partida de hoy, lamento muchísimo informaros de que no queda sitio.

—¿Crees que queremos meternos en esa mierda satánica? —exclama el deportista canijo, Jason si no recuerdo mal, el que se llevó a Chrissy a rastras como si fuera la bolsa de la colada.

—Pues si no es eso, voy a tener que repetir la pregunta de mi joven amigo: ¿se puede saber qué queréis?

—Poca cosa. —Tommy H mete las manos en los bolsillos de la chaqueta con toda la calma del mundo—. Pasábamos por aquí y me he acordado de que tú y yo tenemos un problema.

—Yo no tengo problemas —respondo. Se me está acelerando el corazón—. De ti no estoy tan seguro.

—Solo hemos venido para jugar un rato a *D&D*, tíos —dice Ronnie, poniéndose a mi lado—. Nada más. No queremos empezar ninguna bronca.

—Ya está empezada, encanto —replica Tommy H con desdén—. Ya la ha empezado alguien. Dale las gracias al mamón de tu novio.

—Entonces ¿por qué te traes a tus vasallos? —pregunto—. Parece que, si tienes alguna movida, es solo conmigo.

—¿Crees que las cosas son tan sencillas, bicho raro? —dice tal-vez-Connor.

—Vuestro club es una mancha en el buen nombre de este instituto —añade Jeff—. En el buen nombre del pueblo entero.

—Primero ganad un solo partido de baloncesto, y luego ya hablamos del buen nombre del instituto —murmura Dougie desde detrás de mí. Si pudiera darle una patada, lo haría; como no puedo, lo hace Ronnie en mi lugar—. ¡Au!

—Aquí no hay sitio para bichos raros —dice Tommy H. Sus colegas avanzan, reduciendo el espacio entre ellos, encerrándonos cada vez más—. Pero parece que te cuesta aprender esa lección, así que...

Salgo corriendo.

No es un acto glamuroso ni valiente. Pero sí que es una apuesta calculada. Una huida sensata. Cuento con que Tommy H la tiene tomada conmigo, de modo que si pongo pies en polvorosa, él y todos sus compinches vendrán a por mí sin pensárselo. Con un poco de suerte, a Ronnie, Dougie y los demás les dará tiempo de largarse. Con un poco de suerte, a *mí* me dará tiempo de largarme.

Aunque puede que no, porque una fracción de segundo después oigo los gritos y las pisadas cuando los cuatro deportistas echan a correr tras de mí. Y me ganan terreno deprisa.

El linóleo chirría bajo mis deportivas, las baldosas multicolores se difuminan con la velocidad. Ya me arde el aliento en el pecho —«te pasa por no ir ni a una sola clase de educación física en cuatro años»—, pero no puedo aflojar y desde luego no puedo tomarme un respiro, porque llevo a cuatro musculosos trenes de cercanías pisándome los talones, y como me pillen van a apisonarme.

Doblo una esquina con los brazos rodando a lo loco y entreveo el lejano resplandor de la luz solar. «Mi escapatoria». Está hacia el este, una puerta cortafuegos que mantiene abierta el cubo de fregar amarillo del señor Terry. Si llego hasta ahí, al menos no estaré en este cuello de botella rodeado de taquillas.

Pero tanta zancada y tanto giro y tanta carrera están jugándole una mala pasada a mi palpitante cabeza. Me flaquean las rodillas, solo un instante, lo justo para cambiarme el paso. Me recupero y salgo disparado otra vez…

—¡Agarradlo!

… pero es demasiado tarde. Unas manos me atenazan los brazos, lo bastante fuerte para dejar moratones, y me empujan hacia delante, me estrellan de cara contra las taquillas, cuyas puertas tiemblan a lo largo de todo el pasillo.

—Joder —susurro, dando sin querer la forma de esa palabra a todo el aire que sale despedido de mis pulmones.

Ni siquiera se molestan en ponerme de cara antes de darme el primer puñetazo. Siento el dolor embotado con un retraso de milésimas de segundo, consciente de que alguien, posiblemente Tommy H, acaba de hundirme el puño en el costado. Otro de ellos me patea la parte trasera de las rodillas y tengo que agarrarme a la pared. Si caigo, no estoy nada seguro de que me dejen levantarme otra vez.

—¿Crees que puedes huir de nosotros? —Tommy H está jadeando. Huelo el sudor amargo que irradia de él—. Pues te equivocas, bicho raro. —No lo veo, pero creo oír el gesto que les hace a sus secuaces—. Que no se mueva.

Y mientras las manos se aprietan más sobre mis brazos, me preparo para el impacto.

Momento en el que oigo el chillido.

Es tan penetrante que, si tal-vez-Connor no me estuviera estrujando los brazos, me habría tapado las orejas. Es una cantidad tremenda de decibelios, algo que en general solo alcanzan los conejos moribundos.

Y los alumnos de primero suicidas, al parecer.

Gareth se abalanza en medio de la refriega como el Diablo de Tasmania, en un remolino de escuálidas extremidades soltando puñetazos y patadas.

—¡Dejadlo! ¡En! ¡Paz!

Entre la muralla de hombros capto solo atisbos de su mueca apuntalada con aluminio, que se retuerce más y más con cada golpe que da. El chico ya sabe muy bien que recibir un puñetazo duele. Seguro que en estos momentos está descubriendo que darlos también hace daño.

—¡Gareth!

Ronnie acaba de llegar también, corriendo detrás de Gareth. Lo agarra por la camisa e intenta tirar de él hacia atrás, pero el chico está demasiado decidido. Se zafa de ella y consigue soltarle un codazo a Tommy H en la boca del estómago.

El sonido del aire saliendo en tromba por su garganta es como una onda expansiva.

—Serás hijo de puta… —resuella.

Quizá al final el baloncesto sí que sirva para algo, porque él no tiene ningún problema en agarrar a Gareth. Levanta al novato tirándole con una mano del cuello de la camisa y Gareth se bambolea, moviendo las piernas para que la punta de sus zapatillas no deje de rozar las baldosas.

Consigo empujar hacia atrás a tal-vez-Connor lo suficiente para darme la vuelta.

—Suéltalo.

Tommy H baja la mirada hacia Gareth con una sonrisa burlona.

—Vuestro rey de los bichos raros se cree que tengo que obedecerle.

Gareth le escupe en un ojo.

El gañido que da Tommy sería desternillante en cualquier otra situación. Da medio paso trastabillante atrás y se apresura a limpiarse la cara con la mano que tiene libre. Su otra mano, por desgracia, no libera a Gareth, sino que lo arrastra con él.

—¡Serás mierda!

—Suéltame —dice Gareth, a la vez que intenta quitarse de encima los dedos de Tommy.

—Voy a matarte.

Y en ese momento no tengo muy claro que exagere. Hay algo en la cara de Tommy H, el mismo algo que vi en la de doña Cortinilla justo antes de que me pusiera la pistola entre los ojos. Es algo que dice: «No saldrás de aquí con vida» y habla en serio.

Mierda.

Le doy un empujón a tal-vez-Connor y avanzo hacia Gareth, pero la rodilla de Tommy ya está dándole al chico un golpe en el pecho que le hace caer de rodillas. Por un instante me convenzo a mí mismo de que ahí terminará la cosa, que la caótica escena está llegando a su fin, que Tommy y su cuadrilla de matones van a marcharse. Pero entonces Tommy retrocede, se prepara y solo tengo tiempo de decir «No lo...» antes de que...

Tommy le suelta una patada a Gareth en la cabeza. O al menos lo intenta. El chico tiene bastante espacio para echar atrás la cintura, con lo que el golpe le alcanza en el hombro en vez de en la nariz. Da contra las taquillas de detrás con un golpetazo apagado, pero es el ruido que llega cuando cae rebotado al suelo lo que me revuelve el estómago.

Es el inconfundible sonido de un hueso partiéndose. Gareth da un respingo, acurrucándose de lado como un bicho bola, agarrándose la muñeca contra el pecho.

—Mierda —susurro, intentando llegar con él.

Pero tal-vez-Connor aún me retiene con sus zarpas de hierro en los hombros. Tommy H ni se da cuenta. Solo ve rojo y se cierne sobre Gareth como un demonio vengador.

—¡Está herido! —grito—. Ya le has dado la paliza, ¿vale, tío? Estamos en paz, asunto resuelto.

Pero Tommy se agacha, coge a Gareth otra vez por el cuello de la camisa y lo levanta. Veo que Gareth está pálido como el papel y tiene la muñeca torcida en un ángulo antinatural. Gime por el movimiento. Su furia desafiante se ha evaporado por completo, dejando exactamente lo que es Gareth: un chaval muy joven que ha mordido más de lo que puede masticar, encogiéndose ante el enorme puño que Tommy está a punto de descargar.

Pero no es Gareth quien se lleva el puñetazo. Es Ronnie, que se mete en medio mascullando un «¡Eh!». Y Tommy nunca ha sido el mejor jugador de la pista, porque sus reflejos de mierda no logran parar el golpe en el último momento. O a lo mejor es que no quiere. En todo caso, al momento la cabeza de Ronnie sale disparada de lado cuando el puñetazo de Tommy se le estampa en la mejilla.

En todos los años que llevo recibiendo tundas mientras la metralla alcanza al club Fuego Infernal, a Ronnie nunca le ha dado. Siempre ha danzado en el límite, sin pretenderlo siquiera. Es como si el mundo hubiera establecido que, por muy cerca que se ponga de la infección, no va a infectarse. Ronnie siempre ha sido Buena con be mayúscula, lo que significa que siempre ha estado a salvo. Y ahora…

Vuelve la cara de golpe hacia delante. Tiene la mano apretada contra la mejilla, pero no tapa la mirada de absoluto odio que ha fijado en Tommy H.

—¿Ya estás contento? —pregunta imperiosa—. ¿O quieres lucirte apaleando un poco más a un novato?

Tommy está resollando, con la frente perlada de sudor. Tiene pinta de estar considerando los pros y los contras de soltar otro golpe, otra patada, quizá romperle el otro brazo a Gareth, quizá machacar también a Ronnie y enviarla al…

—Ya basta.

Es Higgins. Está plantado en el mismo centro del pasillo. Y no hace falta mucha imaginación para visualizar la tormenta que retumba sobre su cabeza.

Contempla la escena sin palabras, aunque la vena que le palpita en la sien habla por sí sola. Pero, a pesar del caos, a pesar de ver a Gareth en el suelo, a Tommy con los puños cerrados, a Ronnie con los principios de un cardenal en la mejilla, es en mí en quien clava la mirada.

17

Hay más alumnos que sillas en la oficina del instituto, así que Jeff está agachado en el suelo, con la espalda apoyada en la pared y los ojos cerrados. Ronnie acepta la bolsa de hielo que le ofrece una Janice de labios apretados y se la presiona contra la mejilla poniendo una mueca. Dougie fulmina con la mirada a cualquiera que tenga la mala suerte de entrar en su campo visual.

En el otro extremo del espectro, Tommy H y sus colegas no parecen nada preocupados por estar donde están. Veo que uno de ellos hace una pelota con su parte de castigo y la tira hacia la papelera. Estallan risas cuando falla, y ni siquiera Janice se contiene. Está sonriendo mientras le da agua a Tommy en un vaso de papel.

—Siéntate.

Me aparto de la estrecha mirilla en la puerta del despacho del director.

Higgins está de pie tras su mesa. Tiene los dos brazos apoyados en la superficie y parece estar a unos dos segundos de entrar en combustión espontánea de pura rabia sin adulterar.

—Después de usted.

—No me toques las narices, Munson —restalla—. Que te sientes.

Me siento. Él no. Supongo que era lo que tenía planeado.

—¿Cuánta pasta le costará al señor Hayes limpiar el expediente de Tommy esta vez? —le pregunto—. ¿Tres veces la tarifa habitual? ¿Cuatro? O a lo mejor necesita usted un coche nuevo. Dicen que tiene unos Volvo nuevos estupendos.

Higgins se me queda mirando.

—¿Has terminado?

Me revuelvo en la silla. Su rostro pétreo está poniéndome nervioso.

—Sí, vale.

—Maravilloso. —Higgins se echa hacia delante—. Muy bien, quiero repasar contigo los acontecimientos de esta tarde, porque pareces tener el increíble talento de ignorar la realidad. Punto uno: después de las clases, has llevado a tu... *club* a colaros en un aula sin el conocimiento ni el permiso de su profesor responsable. Punto dos: cuando el señor Hayes y sus amigos os han sorprendido en pleno allanamiento, los has provocado para que ataquen a...

—Y una mierda.

—Lo cual me lleva al punto tres: en el consiguiente altercado, cuatro alumnos han salido heridos, uno tan grave que hemos tenido que enviarlo al hospital. ¿Lo he entendido bien?

—¡No! Nosotros íbamos a lo nuestro y esos tíos se nos han echado encima.

Higgins niega con la cabeza.

—Hay un niño en el hospital y tú estás ahí sentado lloriqueando y señalando a otros.

Por fin se deja caer en su silla y abre el cajón de arriba del escritorio. Capto un fugaz atisbo de algo brillante y azul dentro, algo que quiere sonarme de algo al fondo de mi mente...

Pero entonces Higgins saca un papel y me lo pasa por encima de la mesa, y el hilo de identificación que estaba intentando atrapar se me escapa volando.

—Léelo —dice Higgins—. Si eres tan amable.

Miro el papel, dubitativo.

—¿Qué es?

—He dicho que lo leas. Pon ese cerebro a trabajar por una vez en la vida. A lo mejor así lo averiguas.

Sintiéndome como si estuviera subiendo los peldaños hacia la guillotina, cojo el papel y empiezo a leerlo.

«Querido director Higgins», empieza, y a partir de ahí la cosa va cuesta abajo. Es la carta de una madre preocupada de Hawkins, la de Stan, a juzgar por el apellido. Está indignada por el criadero de satánicos y delincuentes que el instituto se empeña en fomentar. «Sin duda, una institución que afirma valorar la moralidad y la virtud no debería mantener su apoyo a una organización llamada club Fuego Inf…, y menos cuando ciertos miembros de dicho "club" pretenden ejercer su influencia e imponer sus valores a otros alumnos más jóvenes e impresionables».

La madre de Stan lo ha sacado del instituto. Ese es el mensaje que transmite el escrito. Ha descubierto a qué se dedicaba su hijo los miércoles por la tarde y ha hecho lo que Stan siempre temía que hiciera: enviarlo a una escuela religiosa para que…, no sé, ¿para que lo purifiquen?

—No puede hacer esto —murmuro—. No puede llevárselo de Hawkins. Él no quería…

—Soy muy consciente de que Stanley no deseaba abandonar Hawkins —dice Higgins—. Vino a suplicarme que interviniera, después de que su madre le hiciera saber sus intenciones. Pero, por supuesto, no estaba en mis manos hacer nada. Su participación en ese club tuyo tenía tan preocupada a la familia que han puesto trescientos kilómetros de por medio entre él y el Fuego Infernal.

»Quiero dejarte una cosa muy clara, Munson —continúa—. Lo que le ha pasado a Stanley es culpa tuya. Igual que todas las magulladuras de todos los alumnos que están ahí fuera en la oficina. Igual que el niño que está esperando al traumatólogo en el Hawkins Memorial. Fractura oblicua con desplazamiento, me han dicho al llevárselo. Eso y que tendrá suerte si no hay nervios dañados. No sé muy bien lo que significa, pero sí que estará al menos ocho semanas sin poder usar el brazo.

Crac. El ruido de la muñeca de Gareth al partirse rebota en mi cráneo. Junto con su respingo dolorido.

—Veo que ya me prestas atención —dice Higgins—. Así que aprovecharé la oportunidad para dejarte bien clara otra cosa. El club Fuego Infernal está acabado.

—Ni de coña —replico, pero hasta a mí me suena a protesta raquítica—. No puede echarnos porque sí. Somos una asociación escolar y...

—No lo sois. Las asociaciones escolares hay que registrarlas. Tiene que avalarlas un miembro del profesorado. —Entorna los ojos—. He tolerado la presencia de tu... tu *grupito* en el instituto durante todo este tiempo porque había profesores dispuestos a daros el beneficio de la duda. —Da unos golpecitos en la perfecta caligrafía de la madre de Stan—. Pero desde la recepción de esta carta, esos mismos miembros del claustro se han convencido de que asociarse con tu grupo les hará más mal que bien.

Cosa que explica lo que ha pasado con el señor Vick.

—Pues buscaré padrino. Registraré la asociación.

—Voy a pedirte que no lo hagas.

Estoy tan acostumbrado a que Higgins me ordene las cosas, no a que me las pida, que oírlo me desinfla del todo las velas.

—¿Qué?

Higgins entrelaza las manos sobre la mesa. Es la viva imagen del director razonable. Me entran ganas de partirle la cara.

—Hablemos de Veronica Ecker.

Algo chispea en mi interior. No distingo si es miedo, rabia o alguna putrefacta y eléctrica combinación de las dos cosas. Pero el mundo se enfoca al instante, los pelillos de la nuca se me erizan.

—Ella no tiene nada que ver con esto.

—Tiene algo que ver contigo. Y, por tanto, desde luego que tiene algo que ver con esto. —Higgins no tiene ninguna otra carta encendida que pasarme sobre la mesa, ni falta que le hace. Sabe que cuenta con mi total y plena atención—. Esta tarde ha estado involucrada en una trifulca muy seria dentro del recinto escolar. Es la clase de acto que las universidades encuentran..., digamos, significativo. O quizá debería decir consecuente, en el sentido de que tiene consecuencias. —Niega con la cabeza—. Con lo orgullosos que estábamos todos de ella por superar sus orígenes. ¡La Universidad de Nueva York! Una institución de renombre. Una oportunidad fantástica para una joven brillante. Y por si fuese poco logro, ¿encima con una beca completa?

Noto que me recorre una sensación fría, que ha empezado en las yemas de los dedos y avanza hacia el corazón.

—Ronnie no ha hecho nada malo —insisto—. Solo intentaba ayudarme.

Higgins ladea la cabeza.

—Entonces ves a qué me refiero.

Abro la boca. La cierro otra vez.

Lo más enfermizo de todo es... que sí que lo veo. Llevo ya una temporada vislumbrando los bordes del asunto, días, semanas, meses incluso. Son solo destellos y bocanadas, que nunca se habían enfocado del todo hasta...

Crac. De nuevo, tras mis párpados, el brazo de Gareth se parte. Fuera, en la oficina, Ronnie se aprieta la bolsa de hielo contra la cara magullada. Jeff se deja caer resbalando por la pared porque nadie le trae una silla. Tommy H y sus amigos se ríen.

«Todo esto ha pasado por mi culpa». La gelidez ha calado tanto en mí que me duele en los huesos.

—Pero se nos presenta una oportunidad —dice Higgins, desde algún lugar al otro lado de esa neblina helada— de ayudarnos mutuamente. —No alzo la mirada, pero no parece importarle, porque sigue hablando—. Tú puedes ayudarme a tranquilizar a todos los padres preocupados de la iglesia bautista. Y yo te ayudaré a ayudar a tus amigos.

—¿Cómo? —pregunto, notando los dedos entumecidos, la voz rasposa.

—Deja el instituto.

No me pilla por sorpresa. Apenas reacciono con un pestañeo, y es posible que eso irrite a Hawkins, porque se inclina sobre la mesa hacia mí para hablar en voz baja y rápida.

—Deja. El. Instituto —repite casi en un susurro—. Si no estáis tú y tu... organización mancillando su buen nombre, el Instituto Hawkins podrá seguir adelante impoluto. Como también podrán hacerlo Veronica y tus otros amigos. No habrá anotaciones en su expediente escolar. No habrá cartas a la Universidad de Nueva York. Será como si el desafortunado incidente de hoy no hubiera tenido lugar.

Es chantaje. Higgins está chantajeándome. «Acepta que eres el paria en que te ha convertido este pueblo. Retírate. Y a cambio...».

El cardenal en la mejilla de Ronnie. El brillo de felicidad en sus ojos cuando me contó lo de la beca. El «¿Qué haces?» y el «La última vez» y todos los botes salvavidas que ha enviado en mi dirección.

Miro a Higgins a los ojos.

—¿Puedo hacerle una pregunta?

Tuerce el gesto por el retraso, pero me hace un asentimiento brusco.

—Bien.

—¿Por qué yo?

Mueve la mandíbula. No sabe cómo responderme.

—¿Por qué tú qué?

—Tiene usted razón. Soy el número uno en la lista negra de todo el mundo en este instituto. Y la verdad es que no sé cómo he llegado ahí. Esperaba que usted lo supiera, ya que tiene tan claro lo que debería estar haciendo con mi vida.

Higgins se reclina en su silla. Está observándome, mirándome de verdad, estudiándome, y con cierta sorpresa distante comprendo que quizá sea la primera vez que lo hace.

—Porque... —dice, y deja una larga pausa antes de continuar—. Porque es la persona que eres.

«Un bicho raro. Un maleante. Junior. Una manzana podrida. Un Munson». El estribillo suena a gritos cada vez más altos en mi cabeza, reproducido en bucle.

«Mozo de bar convertido en líder de grupo...»

Un momento.

«... convertido en estrella del rock».

Yergo la espalda en la silla. «Eso es». Que todo el mundo en este pueblo de mierda me mire y piense que «es la persona que soy» no significa que yo deba opinar lo mismo. No tengo por qué ser el bicho raro ni el maleante ni Junior. A lo mejor soy el tío al que una chica guapa, lista y divertida ve como una estrella del rock.

Y a lo mejor he estado impidiendo que todos los empollones del club Fuego Infernal tengan esa misma experiencia. A lo mejor se lo he estado impidiendo *con* el club Fuego Infernal.

Puedo resolver esto. Puedo arreglar las cosas. Puedo proteger el futuro de Gareth y el de Ronnie, y quizá incluso traer a Stan a casa. Y cuando sea una puta estrella del rock, podré hacerles una peineta que te cagas a este instituto de mierda y a todos los de dentro.

—En ese caso, enhorabuena, director Higgins —digo con la mejor sonrisa torcida de mi padre—. Tiene delante al exalumno más reciente del Instituto Hawkins.

18

Las Polaroid caen sobre la barra, en pleno charco de algo pegajoso.

—Este es el bueno —dice mi padre.

—Pero qué asco —respondo.

Levanto las fotos con el pulgar y el índice antes de que se pringuen demasiado de cerveza o de vodka o de vete a saber qué.

—Que sí, tú hazme caso —insiste mi padre, quitándome las fotos para ponerlas de nuevo en la barra—. Taller 24 Horas Topp's. Es el bueno. Ese puto cuchitril es donde vamos a hacer la magia. —Me mira entrecerrando los ojos en la penumbra del Escondite. Luego, un segundo después, estira el brazo sobre la barra para moverme la comisura de la boca con un dedo—. ¿Podrías sonreír? ¡Es una buena noticia! ¡Que lo parezca al menos!

Es pedir mucho, pero intento seguirle la corriente. Revelaciones aparte, he salido arrastrando los pies del Instituto Hawkins hacia mi turno en el Escondite sintiéndome todavía como si tuviera un elefante encima del pecho, y las tres horas que llevo vaciando escupitajos de tabaco de mascar de los vasos de pinta y fregando cerveza derramada del suelo no me han mejorado mucho el ánimo. Luego se ha presentado mi padre con sus fotos y se ha puesto a hablar sin freno de mecánica y logística e ideas e ideas e ideas y, si no he podido juntar ni cuatro palabras seguidas, no digamos ya conseguir que mi cerebro se ponga al día.

—Taller 24 Horas Topp's —digo—. Mola.

—Ya lo creo que mola. Es perfecto. Dos trabajadores, abre de noche y es el único taller en cincuenta kilómetros a la redonda.

—Mola.

—Mola, mola, mola. Pero ¿a ti qué te pasa? Pones cara de que alguien te haya destrozado la guitarra a martillazos y te haya hecho un collar con las piezas.

Respiro hondo. Lo dejo salir.

—He dejado el instituto.

Mi padre parpadea.

—¿Cómo, hoy?

—Sí.

Parpadea otra vez. Y otra. Y entonces...

—¡Hay que abrir una botella de champán!

Por un momento creo que va a abalanzarse por encima de la barra para darme un abrazo.

—¿Qué leches...?

—¡Ya era hora! —exclama mi padre, tan alto que los borrachos groguis del martes por la noche levantan la cabeza para mirarnos—. ¡Estabas matándote, perdiendo el tiempo en ese antro cuando podías estar aquí fuera viviendo la vida!

—¡Eh! —Bev se nos acerca por dentro de la barra, atraída por el arrebato—. A ver si bajamos el volumen. Esto no es un puto rodeo.

Pero mi padre recibe su malhumorada proximidad abriendo los brazos de par en par.

—¡Bev! ¡Ven aquí a darme un beso en la mejilla!

—Se te va la cabeza, Munson.

—¡Qué se me va a ir la cabeza! ¡Estoy de celebración! ¡Mi hijo es un hombre libre!

—Cierra el pico, papá —mascullo.

—¡Una jarra de tu mejor cerveza, bella Beverly!

Mi padre apoya los dos antebrazos contra la barra para que Bev experimente toda la potencia del guiño que le lanza. Y no puedo saberlo con certeza bajo la pálida luz de neón, pero estoy convencido de que Bev se sonroja.

—Conque un hombre libre, ¿eh? —me pregunta Bev. Levanto los hombros y ella suspira—. Bueno, supongo que puedo invitarte a una jarra, ya que estás de celebración.

Mi padre sonríe.

—Tan generosa como encantadora.

Yo, en cambio, no digo absolutamente nada. Estoy bastante seguro de que no volveré a hablar nunca, de hecho. En el año entero que llevo trabajando en este bar jamás he visto a Bev invitar a nadie a nada, y la conmoción de atestiguarlo acaba de alterarme a nivel molecular.

—Estoy orgulloso de ti, chaval —dice mi padre mientras Bev se vuelve para llenar la jarra de Bud Light, la birra más barata que tiene el Escondite en grifo—. De verdad. Para mí dejar los estudios fue una decisión fácil, pero sé que para ti ha sido diferente.

Me da una palmada en el brazo con una mano firme.

—Gracias —digo cuando recobro el don del habla—. Pero... que no se sepa todavía, ¿vale? No sé... cuándo voy a contárselo a todo el mundo.

—¿Te preocupa Wayne? Que no te preocupe. Dejó el instituto incluso antes que yo.

—Me preocupa... —Me preocupa qué responderé cuando Ronnie me pregunte por qué—. Sí, el tío Wayne.

—Si te pone a parir, dile que hable conmigo —dice mi padre, y lanza otra sonrisa destellante cuando Bev deja la jarra delante de él—. Ya me ocupo yo de Wayne. Tú disfruta de tu nueva libertad. —Sirve dos vasos de cerveza y me pasa uno haciéndolo resbalar sobre la barra—. Chin chin. Por tu futuro.

Hago chocar mi vaso contra el suyo y doy un sorbo. Cuando bajo la cerveza, está observándome con esa mirada calculadora que me pone de punta los pelillos de la nuca.

—¿Qué estás haciendo con la cara? ¿Qué pasa?

—Nada —responde mi padre.

—Escúpelo.

—Estaba pensando que, en el desguace, tuviste la cabeza en su sitio y pensaste rápido. Recordaste lo que te enseñé, nada menos que ocho años después. ¿Te has planteado alguna vez… que esto se te podría dar bien?

—¿El qué, ser un delincuente de poca monta?

—Lo del otro día fue hurto agravado, gilipollas, no un delito de poca monta. Pero no, estoy preguntándote si has pensado en decirle «que te jodan» a la sociedad y sus normas y hacer lo que sea mejor para ti.

Detrás de mi padre se abre la puerta del bar y entra alguien, y ni siquiera tengo que esperar a verle la cara para saber que es Paige. Se detiene y escudriña en la penumbra por todo el bar. Buscando a alguien.

—¿O tienes pensado quedarte por aquí? —sigue rajando mi padre—. ¿Prefieres conseguir un trabajo de mierda en una fábrica como mi hermano y esperar a que la vida te exprima toda la alegría del cuerpo?

La mirada de Paige se posa en mí y la cara entera se le ilumina. Lo noto en el pecho como una reacción química, generando burbujas cuando su expresión chispea contra la improbabilidad de que alguien pueda sentirse así al verme. Saluda con la mano y empiezo a devolverle el gesto, pero…

—Podríamos echarnos a la carretera después de este trabajo —dice mi padre—. Seguir con la fiesta tú y yo. Podríamos ser un equipo. Munson y Munson, como en un bufete o alguna mierda de esas.

Paige viene hacia aquí. Viene hacia aquí. La oleada de pánico me inunda de sopetón, ahogando esas espumosas burbujas con una abrumadora y estruendosa alarma que suena muy parecida a las palabras QUE PAIGE NO SE ENTERE DE ESTO.

Porque el caso es que, en Hawkins, todo el mundo sabe

qué esperarse de Al Munson. Y, como Higgins me ha explicado con pelos y señales, es una reputación que he heredado yo también. No hay forma de esquivar esa bala, no para Junior.

Pero, de algún modo, a Paige... no le ha llegado esa circular. Para ella soy auténtico, soy alguien por quien apostar, por quien salirse de su camino. Soy una estrella del rock. Se alegra solo con verme, y quiero seguir siendo esa persona todo el tiempo posible. Pero, como conozca a mi padre...

—¡Esperaba encontrarte aquí! —exclama Paige, sentándose en un taburete.

La reacción de mi padre es casi cómica, toda una gama de expresiones que cruzan su cara al reparar en que (a) esta chica es una preciosidad, (b) no está hablando con él, (c) está hablando conmigo y (d) eso significa que ya nos conocíamos.

—¿Cuánto te queda de turno? —me pregunta Paige.

—Hum —viene a ser todo lo que logro contestar, y hasta eso sale como un graznido ahogado.

—Eddie —dice mi padre, con evidente diversión en la mirada mientras la pasa de mí a Paige y de vuelta—, ¿no vas a presentarme a tu amiga?

Paige se echa hacia atrás, un poco avergonzada.

—Uy, perdón, ¿os he interrumpido?

—No hay nada que interrumpir —dice mi padre, que gira el culo en el taburete para ofrecerle la mano a Paige—. Soy el padre de Eddie, Al.

—Ella es Paige —digo desde el otro lado de mi colapso total.

Observo a través de mi visión de túnel cómo Paige va a estrecharle la mano a mi padre, convencido de que, en el instante en que entren en contacto, el velo se hará trizas sin remedio y la única impresión que le quedará de mí será la repugnancia que Hawkins produce en masa.

Pero lo único que sucede es que se estrechan la mano, la sacuden dos veces y se sueltan.

—Encantado, Paige —dice mi padre—. ¿De qué conoces a Eddie?

—De por ahí —suelto sin pensar.

—Estoy trabajando con su grupo —explica ella justo al mismo tiempo, y entonces me lanza una mirada dubitativa que cuestiona mi estabilidad mental.

Va a pasar. Sé que va a pasar. Tengo que salir de aquí.

Las cejas de mi padre se le disparan por la frente.

—Su grupo, ¿eh? No sabía que Ataúd Carcomido tuviera algo con lo que trabajar.

Le doy un capirote con el trapo de secar los platos.

—¡Oye!

—¿No le has contado a tu padre lo de la maqueta? —me pregunta Paige.

—Estaba... esperando al momento adecuado.

La expresión herida que cruza los ojos de mi padre es ardiente, pero la apaga casi en el mismo instante en que aparece chispeando y menea la cabeza a los lados con exagerada decepción paterna.

—Siempre ha sido así. Tendrías que haberlo visto con sus tebeos, de niño. Los tenía escondidos por todas partes: debajo de la cama, detrás de la mesita de noche, bajo la alfombra... Como una ardillita.

En un horripilante giro de los acontecimientos, Paige está encantada de oírlo.

—¡Una ardillita!

—No, no... Papá, venga ya...

—¡Una vez hasta saqué uno de *La Patrulla-X* de la nevera!

«No fue de la nevera, sino del congelador, y quien encontró mi número 98 de *La increíble Patrulla-X* escondido en una pila de cenas preparadas fue el tío Wayne, porque tú no estabas». Pero Paige está riendo, demasiado alegre y animada para el antro de mierda en el que estamos, así que me muerdo la lengua en vez de protestar e intento seguir respirando pese a la creciente ansiedad que me oprime el pecho como una anilla de acero.

—¿Qué te pongo? —le pregunto a Paige. Lo que sea con tal de que esta interacción termine cuanto antes.

—Yo invito —dice mi padre.

Paige mueve una mano.

—Muy amable, pero…

—¿Vas con prisa? —pregunto—. Podemos quedar después, si…

—Eh, eh, un momento —me interrumpe mi padre—. Antes de que ahuequéis el ala, ¿qué es eso que dice Paige sobre una maqueta y Ataúd Carcomido? —Se inclina de lado hacia ella y levanta una mano para hacerle un susurro teatral—. ¿Sabes? Le enseñé yo a tocar la guitarra. Todos sus peores trucos los ha sacado de mí.

Paige sonríe.

—Bueno es saber a quién culpar.

—Es solo una maqueta de nada —le digo a mi padre—. Paige trabaja en WR Records y…

—Joder, ¿en serio?

—Y la engañé para que le diera una oportunidad a Ataúd Carcomido.

Paige me empuja el brazo.

—No hubo ningún engaño.

—Y de ahí la maqueta. Ya está.

No debería estar pasándolo tan mal. Es el típico momento de conocer a los padres que las familias normales llevan haciendo desde que el mundo es mundo. Es tan prosaico que pensaba que jamás lo experimentaría en mis carnes. Tendría que estar emocionado, no rebosante de ansiedad, muriéndome por sacar a Paige por la puerta cuanto antes mejor, sobre todo cuando veo que levanta una Polaroid de mi padre de la barra y pregunta:

—¿Y esto del taller Topp's?

Mi padre no se altera ni un ápice, no cambia de tema con

torpeza, no le quita la foto de la mano. Solo estira el cuello para mirar la foto con ella.

—Vi un cartel de «Se busca personal» el otro día al pasar —dice—. Saqué la foto para no olvidarme del nombre cuando volviera. ¿Has estado alguna vez?

—Ah-ah.

—Vaya, hombre. Quiero saber si el dueño es un cabrón. Los mecánicos no quisieron decirme una mierda.

—Entonces lo más probable es que lo sea —responde Paige, devolviéndole la foto—. Suerte.

—Gracias, preciosa. —No sé leer lo que está pensando mi padre, ni siquiera cuando desvía la mirada hacia mí. Sea lo que sea, está oculto tras su sonrisa mientras dice—: Música, ¿eh?

Lo que me está preguntando es: «Entonces ¿nada de Munson y Munson?». Me encojo de hombros.

—Es una opción.

Se queda callado un momento.

—Muy bien —dice por fin, y asiente una vez con la cabeza. Luego mueve el foco de su sonrisa de vuelta hacia Paige—. Eddie ya estaba terminando.

—¿Cómo? —Mi padre está llevando esta conversación con un mapa que no logro seguir—. Qué va, hoy tengo turno hasta el cierre.

—No te preocupes por Bev. —Me da un golpecito en el brazo—. Cuando una chica guapa te pregunta a qué hora acabas el turno, el turno ha acabado.

—Tu padre es listo —dice Paige.

—Yo me ocupo de Bev —promete mi padre—. Vosotros dos largaos de aquí.

Lanzo una ojeada vacilante barra abajo, hacia donde Bev está mirándome mal por perder el tiempo a la vez que limpia un vaso.

—¿Seguro?

—¡Venga, que es para hoy, mamoncete! ¿No te apetece

más pasar la noche observando las estrellas con la señorita Paige que limpiando costras de cerveza seca?

Me quita del hombro el trapo de secar los platos. La punzada de enfado en las entrañas es más suave esta vez, más parecida a una leve exasperación.

—Papá —susurro mientras Paige ríe.

—Vete, chaval —dice él, señalando la puerta con el mentón—. Hazme el favor de pasarlo bien.

Paige se levanta, sonriéndome en la semioscuridad del Escondite.

—¿Y bien? —pregunta.

Aún le brillan los ojos oscuros, igual que cuando me vio por primera vez. Y de pronto esas burbujas del pecho han vuelto y estoy saliendo de la barra sin darme cuenta de que me he movido.

—Luego no digas que nunca hago nada por ti —se despide mi padre mientras sigo a Paige hacia la puerta.

Y no es una pregunta, no es una afirmación que exija respuesta, pero, cuando la puerta se abre y el fresco aire nocturno me limpia los pulmones del humo de cigarrillos de este tugurio, me descubro a mí mismo susurrando:

—Vale.

19

Le abro a Paige la puerta de la furgoneta. Es una idiotez, y lo lamento nada más darme cuenta, pero entonces Paige pone la mano sobre la mía y la ayudo a subir al asiento del copiloto como una especie de caballero. Me sonríe.

—Gracias.

—Ajá —digo.

No es una contestación de caballero, pero tampoco voy a engañarme demasiado. Rodeo la furgo hasta el lado del conductor y subo tan deprisa como puedo. Quiero pillar un atisbo de esa sonrisa desde detrás del volante.

—¿Dónde vamos? —le pregunto.

Paige se reclina en el asiento con un suspiro. Sus ojos oscuros están fijos en el parabrisas, observando la luna llena que brilla en el cielo.

—Tú conduce.

Así que conduzco. Salgo del aparcamiento del Escondite y enfilo por la carretera de doble sentido. No estamos solos aquí fuera, porque aún no es tan tarde, pero nos cruzamos con pocos coches y muy espaciados. Bajo la ventanilla del todo y dejo que el aire fresco me agite el pelo alrededor de la cara.

—Tu padre... —dice Paige.

—¿Sí?

—¿Puedo preguntarte una cosa?

Aprieto los dientes.

—Claro.

—¿Se llama Al... bert?

—Alan.

—Y si tú te llamas Eddie, ¿por qué Bev te llama Junior?

No es la pregunta que me esperaba.

—Porque sí, supongo. Lo hace todo el mundo.

Tararea, como si estuviera dándole vueltas al tema.

—Es un tío majo —dice por fin—. Gracioso, también.

—Sí. Cuando quiere.

—No le contaste lo de la maqueta.

—Eh... —Busco una manera de expresarlo que no suene a: «Es que no quería que supieras que existe»—. No quería darle esperanzas. Al menos hasta que sepamos algo de WR. —Me encojo de hombros—. Padres, ya sabes. Se emocionan.

—En eso estoy contigo —dice ella—. Manejar expectativas.

Nunca han existido dos palabras que resuman mejor mi relación con Al Munson.

—Exacto.

Pasamos el desvío de la calle Briggs, en dirección al límite oriental de Hawkins, cuando Paige dice:

—Se me había olvidado la cantidad de estrellas que se ven aquí fuera.

Aparto un momento la mirada de la carretera hacia ella. Tiene los pies subidos al salpicadero, y debería cabrearme, debería gruñirle como hago con Ronnie, con mi padre y con cualquiera que haya subido a esta furgoneta...

... pero verla con las rodillas contra el pecho y la barbilla alzada hacia el cielo asfixia el fogonazo de irritación antes de que se encienda siquiera.

—Creía que en Los Ángeles teníais mogollón de estrellas —digo—. Stallone. Ford. Travolta.

—¿Eres muy fan de *Fiebre del sábado noche*?

Le hago la pose de Travolta con una sola mano.

—Más que nadie.

Se ríe.

—Gira por aquí —dice, señalando hacia la derecha.

Y como tengo aceptado desde hace tiempo el hecho de que siempre estaré al servicio de esta chica, obedezco y tomo la pista de tierra que se interna en el bosque.

—No vas a asesinarme, ¿verdad? —pregunto.

—No es el plan para esta noche.

—¿Cuál es el plan para esta noche?

Me responde con una mirada de soslayo que me seca cualquier otra palabra que tuviera en la punta de la lengua. Trago saliva, agarro el volante con las dos manos y me concentro en no estrellarme antes de llegar a dondequiera que nos esté llevando.

Los faros de la furgo apenas marcan la pista entre el bosque denso. Las ramas dan zarpazos al techo desde arriba, y si me importase una mierda la pintura estaría flipando ahora mismo. Conduzco y conduzco, y el camino se estrecha y se estrecha, hasta que...

—Para aquí.

No me avisa con nada de tiempo, pero tampoco hace falta. La claustrofóbica pista de tierra se abre de repente, escupiéndonos a un claro cubierto de hierba lo bastante grande para aparcar tres furgonetas una al lado de la otra. Paige señala y dejo la mía justo en el medio antes de girar la llave y que el traqueteante motor de la furgo guarde silencio.

Nos quedamos callados un momento. Paige sigue mirando el cielo, las estrellas; quizá la fiebre del sábado noche sea contagiosa. La luna está enmarcada en el mismo centro por encima de nosotros. Es demasiado perfecto para ser real.

—Me ha llamado Davey —dice.

Me enderezo en el asiento. De pronto el corazón me va a mil millones de kilómetros por hora.

—¿Vas a hacerme preguntar?

—Dice que no había visto en la vida un estudio de grabación tan cutre —me cuenta—. Dice que, si eso es a lo que llamamos una mezcla de sonido en Indiana, habría que borrar del mapa el estado entero.

Tendría que estar encogiéndome, deshinchándome con cada palabra, pero hay algo en el tono de Paige que me tiene bombeando adrenalina, con la mirada fija en su cara. Ella sigue contemplando la luna.

—¿Y te ha dicho algo de los instrumentos? ¿O de mi ropa, a lo mejor? ¿Tiene alguna opinión al respecto?

—Sí. —Paige me mira. Está resplandeciente, con una sonrisa que se aventura a lo ancho de sus mejillas—. Le ha molado.

Pestañeo.

—¿Le...?

Paige se mueve de golpe, abalanzándose sobre el cambio de marchas para cogerme el brazo.

—Le ha molado. Todas las chorradas que dice sobre el estudio y la maqueta... En realidad, le gusta que sea una mierda. Es auténtico, me ha dicho. Eres auténtico.

No puedo respirar. No puedo apartar la mirada. Si lo hago, este momento se esfumará. Tendré que seguir adelante con mi vida, cosa que sería un puto asco porque ahora mismo hay alguien que cree que merezco la pena. Alguien de Los Ángeles me ha visto con mis vaqueros rajados y la camiseta de mi padre y ha pensado: «Sí, eso es lo que busco».

—Quiere ver un directo —está diciendo Paige, y sus maravillosas palabras me elevan más por los aires. Caigo en la cuenta de que estoy cogiéndole la mano, de que tengo la mía sobre el dorso de la suya en mi brazo. ¿Cuándo ha pasado?—. Quiere que vayas a Los Ángeles y hagas una prueba para él y los demás de la discográfica. Eddie, es el momento.

—Es el momento —repito, en voz muy baja—. Hostia puta, es el momento.

Todas esas largas noches planificando con mi padre, todas las veces que Higgins me ha raspado de la suela de su zapato.

Todas las órdenes que Bev me ha ladrado y todos los ceños tristes del tío Wayne. Todo eso me ha traído hasta aquí, me ha hecho auténtico o lo que sea. Y ahora podré dejarlo atrás cuando me marche.

—Lo has conseguido.

Me aprieta el brazo, solo una vez, pero basta para sacarme de mi estupor. Extiendo el otro hacia ella. Me tiembla la mano. No me importa una mierda. Lo único en lo que reparo es en que no se aparta cuando le paso los dedos por la mejilla hasta el pelo. Sus pestañas aletean, que es algo que no creía que pasara fuera de las novelas románticas.

—¿Y bien? —pregunta, pero lo que quiere decir en realidad es: «¿A qué esperas?».

No hay nada que esperar. Ahora mismo no hay nada excepto una carretera amplia y abierta ante mí, una carretera y los ojos oscuros de Paige, así que me inclino hacia ella y la beso.

Paige me rodea el cuello con los brazos, se agarra a los hombros de mi chupa. Paso de cero a cien, de cero a cien putos millones, en un solo instante. Me siento borracho. Me siento colocado, por la combinación de la noticia de Paige y los labios de Paige y *Paige* arremolinándose. Alcanzo a vislumbrar los bordes del universo. Soy auténtico y hay alguien a quien le gusta. Paige intenta pasar por encima del cambio de marchas a mi regazo. Y eso desde luego me parece de lujo, pero...

—Esperaesperaespera. —Me echo atrás. Paige se desequilibra con un gritito y tengo que agarrarle los hombros para que no se vaya de lado—. El grupo...

—Eddie.

—Tengo que decírselo a Ronnie. Va a flipar en...

Paige me pone la mano en la boca y me hace callar.

—Eddie —repite. Tiene el pintalabios corrido. Seguro que yo también lo tengo por toda la boca—. He dicho que a Davey le ha molado.

—Lo sé —trato de decir a través de su palma.

—Le has molado tú. No Ataúd Carcomido. Tú.

¿Cómo se llamaría lo contrario a esa sensación de volar y elevarse y correr sin freno? Porque es lo que me está agriando el estómago ahora mismo. Con cuidado, cojo la muñeca de Paige y le quito la mano de mi boca.

—La maqueta era de todos nosotros.

—Pero a quien Davey ha reaccionado es a ti. Cree que el resto del grupo es..., no sé.

—Garajero —digo, y lo oigo en la voz de Ronnie, con su desesperanzada objetividad.

—De pueblo. De un modo que tú no.

—Entonces, cuando has dicho que quiere que vaya a hacer esa prueba...

—Quiere que vayas solo tú. Davey piensa que podrías ser una estrella, Eddie. Stallone. Ford. Travolta. Munson.

Imita mi pose de *Fiebre del sábado noche*, pero no logro hacerme el ánimo de sonreír.

—Sin Ataúd Carcomido..., no puedo.

—¿No puedes?

«¿No puedes? —Me lo ha preguntado como si la respuesta estuviera clara—. ¿No puedes hacerlo solo? ¿No puedes arriesgarte? Querías dejar atrás toda la mierda mala de Hawkins, pero ¿acaso se te olvidaba que también hay buena mierda que iba a quedarse aquí?».

La furgoneta se hace cada vez más pequeña. El perfume de Paige está convirtiendo mi cerebro en una papilla mareada.

—Tengo que... —logro decir, y abro la puerta.

Salgo dando trompicones a la hierba. El cálido aire de mayo me da en la cara y aspiro unas cuantas bocanadas gigantescas, notando cómo la humedad me llena el pecho.

—Sé que es mucho que asumir. —Paige ha bajado también. Está apoyada en el parachoques delantero, cruzada de brazos. Dejándome espacio—. Pero te lo prometo: no te habría dicho nada si no pensara que puedes lograrlo.

Mi padre me observa por encima de una pila de tortitas en una cafetería espantosa. «No te propondría este trabajo si no creyera que puedes con él».

Resulta que hay un montón de gente por ahí que cree saber más de mí que yo mismo.

—Es que... salir de aquí yo solo es...

—Solo no. —La mirada de Paige es feroz y me calienta desde dentro—. Tú y yo. Estamos juntos en esto.

Es verdad. Que Davey acepte una propuesta suya significa que esta victoria también es suya. Estaba tan ensimismado con mis gilipolleces que ni lo había pensado.

—¿Sí? —pregunto, tratando de no hacer una mueca por lo patético que suena.

—Sí —dice ella—. Voy a ponerme cursi un momentito, ¿vale? No me vomites encima, pero... tienes algo. Lo vi esa noche en el Escondite. Creo que... lo vi hace años, en aquella función ridícula. Te subes al escenario y, toques lo que toques, suena crudo. Suena a vida o muerte. Y la gente lo nota. Creo que por eso algunos te...

—¿Me odian con toda su alma?

Hace un asentimiento de soslayo y da un cauteloso paso adelante, acercándose como a un animal herido. Se lo permito.

—Podrías ser una leyenda. De verdad lo creo. Podrías ser un puto héroe, pero este pueblo no te deja.

Es verdad. Mientras esté en Hawkins, siempre seré Junior, otro maleante Munson. Todos los que me rodean llevarán la cuenta atrás de las horas que faltan para que termine muerto en una cuneta o de camino a la cárcel. Y cuando ocurra, lo único que dirán es lo poco que los sorprende.

Esto es una oportunidad, una posibilidad de alejarme de todo ello. De labrarme mi propio nombre desde cero. Y si mis amigos de verdad son mis amigos..., lo comprenderán.

Tienen que hacerlo.

Paige ya está delante de mí, mirándome con un interrogante en esos ojos oscuros.

—¿Vamos a hacer esto? —pregunta.

Respiro hondo y dejo que se me suelten los hombros.

—Vamos a hacer esto.

—Gracias a Dios —suspira antes de saltar a mis brazos y envolverme con todas sus extremidades como a un árbol.

Apenas logro agarrarla yo también antes de que el impulso me tire de espaldas. Caemos juntos a la hierba y el peso de Paige me deja sin aire en los pulmones, y no tengo tiempo de recobrar el aliento antes de que se me coma a besos, destruyendo el pintalabios sin remedio.

—Anda —murmuro cuando sus manos empiezan a vagar—. ¿También vamos a hacer esto otro?

—Calla y quítate los pantalones —dice, y ya es lo último que dice en un rato.

20

Vuelo.

O esa es la sensación que me dan las siguientes semanas, por lo menos. Me he separado de la pista de despegue y estoy elevándome por el amplio cielo azul, y no me queda más que seguir ascendiendo siempre arriba, arriba, arriba.

Entre dejar el instituto, la noticia sobre la prueba en Los Ángeles y el hecho de que el camión de Charlie Green cruzará Indiana el domingo por la noche, siento que me están apretando los tornillos en todas las facetas de mi vida. Ahora todo es matar o morir, triunfar o caer, nadar o ahogarse.

Tendría que despertarme en plena noche sudado por el estrés. Tendrían que darme ataques de pánico cada vez que pienso en algo más complicado que lo que comeré ese día. Pero en vez de eso…

Arriba, arriba, arriba.

Desde que me libré de la cárcel del Instituto Hawkins, paso los días con mi padre. Sobre todo nos dedicamos a pulir los detalles de nuestro plan. Pero también, no sé, hablamos y ya está. No recuerdo haber pasado nunca tanto tiempo con él, y está… bien. Me gusta ir conociéndolo como persona.

Las noches las paso con Paige.

—Siento que no podamos ir a mi casa —me susurró Paige en la íntima oscuridad de la parte trasera de la furgo.

La cordillera que era la batería de Ronnie nos había estado presionando desde todas partes, presionándonos uno hacia el otro. No es que nos importara. Si me dieran la opción, elegiría una cadena perpetua rodeado de timbales y soportes siempre que significara prolongar ese momento.

—Nunca me ha gustado escabullirme por una ventana —respondí, rodando para mirarla.

—¿Y si probamos en tu casa? —propuso Paige con delicadeza—. ¿A tu padre le molesta que lleves a... amigas?

—No, pero... —La vívida imagen de pasar con Paige de la mano por la salita hacia mi cuarto delante de mi padre circuló horrenda por mi mente—. Pero creo que eso es peor y todo.

Creo que Paige tuvo una visión parecida, porque soltó un bufido tan fuerte que sacudió la furgo.

—Casi que nos quedamos aquí.

Arqueé una ceja. Estaba oscuro dentro de la furgoneta, pero aun así distinguí la forma de su sonrisa pícara, la luz de luna describiendo la curva de su hombro desnudo.

—Aquí se está bien.

Arriba, arriba, arriba. He pillado una columna de aire caliente que me lleva flotando hacia las nubes.

Solo hay dos inconvenientes en todo esto. El primero es que tengo el ciclo de sueño completamente jodido. No suelo cruzar a hurtadillas la puerta de casa hasta bien pasadas las dos de la madrugada, y luego mi padre me despierta a las siete para abordar la siguiente fase del trabajo. «Pilla los walkie-talkies, que vamos a comprobar el alcance». «Pilla las llaves, que vamos a poner carteles de Topp's». «Pilla los guantes de trabajo, que vas a enseñarme a arreglar esa avería».

El segundo es que no he tenido tiempo de darles la noticia de..., bueno, de nada a Ronnie, a Ataúd Carcomido y al Fuego Infernal.

«Querrás decir que estás evitándolo», susurra una voz en mi mente. La hago callar de inmediato. Ya habrá tiempo para hablar con todo el mundo después de este fin de semana. Después de asegurar mi futuro. Después de aterrizar.

Al llegar el sábado anterior al golpe estoy en las últimas, tirando a base de adrenalina y café de oferta. Cuando mi padre me despierta por la mañana, echa un vistazo a mis ojos somnolientos y chasquea la lengua.

—Mañana no vas a servir para nada tal y como estás —me dice mientras le parpadeo desde mi nido de sábanas arrugadas.

—¿Mmm? —gruño.

Niega con la cabeza.

—Vuélvete a dormir. Te llamaré si necesito alguna cosa.

La luz se apaga y la habitación se queda a oscuras y eso es todo lo que recuerdo de las siguientes diez horas.

No es un zarandeo irritado de mi padre lo que me devuelve al mundo de los vivos. Es un olor, rico y maravilloso, que se cuela por debajo de la puerta de mi dormitorio. Escruto en la confusa tiniebla —«Joder, deben de ser las seis de la tarde, ¿cuánto he dormido?»— intentando situarlo. Sé que lo conozco..., pero no en este contexto, en mi casa de mierda de mi calle de mierda.

Tengo que llegar dando trompicones a la cocina, con el pelo revuelto hacia todos lados y los ojos legañosos, para que todo encaje.

—¿Eso que huele es... cebolla?

Mi padre está trasteando con los antiquísimos fogones. Me da con una paleta de cocina en la mano cuando intento pasarla por debajo de su hombro, dejándome un manchurrón de grasa en el dorso.

—¿Qué quieres, quemarte?

—No puedo creerme que estés cocinando.

—Te dije que lo haría, ¿a que sí? ¿Y qué mejor ocasión que esta? No podemos ir a la batalla sin la panza llena de espaguetis y cerveza templada. Trae los platos.

Me cuesta un segundo cumplir la orden. Estoy demasiado ocupado preguntándome de dónde narices ha sacado mi padre una paleta, porque estoy seguro al noventa por ciento de que nunca ha habido una en casa. Pero el misterioso utensilio surca el aire de nuevo hacia mí y reculo con un gañido.

—¡Ya voy, ya voy!

Abro el armarito, saco los dos platos menos cascados y miro mientras mi padre intenta reproducir el monte Everest con espaguetis sobre cada uno de ellos, para luego coronar la cima con tres albóndigas y disponerse a colocar una cuarta cuando le quito mi plato de las manos.

—Vas a tener que meterme rodando en esa grúa.

Pasamos a la mesa, con cuidado, evitando bajas de albóndigas. Me siento en una de las dos sillas, pero mi padre se queda de pie. Hay algo en marcha al fondo de su mirada. Algo que está pensándose.

—Tengo una última cosa —dice.

Paso la mirada de mi plato a rebosar a mi padre y de vuelta.

—No va a quedarme sitio ni para los pulmones, no digamos ya para lo que sea que…

Pero las últimas palabras se evaporan cuando mi padre deja una botella de vino en la mesa. Está polvorienta y el envoltorio de papel se deshace. Pero la reconocería en cualquier parte.

—¿Lo dices en serio?

Se encoge de hombros, tratando de aparentar relajación.

—Tu madre habría querido que nos la bebiéramos juntos.

Levanto la botella con el mismo cuidado que si fuese un gatito recién nacido. Trazo con un dedo el borde de la etiqueta amarillenta, leyendo las descoloridas palabras impresas. ALAN MUNSON Y ELIZABETH FRANKLIN, 12 DE MARZO DE 1966.

—¿Qué, hum…? —Intento tragarme el nudo que se me ha hecho en la garganta—. ¿Qué clase de vino es?

Mi padre rebufa. Tiene un brillo acuoso en los ojos.

—No teníamos dinero para andarnos con clases de vino. Teníamos dinero para: «¿Lo quieren tinto o blanco?». Ten. —Deja dos vasos de plástico en la mesa—. Se me ha olvidado comprar vasos de cristal cuando he ido a la tienda.

—Ya sabía yo que esa paleta era nueva. —Sirvo dos buenos chorros en los vasos. El vino es de un intenso color rojo incluso a través del plástico translúcido. Le paso uno a mi padre—. ¿Quieres que...? ¿Deberíamos brindar?

Está observando su vaso, quizá pensando que si mira la superficie vítrea y oscura de este vino el tiempo suficiente, captará un atisbo del rostro de mi madre.

—Sí —responde escueto.

«Vale. Pues entonces...». Levanto mi vaso.

—Por nosotros. Por mañana. Y por que todo vaya perfecto.

Esa mirada pensativa en los ojos de mi padre no ha hecho más que intensificarse desde que nos hemos sentado, y ya es tan abrumadora que se le extiende por toda la cara. Levanta también el vaso y me espero que suelte un «¡Chin chin!» o un «Menos parloteo y más zampar».

Pero, en vez de eso, lo que dice es:

—Por ti, chaval. Y por las cosas en las que te has convertido, a pesar de todo. Estoy..., estoy orgulloso de ti.

Ese nudo en la garganta está creciendo.

—Gracias —grazno.

Los dos combatimos tanto sentimiento acumulado ahogándolo en grandes tragos de vino. Me arde en el paladar, más áspero que la cerveza pero más suave que el whisky, iluminándome las papilas gustativas de un modo al que podría acostumbrarme. Me lamo los labios sin darme cuenta y capto la sonrisita divertida de mi padre.

—Es bueno —digo avergonzado.

—Lo sé —contesta—. ¿Qué haces mirándome la jeta? Zámpate el plato, anda, que se va a enfriar.

Ahí llegó. Sonrío y ataco los espaguetis, hundiendo el tenedor como una pala entre los bucles y llevándomelos a la boca a un ritmo despiadado. Mi padre se ríe y me imita, y al momento el único sonido que llena la cocina es el ruido de dos hombres con los modales de una cabra masticando con la boca abierta.

—Estaba yo pensando... —dice mi padre tras unos minutos meneando el bigote—. En... eso de lo que hablábamos. Hace unas noches.

—¿Eh? —farfullo, limpiándome salsa de la barbilla con la manga.

—Eso que te pregunté, ya sabes. Qué te parecía el plan de Munson y Munson.

Los espaguetis cobran vida en mi estómago, culebreando de un lado al otro, retorciéndolo de culpabilidad.

—Papá...

Pero él tira adelante, cercenando por las rodillas cualquier excusa barata que estuviera a punto de ofrecerle.

—Lo entiendo. No es lo que quieres para ti y, la verdad, no debería querer que lo quisieras. —Clava el tenedor en una albóndiga y lo deja ahí, plantado como una piedra de Stonehenge—. Estás harto de Hawkins. Buscas algo más grande, más bueno. Y creo... que yo también debería.

Algo frío me atraviesa el pecho.

—¿Y se acabó? ¿Vas a desaparecer otra vez?

—¿Qué? No, no, no, no digo eso. —Se aparta de la mesa, aclarándose las ideas—. Escucha, después de mañana vas a irte de este pueblo, escapar a California. Con un poco de suerte, para no volver nunca, ¿verdad?

Me limito a mirarlo. No quiero darle nada más de mí mismo, por si lo trinca y se esfuma con ello también.

—Bueno, pues si tú te marchas..., en realidad aquí ya no habrá nada que me retenga. Tus abuelos murieron hace tiempo, tu madre..., en fin. Y Wayne estaría encantado de no volver a verme en la vida. Así que... ¿qué tal si me voy contigo?

—A Los Ángeles.

—Sí.

—Eh...

De veras que no sé qué decir. Ni en un millón de años habría creído que Al Munson estaría dispuesto a poner su vida patas arriba por nada que no sea la promesa de mucha pasta, ¿y ahora está ofreciéndose a mudarse al otro lado del país conmigo?

—Ya supongo que no querrás tener a tu viejo encima, y me parece bien —se apresura a añadir, casi atropellado. Está dando vueltas al tenedor entre los dedos, viendo rodar la albóndiga, sin mirarme a los ojos—. Podemos tener cada uno su casa. Tú necesitas tu espacio y no quiero invadirlo, por supuesto. Pero en Los Ángeles hay trabajo de sobra, hasta para alguien como yo, así que... ¿qué me dices? —Da un capirotazo con la uña en el borde de su plato—. ¿Quieres que esto sea el principio de una tradición? ¿Cenar juntos los domingos por la noche?

Levanto una ceja irónica, esperando que mi latido de conejo asustado no sea demasiado evidente.

—¿Como una familia de verdad?

Asiente.

—Como la puta tribu de los Brady. Munson y Munson.

—Sí. —La respuesta ha salido de mi boca casi antes de que mi padre termine de hablar, pisándole las últimas palabras—. Sí, o sea, estaría... guay. Si quisieras venir.

—¿Sí? —Su sonrisa es más amplia que cuando usa la magia Munson para colar alguna milonga. Esta es la verdadera, bobalicona y de oreja a oreja, diseñada para nada más que ser una sonrisa—. De acuerdo, entonces.

—Pero lo de no vivir juntos es en serio, ¿verdad?

—Pues claro, chaval. Ya he visto cómo tienes el cuarto de baño. No pienso pasar por esa tortura si puede evitarse. Qué va, me buscaré un estudio pequeño. En la parte oeste, cerca de la playa.

—¿No está toda Los Ángeles cerca de la playa?

Su estallido de risa incrédula es tan estruendoso que hace temblar las ventanas.

—¡Madre mía! ¿Es lo que te ha hecho creer tu chica? Menos mal que voy para allá contigo.

Noto que estoy ruborizándome, y no sé del todo si es por el vino, por la vergüenza o por la bullente sensación de felicidad que me aletea en las entrañas. Pero antes de que pueda lanzarle una albóndiga para acabar con sus carcajadas…

… alguien llama a la puerta.

Mi padre se seca los ojos mientras su risa se calma.

—¿Tenía que venir algún amigo tuyo esta noche?

—No que yo sepa. ¿Puede ser Wayne?

Vuelven a llamar.

—Dile que pase y se ponga un plato o que se largue de aquí —dice mi padre—. Mañana es un día importante. Tenemos que estar alertas.

Empieza a recoger los platos mientras me levanto.

El ocaso ya está convirtiéndose en noche cuando abro la puerta, preparado para eludir una ronda de preocupación bienintencionada y exasperante de mi tío. Pero no es la cara huraña y arrugada de Wayne la que me mira desde debajo de la crepitante luz del porche.

—Hola —dice Ronnie, toda seria—. ¿Tienes un segundo para que hablemos?

21

No debería angustiarme ver a mi mejor amiga. Pero tampoco debería haberla evitado un día tras otro toda la semana, así que aquí estamos. Sonrío, como si eso fuera a hacer mella en el ceño preocupado que lleva pegado al rostro, e intento juntar un poco la puerta con la zapatilla.

—No sabía que ibas a pasarte por aquí.

—Te lo habría pedido. Pero no te he visto por ahí. —Ronnie ladea la cabeza, escrutando hasta el último centímetro cuadrado embotado por dormir tanto de mi cara—. ¿Has estado enfermo?

—No, hum... He estado ayudando a mi padre con unas cosas.

—¡Me alegro de verte, Ronnie! —grita mi padre desde la cocina—. Tranquilo, chaval, ya recojo yo.

Está dejándonos espacio. Pero ahora mismo, mirando a lo largo del cañón de lo que leches sea que está a punto de ser esta conversación, me tienta la idea de volver corriendo dentro y dar un portazo. De meterme en mi furgo y largarme, de refugiarme en la oscura cueva de la batería, de esconderme donde Ronnie no pueda encontrarme.

En vez de eso, me obligo a optar por la madurez. Salgo a los peldaños del porche, cierro la puerta a mi espalda y afronto mi destino.

—¿Qué pasa contigo? —pregunta Ronnie cuando oye el

chasquido del cerrojo—. Has desaparecido de la faz de la tierra. Te has saltado el club Fuego Infernal.

Lo sé. Claro que lo sé.

—Te lo estoy diciendo, he tenido que ayudar a mi padre con...

—Nunca te saltas el Fuego Infernal. Dougie pensaba que habías desaparecido igual que ese niño, Byers. A Gareth le ha faltado esto para organizar un equipo de búsqueda.

Levanto los hombros.

—Aquí estoy. No hace falta ningún equipo de búsqueda.

—Eh. —Ronnie me clava el puño en el hombro, en el sitio exacto de siempre. Me encojo—. Déjate de hostias. En serio, ¿qué pasa contigo?

Hay muchas formas de responder a esa pregunta, y las he estado posponiendo todas. Pero ahora tengo a Ronnie plantada delante, fulminándome con la mirada a un metro de distancia, tan cerca que distingo los bordes ya desdibujados del cardenal amarillo que tiene en la mejilla. No puedo seguir bailando el limbo con la realidad.

—He dejado el instituto.

De verdad que veo cómo se le traba el aliento a Ronnie en el pecho.

—¿Que has hecho qué?

—Está bien, no pasa nada. —Quizá, si me muestro bastante despectivo, se lo creerá—. De todas formas no iba a graduarme este año.

—¡Eso no lo sabes!

—Me lo dijo Higgins.

—*Higgins*. —Ronnie escupe el nombre y me permito vivir en esa oleada de satisfecha calidez por un segundo—. Ese tío te la tiene jurada y lo sabes.

—No por eso se equivoca. Y, en todo caso, no es cuestión de notas.

—¿Y por qué narices ibas a dejar el instituto, si no es cuestión de notas?

«Se nos presenta una oportunidad de ayudarnos mutuamente».

El trato que hice con Higgins —¿y cuándo un trato pasa a ser chantaje? ¿Cuándo se desencadena esa reacción química?— hace que me pique toda la piel. Mi ausencia a cambio del futuro de Ronnie. Es un negocio justo, y en mi mente sigue sin haber ninguna duda al respecto. Cuadro los hombros.

—¿Crees que le estaba haciendo un favor a alguien quedándome allí?

Ronnie se me queda mirando, como si de verdad no supiera qué responder a eso.

—¿Se puede saber de qué hablas?

—Hablo de..., de que a Gareth le dan de hostias cada día Tommy H y los imbéciles de sus amigos. De que Stan tenía que mentirles a sus padres para jugar a *D&D* todas las semanas, porque en cuanto se enteraron de lo que estaba haciendo, lo enviaron a que lo exorcizaran. Esos chicos... se merecen algo mejor que la etiqueta de bicho raro que les pongo. Sin mí..., sin el club Fuego Infernal...

—¿Sin el club Fuego Infernal, en serio?

—... estarán mejor. Y tú...

Ronnie se queda inmóvil.

—Y yo qué.

«Tú eres su baza. Eres mi punto débil. Eres el eslabón roto de mi cota de malla».

No puedo decírselo. Si me sincero y se lo cuento, va a volverse loca. Llevará todo el asunto de vuelta al despacho de Hawkins. Les pegará fuego a sus posibilidades y seremos los dos quienes ardamos.

No. El chantaje no saldrá de mí. Pero todo lo demás..., bueno, es de conocimiento general. Así que solo tengo que soltar una carcajada por lo bajini y decir:

—No finjas que no lo sabes.

Lo sabe. Refulge en sus ojos, brillante como la luz de un

faro. Pero nunca lo reconocerá en voz alta, que es por lo que tendré que ser yo quien lo diga por los dos.

—Soy un lastre para ti. Todo el pueblo te ve como a Cenicienta, de mendiga a millonaria, saliendo con uñas y dientes del parque de caravanas.

—Mi abuela no es una mendiga.

—Lo sé. Pero a toda esa gente le da lo mismo. Ya tienen su historia de ti tallada en piedra, y es una buena historia y yo no encajo en ella. Soy lo que podría hacer que descarrile toda esa narrativa.

Algo en la cara de Ronnie se ha vaciado.

—¿Y si me trae sin cuidado toda esa mierda?

—¿Y si a mí no? —Intento encogerme de hombros y me doy cuenta de que en realidad no estoy cruzado de brazos, sino abrazándome a mí mismo por la cintura. Protegiendo mi blando vientre. Tampoco es que sirva de mucho—. Llevas diez años deslomándote para hacerme sentir que merezco un poco la pena. A veces he pensado que eres la única persona del mundo con algo bueno que decir sobre mí. Me viste vagando de un lado a otro como un corderito perdido y tú..., tú me trajiste a casa. ¿Tan loco te parece que quiera compensártelo? —Fuerzo una sonrisa—. Eres mi mejor amigo. Vas a hacer cosas alucinantes. Serás la mejor abogada del planeta. ¿Cómo crees que me sentiría si fuese yo quien te lo impidiera?

—Entonces..., entonces ¿vas a quedarte para siempre en Hawkins y ya está? —pregunta Ronnie. Parece exhausta. Le flaquea todo el cuerpo. Pero si no pensara que tengo razón, aún estaría discutiendo conmigo—. ¿Vas a pasarte toda la vida... esperando a que tu padre vuelva a casa, o..., o esperando al siguiente trabajo de mierda en una fábrica como tu tío? ¿En serio puedes decirme que serías feliz viviendo así?

—No. —Suelto los brazos y cuadro los hombros otra vez—. Por eso voy a mudarme a California.

Pasa un segundo mientras Ronnie arruga el entrecejo.

—¿Eso es que... Ataúd Carcomido...?

—No. Pero, hum… Pero yo sí. —Mis pulmones se expanden con una inhalación temblorosa—. El jefe de Paige escuchó la maqueta y… quiere que vaya a hacer una prueba. Allá en Los Ángeles. Solo yo.

Tal vez me había esperado una reacción más explosiva a eso, pero Ronnie parece limitarse a absorber la noticia como una esponja. Está quieta como una estatua y, por un momento, tengo la demencial idea de que si estirara el brazo y la tocara, encontraría mármol paralizado donde debería haber carne humana.

—Vale… —dice Ronnie, lenta como la melaza—. Vale…

—¿Estás cabreada?

—No… Eh… —Sacude la cabeza, como si intentara soltar los pensamientos—. Solo intento buscarle algún sentido. Te vas a Los Ángeles. A hacer una audición en WR.

—Dentro de unas dos semanas. Paige cree que tengo una oportunidad.

—Ajá.

—A su jefe le gustó… mi energía, o lo que sea. Soy precisamente el tipo de mamón de pueblo pequeño que el mundo ansía. Así que, si la prueba sale bien, se pondrán a pensar cómo…, cómo venderme, supongo. —Me río, porque parece que alguien debe hacerlo y desde luego Ronnie no está por la labor—. Igual hasta me hacen un cambio de imagen. A mí. ¿Quién iba a decir que tuviera una imagen que mereciera la pena cambiar? —Ronnie no dice nada. Su numerito empieza a cansarme—. No te emociones tanto, que despertarás a los vecinos.

—Perdona —dice. Está sacando el labio inferior, como siempre que tiene algo en mente—. Es que estoy… dándole vueltas.

—Acabo de decirte que a lo mejor firmo un contrato discográfico. Menos vueltas. Más celebración.

La sonrisa que me dedica es, como mucho, aguada.

—Enhorabuena.

«Vaaale».

—Escucha, siento mucho que Ataúd Carcomido no pasara de la maqueta. Pero tú te vas a la Universidad de Nueva York de todos modos, y Dougie tiene ese trabajo con su padre esperándolo, y a Jeff aún le quedan unos años en el instituto.

—Sí.

—Os irá bien a todos.

—Lo sé.

—Y… has dicho que no estás cabreada.

—Eh…

—Pero me da la impresión de que sí.

—¡Pues claro que estoy cabreada, Eddie! —restalla Ronnie—. ¿De verdad pensabas que no iba a cabrearme?

—¡Bueno, sí! Esto es muy importante para mí. —Oigo su bufido de desdén y me duele. La miro furioso—. Ya te he dicho que siento lo de Ataúd Carcomido. Pero tengo que hacer esto. Creía que éramos lo bastante buenos amigos para que no te mosquearas conmigo por aprovechar la única oportunidad que me han dado en la vida.

—¡Me cago en todo, no estoy cabreada porque nuestro dichoso grupo no vaya a hacer una dichosa prueba! —Hay un brillo peligroso en los ojos de Ronnie—. Estás pasando del club Fuego Infernal. Estás dejándolo morir, en realidad, que es peor que pasar de él.

—Porque lo único que hace es empeorar las cosas.

«Porque no tenía otra opción».

—¡No es verdad! —grita ella—. Sí, vale, Tommy H se mete con Gareth por su camiseta del Fuego Infernal. Pero si Gareth no llevara esa camiseta, ¿crees que su vida sería un paseo? Es un bicho raro, esté contigo o no. Y lo único que mejora las cosas para él es que tiene un sitio al que ir a juntarse con otros bichos raros. —Avanza hacia mí y, a pesar de la cara valiente que intento poner, reculo y noto que la barandilla se me clava en la columna vertebral—. Si vuelas por los aires el club Fuego Infernal y te largas, ¿qué les quedará a esos chicos? ¿Quién va a cuidar de ellos? Porque ya te digo yo que Higgins no.

—¿O sea que *sí* que debería quedarme en Hawkins para siempre? —contraataco—. Pensaba que tratabas de convencerme de intentar hacer algo más con mi vida.

—No pensaba que fueras a borrar la mitad de ti mismo para probar a convertirte en una estrella del rock agilipollada.

—¿Quién dice que vaya a borrar nada? A los de WR les he gustado. Yo. Creen que soy auténtico, y creen que eso es bueno.

—Les gusta la historia que se cuentan a sí mismos sobre ti —replica Ronnie—. Y a ti también te gusta esa historia. Por eso estás perdiendo el culo para salir corriendo por la puerta.

—¿Y? Si tengo que elegir entre ser una estrella del rock o el maleante del pueblo, tengo muy clara la decisión. Joder, Ronnie, por eso no quería contártelo. Sabía que no lo entenderías.

—¡Pues ayúdame a entenderlo!

—¡No puedo! —Estoy enfadado. Nunca me había enfadado con Ronnie, ni siquiera cuando me rechazó hace tantos años—. No puedo hacerte comprender lo que es..., lo que son años y años de que todo el mundo te eche al cubo de la basura. Y menos cuando estás ahí diciéndome que tendría que seguir dejando que lo hagan.

—No te estoy diciendo eso.

—Un poco sí.

—*No.* —Hasta da un pisotón al suelo, como cuando teníamos ocho años e intentaba salirse con la suya—. Estoy diciéndote que vas a cambiar una historia por otra. Estrella del rock, maleante. Son todo historias, ninguna es la verdad completa. El Eddie completo. Solo estás huyendo de una hacia la otra, y las dos son cuentos de hadas. Mentiras.

Me afecta como una puñalada en el pulmón.

—No crees que pueda conseguirlo. Piensas que voy a irme a California y me daré un trompazo que te cagas.

—Pienso… que me preocupa lo que pasará cuando la ilusión se rompa. ¿Qué será de ti entonces?

—Vale, ¿y cuál es tu maravilloso consejo, ya que lo sabes todo? ¿Quedarme aquí y pudrirme en Hawkins? ¿Tumbarme y ser un felpudo para quien quiera rasparse las suelas en mí?

—Deja de hacerte la víctima. ¡Solo estoy diciéndote que no dejes a la gente tirada cuando te marches! Busca una forma de hacer que el club Fuego Infernal siga adelante. Es demasiado importante para esos chicos.

—Estoy haciéndoles un favor al disolver el Fuego Infernal. Ya se les ocurrirá qué hacer sin él. A mí me ha pasado. Tenemos que hacerlo todos, de una manera u otra. Mírate: tú has llegado al baile, Cenicienta. Vas a irte de aquí y nunca más tendrás que volver a pensar en nosotros, los ratones parlantes.

El golpe bajo sacude a Ronnie y la hace retroceder.

—Conque eso es lo que opinas de verdad.

Lo dice en tono herido, sin gritar, sin preguntar en absoluto. Está mirándome con los ojos muy abiertos, como si me viera por primera vez. Como si le doliera lo que descubre.

Me doy cuenta de que es mi último cartucho. La última ocasión que tendré de explicarme, de contarle lo de «se nos presenta una oportunidad» y todo con lo que Higgins está obligándome a actuar así. Ronnie me perdonaría si lo supiera. Podríamos superar todo esto, salir adelante…

Pero me ratifico en lo que he dicho sobre disolver el club Fuego Infernal. Y si así es como impido que las próximas generaciones de bichos raros de Hawkins terminen en la misma hoguera que Eddie Munson…, voy a tener que aceptarlo.

Asiento.

—Sí.

Y al cabo de un segundo, Ronnie asiente también.

—Entonces supongo que hemos terminado —dice—. No

te preocupes por darles la noticia a los demás. Lo haré yo. Cuanta menos gente escuche tu discursito, mejor.

Levanta su bici y pasa una pierna sobre el sillín.

—Ronnie —empiezo a decir, pero no tengo nada con que terminar la frase.

Aprieto la mandíbula para evitar que salga el «espera», y el «lo siento», y el «no te vayas» que me suben por la garganta, y trato de no hacer caso a la mirada cargada de pena que me lanza por encima del hombro. Y entonces está pedaleando por la grava del camino de acceso y perdiéndose de vista, y nunca como en ese momento me he sentido tan parecido a todas las cosas que Higgins dice que soy.

—Chaval.

No sé cuánto tiempo me he quedado en los escalones, mirando el lugar por donde se ha ido Ronnie, antes de oír la voz de mi padre. Está silueteado en el marco de la puerta, con un trapo al hombro sobre su raída camiseta de los Stooges, como una parodia de la vida doméstica.

¿Cuánto habrá oído? Las paredes de esta casa son de papel.

—Estás bien.

Tendría que ser una pregunta. Mi padre no le da esa entonación. Y comprendo, al pensarlo, que es porque no me quedan más opciones. Todo aquello para lo que mi padre y yo hemos estado preparándonos, todo acerca de lo que hemos construido castillos en el aire durante la cena, todo jirón de futuro por el que hemos luchado... dependerá de mañana por la noche. Y si no estoy bien, todo eso se evaporará.

—Sí —respondo, quitándole el trapo del hombro y entrando a zancadas—. Hagámoslo.

22

No es difícil identificar el camión cuando cruza la frontera estatal y entra en Indiana. El logotipo que luce en el lateral, Granjas Farris, y un pequeño granjero dibujado con sombrero de paja, lo delata a la primera de cambio, incluso zumbando por la carretera a ciento cinco kilómetros por hora.

Lo difícil es que..., bueno, las películas hacen parecer que está chupado seguir a alguien. «Deja unos cuantos coches de por medio. No pongas los intermitentes. Nunca lo pierdas de vista». Pero esas malditas pelis no están ambientadas en la Indiana rural, y desde luego no transcurren a eso de las once de la noche. En esas condiciones, el camión de Granjas Farris y yo somos prácticamente los únicos dos vehículos que hay en este tramo de carretera oscura, lo que significa que toda jugada de te-estoy-siguiendo que haga será mucho más obvia.

«Pues quédate atrás —han sido las últimas palabras que he oído de mi padre por el walkie-talkie antes de salir del alcance—. Deberías ver sus luces desde bastante lejos. Y que no se te olvide respirar, chaval».

—Quedarme atrás —murmuro para mis adentros, con una mirada hacia el walkie que llevo enganchado al salpicadero como si mi padre aún pudiera oírme. Mis manos sudorosas aferran el volante—. Muy bien.

Respiro. Y conduzco. Pasan kilómetros y kilómetros de carretera de Indiana bajo mis ruedas. El corazón me retumba fuerte en el pecho, audible en el silencio de la cabina de la grúa, pero no quiero encender la radio por si me distraigo y me pierdo algo que haga el camión de delante.

Su ruta desde Oregón hasta Maryland es larga. La hemos cartografiado una infinidad de veces, trazando el recorrido en mapas de gasolinera, y eso es lo más importante que he sacado en claro. El camino desde Oregón a Maryland es largo, y se hace aún más largo si vas al volante de un camión refrigerado. Esos trastos tienen que repostar cada cuatrocientos o quinientos kilómetros más o menos, lo cual, si estuviera planteándome hacerme camionero, desde luego me echaría para atrás.

Pero no quiero llevar un camión. Lo que quiero es *robar* un camión. De modo que sus frecuentes paradas en gasolineras jugarán a mi favor.

Se me hace eterno flotar por la carretera a la estela del camión de Granjas Farris, pero lo más probable es que no pasen ni tres cuartos de hora antes de que…

—Están parando —le cuento al walkie que no me oye—. Están parando. Están parando.

«Que no se te olvide respirar, chaval», me susurra al oído la voz de mi padre.

Me obligo con malos modos a no pisar más el acelerador para alcanzarlo y salgo como si nada de la carretera un minuto después que el camión. «Sin prisa pero sin pausa».

Han parado a repostar, está claro. Veo que el granjero dibujado de Granjas Farris se dirige hacia un brillante letrero de Shell. Forzándome todavía a mantener el ritmo relajado, enfilo por una calle lateral, bordeando la gasolinera Shell sin meterme en su aparcamiento. Al cabo de un momento he dejado atrás los anémicos círculos de luz de las maltrechas farolas. Aparco, apago el motor y…

Y nada. Me quedo ahí sentado. Es como si mi culo hubiera echado raíces en el asiento del conductor. «Levanta, capullo —me digo—. Estás perdiendo el tiempo. Levántate».

Pero el maltrato a mí mismo que me ha ayudado a mantener la compostura durante estas últimas y tensas horas se estrella contra una pared, una pared que no tiene el menor sentido. Porque, a fin de cuentas, esta jugada estúpida fue idea mía.

De todos los factores imposibles que tenía este trabajo, había uno que era incluso más precario que los demás. Porque daba igual lo bien protegido que estuviera el camión, o lo complicadas que fuesen las cerraduras, y hasta cuánta hierba estuviera transportando en realidad. Lo importante era el hecho de que el camión se cruzaría el país entero a ciento diez por hora y, si queríamos echarle mano, eso tenía que cambiar. Y para colmo, tenía que cambiar sin que los hombres que lo conducían, cabe suponer que bien armados, se olieran el pastel.

—Tiras de pinchos, clavos, alambre de espino... —Mi padre los contó con los dedos uno tras otro, como si estuviera haciendo la lista de la compra—. Son fáciles, pero evidentes. Y de todas formas, un pinchazo puede arreglarlo cualquiera por sí mismo en el arcén.

Estábamos encorvados sobre la mesa de la cocina, con una libreta abierta entre los dos. Yo acababa de salir de un turno largo en el Escondite, y cada minuto de la madrugada me pesaba más y más en las ojeras. Si seguía en pie era solo gracias a la segunda lata de Coca-Cola que me había metido en el cuerpo, así que me impresionaba ver a mi padre bebiéndose su segundo vaso de whisky de garrafón sin que se le cayeran los párpados ni una sola vez.

—Lo que necesitamos —siguió diciendo— es una manera de joderles el camión lo justo para que tengan que pedir ayuda, pero no tanto como para que los deje tirados del todo.

—Es un margen bastante estrecho.

—Así es el trabajo, chaval. —Mi padre se reclinó en la silla con las manos entrelazadas en la coronilla—. ¿Alguna idea?

Me puse a dar golpecitos en la lata, escuchando el tintineo de mi anillo contra el aluminio.

—Si no son las ruedas —dije, pensando en voz alta—, tendrá que ser… ¿el motor?

—¿Y cómo abrimos el capó de un camión en marcha?

—No hace falta abrir el capó —repuse. Sentí el tamborileo del corazón en la garganta, como me pasaba siempre en las batallas del club Fuego Infernal cuando sabía que tenía ventaja sobre mis jugadores—. No lo abrimos para hacerle el puente a la grúa y tampoco lo abriremos esta vez.

La mirada de mi padre fue firme, seria. No hubo chispa juguetona. Era la misma mirada que había puesto en el desguace ilegal, la que empezaba a comprender que estaba reservada para Junior y solo para él.

—Ya basta de suspense, chaval.

El suspense es lo que menos debió preocuparnos. Qué fácil parecía todo a la cálida luz de la cocina. Ahora, con el río de sudor que me cae espalda abajo, pienso que me gustaría encontrar a la versión de mí mismo que urdió esta idea y meterle un buen puñetazo en toda la cara. La lengua se me pega al paladar. A lo mejor esta parálisis repentina es mi cuerpo dándome una última oportunidad de retirarme. Porque ha llegado el momento de la verdad. Cuando apriete este gatillo, ya no podré desapretarlo.

Pero tomé la decisión hace semanas, con un taco de billar en casa de Porricky, con una pila de tortitas en una cafetería de mierda, con un Jack con Trola en el Escondite. Lo único que falta es llegar hasta el final.

—Deséame suerte —le digo al walkie.

Y no necesito tener señal para oír la respuesta de mi padre, clara como el agua: «Los Munson no esperamos a la suerte».

Así que cierro la grúa de un portazo y me voy a empezar la fiesta.

23

Había otros dos camiones haciendo cola para el surtidor de diésel cuando ha llegado el de Granjas Farris, así que justo les toca repostar mientras avanzo a hurtadillas por detrás de la gasolinera, procurando mantenerme en la oscuridad. Ojalá me hubiera traído los prismáticos de mi padre, pero necesito las dos manos para manejar la garrafa de veinte litros que he sacado del asiento trasero.

Al contrario que la carretera desierta, la gasolinera Shell tiene algo de ajetreo, esperable dado que es la única estación de servicio que hay en kilómetros. Rodeo sudoroso y con sigilo la tienda y echo un vistazo al patio, a los coches distribuidos entre los cuatro surtidores. Me duelen los hombros de cargar con la garrafa hasta aquí, y cambio el agarre mientras evalúo la situación y planifico mi próximo movimiento.

El camión de Granjas Farris está como a unos cinco metros de mi escondrijo, lo bastante cerca para poder acertarle en el logo con una piedrecita incluso con mis capacidades atléticas. Han entrado encarados hacia el otro lado, así que estoy viendo sus puertas traseras. Dos hombres bajan de la cabina por ambos lados y cierran las puertas de golpe.

Lo que me sorprende que me sorprenda es lo bajitos que son esos dos tíos. He estado contándome a mí mismo una historia sobre cómo va a ser esta aventura: mi padre y yo contra un par de matones gigantescos, Davides contra Goliats. Pero ninguno de los dos hombres que han salido del camión pasa del metro setenta, y no tienen ni una pizca de músculo. Ambos son flacos como palos, minúsculos en sus inmensas chaquetas de lona. Si existe algún Goliat en este enfrentamiento, empiezo a temerme que soy yo.

Hace frío tan de noche, así que no le reprocho al conductor que se estremezca y se cale su gorro de tela sobre las orejas. Desde donde estoy no oigo lo que le murmura a su compañero, pero, como señala con el pulgar hacia la tienda, supongo que va a entrar para pagar el diésel y tal vez echar un pis. Y, en efecto, al momento se dirige a la puerta de plexiglás con el inconfundible paso rápido de alguien a escasos segundos de mearse encima.

Pero mantengo la mirada fija en su compañero. Porque esto es lo que lo decidirá todo: si se rinde a los elementos y vuelve a la cabina del camión, estoy jodido y el plan se ha estrellado incluso antes de despegar. Si no...

El hombre se despereza, combando la columna vertebral con un satisfactorio crujido. Luego, haciendo caso omiso a los letreros de prohibición que hay en todos los surtidores, se mete un pitillo en la boca... y lo enciende.

El resplandor rojo cereza del mechero es casi una luz verde para mí. De modo que, manteniendo el camión entre el fumador y yo, aferro la garrafa de agua tan contra el cuerpo como puedo y me muevo con disimulo hacia la parte delantera del camión.

Hacia el depósito de combustible.

—Hará unos... diez meses —le dije a mi padre, inclinado sobre la mesa de la cocina— estuvo lloviendo dos semanas seguidas. Un chaparrón que te cagas, una cortina de agua, sin parar. Entraba por el techo, hubo corrimientos de tierras, cerraron carreteras. Y después empezaron las inundaciones. El sur de Hawkins, aquí al lado, se llevó lo peor. Me contaron que los gemelos Baker inflaron una balsa y bajaron flotando por toda la calle Persimmon. Pero cuando paró el aguacero, pareció que todo volvía a ser normal, ¿verdad?

La pregunta daba pie a una sola respuesta, y mi padre interpretó su papel.

—Verdad.

—Mentira. Porque cuando le puse gasolina a la furgo en el 7-Eleven, solo pude hacer unos tres kilómetros antes de que se me muriera. Y no fui el único. Casi todo el mundo que repostó en esa gasolinera acabó tirado en el arcén. —Me encorvé sobre la mesa hacia él—. El agua de la inundación se había filtrado en los tanques de combustible del 7-Eleven y la gente se la había echado a su coche con la gasolina. Tuve que llamar a la grúa para llevar la furgoneta al mecánico, y allí me vaciaron el depósito y el circuito de combustible para sacar toda el agua. Tardaron cinco minutos, nada más. Y después la furgo chutaba perfecta.

—Agua en el depósito —dijo pensativo mi padre—. Es bastante sencillo. Pero ¿cómo vamos a hacerlo?

—No soy el único que está planificando este trabajito, ¿verdad? —Apuré mi refresco—. Te cedo la palabra, viejo.

Supongo que debería haber llevado yo las riendas durante esa parte del proceso también. Porque, sin ese pequeño paso resuelto, el plan de acción que habíamos acordado consistía en (1) ir hasta el camión en la gasolinera sin que me viera nadie y (2) meter agua en el depósito de combustible. «Bastante sencillo», como dijo mi padre. Pero ahora que estoy lo suficientemente cerca de ese tío como para oler su tabaco y ver el contorno de los tatuajes que le suben por el cuello, empiezo a pensar que quizá un poco de complejidad no nos habría venido tan mal.

Se ha movido paseando hasta el extremo del patio mientras yo me aproximaba caminando tan agachado como podía. Desde aquí veo con claridad sus botas de trabajo por debajo del camión, y no les quito ojo de encima mientras correteo nervioso en dirección al depósito. Estoy cada vez más cerca, a metro y medio, metro y cuarto, un metro…

Pero quizá debería estar prestando menos atención a los pies del fumador y más a los míos, porque no veo el bordillo del surtidor de diésel hasta que ya he topado con él. Desequilibrado como estoy por la condenada garrafa de agua, me escoro de lado y a duras penas evito caer despatarrado al suelo. Pero no con la suficiente agilidad para amortiguar del todo el golpe que le doy con el hombro al surtidor, y…

Jjjjk.

Conozco ese sonido. Es el de una suela al raspar el asfalto.

Y, sabiendo lo que veré antes de verlo, miro por debajo del camión justo en el instante en que sus botas de trabajo se vuelven hacia mí.

24

Durante un segundo me embarga el pánico. «A lo mejor no lo ha oído». Aún queda gente merodeando por la gasolinera, murmurándose unos a otros en voces cansadas por el viaje nocturno, abriendo chisporroteantes bolsas de Doritos y paquetes de cecina Slim Jim. Con un poco de suerte, no pasará nada. Con un poco de suerte...

«Los Munson no esperamos a la suerte».

Pero las botas no se han movido. Tengo la mirada fija en ellas, dispuesto a salir por patas. Empiezan a llorarme los ojos de tanto rato que llevo sin cerrarlos. Contengo el aliento. Espero.

Y tras unos segundos que son toda una vida, un cigarrillo todavía brillante cae al asfalto junto al talón del tipo. Lo pisa mientras el inconfundible chispeo de un mechero le enciende el siguiente pitillo.

«Acuérdate de respirar». Inspiro sin hacer ruido. Espiro. Inspiro. Y quizá sea la adrenalina que me excita el sistema nervioso, pero, en el momento en que ese aire fresco llega a mis pulmones, me siento como si alguien me hubiera bombeado fuego líquido. Estoy despierto, estoy vivo y, lo más importante, estoy motivado.

«No llegarás a California si no dejas de perder el tiempo —me digo con un susurro agresivo—. Así que para de marear la perdiz y hazlo».

Un metro hasta el depósito de combustible. Un solo metro. Lo recorro de una zancada. La tapa sale con unos giros rápidos. Desenrosco también la de mi garrafa, la levanto y la inclino hacia el conducto abierto con todo el cuidado del mundo.

Esta es la parte peliaguda, más que seguir a un camión lleno de drogas ilegales desde la frontera estatal, más incluso que acechar a un par de traficantes de noche en una gasolinera perdida. Demasiada agua en el depósito y el camión palmará antes de llegar donde queremos que vaya. ¿Demasiado poca? Se pasará por unos cuantos kilómetros. En cualquier caso, la habré cagado.

Repaso la lista que hicimos entre mi padre y yo: «Si es la Standard Oil de Russiaville, un litro. La Marathon de Pine Village, cuatro litros. Pero estamos en la Shell de Chalmers. ¿Cuánta agua era en la Shell de Chalmers?».

Oigo que al otro lado del camión tintinea una campanilla y unas bisagras oxidadas chirrían al abrirse la puerta. Un momento después llegan pasos por el patio en mi dirección.

—Sí que has tardado —refunfuña el fumador.

—El cagadero es una puta pesadilla —responde el conductor—. Tendría que haber meado aquí fuera.

Se me acaba el tiempo. El fumador está pisando su segundo cigarrillo y se me acaba el tiempo. «Si es la Shell de Chalmers… Si es la Shell de Chalmers…».

El recuerdo me viene de golpe y casi se me cae la garrafa con las prisas de echar agua en el depósito. «Si es la Shell de Chalmers, dos litros». Resuello ansioso mientras observo cómo baja borbotando la línea del agua. Lo he practicado en casa, valiéndome de todas las noches que he pasado sirviendo copas en el Escondite para medir el volumen a ojo. «Dos litros». Dos botellas de Jack, de Smirnoff, de Southern Comfort, vaciadas como si fuera el cumpleaños de Sam el Borracho. Resuello ansioso mientras observo cómo borbotea la línea del agua, cómo baja… y baja… y baja…

Ya estoy moviéndome cuando la última gota entra en el depósito. No puedo permitirme ni un paso en falso, ni un roce, ni un tropezón. Los dos hombres ya están rodeando la cabina, así que huyo en la dirección opuesta, corriendo a lo largo del semirremolque. Me agacho junto a las puertas traseras mientras oigo al conductor llegar al surtidor de diésel.

—¡CJ! —llama—. ¿Ya has destapado el depósito?

Al miedo no le da ni tiempo de inundarme antes de que su tatuado compañero responda con un gruñido:

—¿Eh?

—En fin —murmura el conductor, sacando el boquerel de su soporte—. Puto idiota.

Mete el boquerel en la boca del depósito con un ruido metálico y, mientras el dispensador empieza a zumbar, me escabullo hacia la sombra de detrás de la tienda como si un par de narcotraficantes me pisaran los talones.

Estoy casi a punto de vomitar cuando las luces del camión de Granjas Farris por fin se encienden de nuevo. Lo observo, más convencido a cada segundo que pasa de que los matones se darán cuenta de que algo anda mal, de que algo falla, y pararán el camión y vendrán a por mí para meterme un balazo en la frente. Pero el camión sale de la gasolinera en dirección a las reflectantes indicaciones verdes de la carretera. Van a seguir camino.

Apenas me cuesta nada llegar a la cabina telefónica de la gasolinera, y menos después de soltar la garrafa de agua, que cae al suelo con un chapoteo. Me niego a pensar en qué asquerosidad puede estar criándose en el auricular mientras me lo pego a la oreja, meto unas monedas en la ranura y pulso deprisa el número.

No da ni un tono completo antes de que mi padre descuelgue.

—¿Eddie?

Algo se destensa en mis hombros. No me había dado cuenta de lo mucho que necesitaba oír su voz.

—Soy yo —digo con estresada y rasposa ronquera.

—¿Estás bien?

—Bien, bien. —Suelto el aire despacio, tratando de recuperar el control sobre mí mismo. En la plana oscuridad de la noche de Indiana, veo que el camión de Granjas Farris toma el acceso a la carretera principal—. Lo he hecho.

—¿Te han visto?

—Creo que no —respondo, y entonces me lo pienso mejor—. No, estoy seguro de que no.

Si me hubieran visto, estaría desangrándome entre los surtidores.

—Gracias a Dios —dice mi padre.

Su alivio es tangible, más pronunciado de lo que me esperaba, y soy consciente de lo preocupado que lo tenía. Una parte de mí se reconforta al saberlo, y otra parte de mí cosquillea ante el hecho de que este trabajo es lo bastante peligroso para alterar incluso a mi padre.

—Van para allá —digo—. La pelota está en tu cancha, papá.

—Pues deja de parlotear y deja que le atice —replica.

Me río, le cuelgo y escucho el clic-clic de la cabina tragándose mis diez céntimos.

El plan está en marcha. Mi grúa todavía acecha en la penumbra al borde de la gasolinera, tal y como la he dejado. Y no tengo tiempo que perder.

En algún lugar al final de esta larga noche, California me espera.

25

Taller 24 Horas Topp's —dijo mi padre en el Escondite, pasándome por la cara las granulosas fotos del mugriento taller como si fueran billetes de primera clase a Bali—. Ese puto cuchitril es donde vamos a hacer la magia».

Con magia o sin ella, el Taller 24 Horas Topp's es donde debería haber sonado el teléfono hace unos minutos, poco después de mi propia llamada a mi padre desde la cabina de la gasolinera. Al otro lado de la línea, los mecánicos deberían haber oído a un hombre desesperado en una camioneta F-150 averiada. Y como es tan tarde y el cliente se ha quedado tirado tan lejos, los dos mecánicos de servicio deberían haberse subido a su grúa para conducir hasta el verdadero quinto coño por los campos de la Indiana rural. Y si no tienen cuidado y no miran bien por dónde van, deberían pisar un par de tiras de pinchos cruzadas en la carretera, más o menos en su punto de destino. A lo mejor tienen una mala suerte que lo flipas y el giro brusco los lleva a la zanja que alguien excavó al lado de la carretera, con la anchura perfecta para atrapar una rueda de grúa. Y entonces, a kilómetros de distancia de la cabina más cercana, del jirón de civilización más cercano, los mecánicos deberían tener que pasar horas y horas esforzándose para poder moverse otra vez. Horas durante las que su taller debería quedarse vacío y sin vigilancia. Abierto para que cualquiera entre, se apodere de él… y lo use para sus propios fines.

Hay un montón de «deberías» sueltos en ese plan. Demasiados para estar cómodo con ellos, y más si no tengo forma de saber si han pasado de ser hipótesis a..., bueno, a realidades hasta que pueda volver a hablar con mi padre por walkie-talkie.

—Cuando recuperemos el contacto —me dijo mi padre, jadeando mientras echaba otra palada de tierra a un lado—, te quedarás quieto, esperando mi señal.

Habíamos aparcado junto a un camino de tierra que dividía dos pastizales de vacas y, por una vez, no había sacado yo la pajita más corta al repartirnos el trabajo. Mi padre había cogido la pala sin intentar regatearme siquiera, y, como yo no tenía intención de mirarle el dentado a ningún caballo, y mucho menos a uno regalado, me puse los guantes de trabajo y agarré las tiras de pinchos sin dejar que se me notara la sorpresa.

—Será difícil tener señal si estoy a más de cincuenta kilómetros —le advertí, dejando un extremo de la cinta en el suelo y empezando a desenrollarla.

Chonc. La pala de mi padre se clavó en la tierra con brusquedad.

—Si ese camión los deja tirados donde queremos, su primera opción debería ser llamar a Topp's —dijo él.

Otro «debería». Topp's era el único taller mecánico en un radio bastante considerable, una de las características que hicieron babear tanto a mi padre al dar con él, y el tedioso día que pasamos empapelando cada motel de carretera, estación de servicio y poste telefónico con anuncios de Topp's nos daba una cierta tranquilidad añadida. Pero aun así... no teníamos ninguna garantía de que los chicos de Charlie Greene fuesen a llamar a Topp's. No había garantía alguna. Solo «deberías».

Pero mi padre no iba a desanimarse por eso. Se limitó a señalar la zanja, los pinchos, los extensos campos llenos de nada.

—Y si toda esta mierda sale bien, la persona que descolgará ese teléfono seré yo. Lo cual significa que, si no estás dentro del alcance, más te vale perder el culo para entrar.

—No sabemos dónde pararán a repostar —protesté, hundiendo con el pie una estaca al final de la tira para que no se moviera del sitio—. Podría ser en la otra punta del estado.

—Da lo mismo —respondió mi padre—. El tictac del reloj empieza cuando empieza. Después de eso, todo depende de nosotros.

Teníamos las distancias trazadas en un mapa, un círculo hecho con compás alrededor del taller Topp's que señalaba el límite entre la tierra de la conexión radiofónica y la espesura de la estática. Y, por supuesto, como nada en este mundo es fácil, ese límite está a sesenta y cinco kilómetros de Chalmers. Recorro la distancia esprintando con moderación, apoyando la cabeza contra el marco de la puerta para maximizar la superficie de mi cara donde da el aire que entra por la ventanilla abierta. Tanto silencio me está dando grima, así que enciendo la radio y giro el dial en busca de algo que escuchar aparte del zumbido del walkie.

«Son todo historias».

Sacudo la cabeza para quitarme de encima el susurro de la voz de Ronnie. Pero es en vano. Desde nuestra explosiva bronca, esas palabras me vienen a la cabeza en los peores momentos posibles. «Estrella del rock, maleante. Son todo historias, ninguna es la verdad completa».

Llego a la siguiente emisora y mi recompensa es más estática.

—Mozo de bar convertido en líder de grupo convertido en estrella del rock —susurro para mí mismo como un mantra—. Mozo de bar convertido en líder de grupo convertido en…

Mis dedos se detienen sobre el dial. Porque, en algún lugar de la baldía extensión de estática que es la Indiana rural, la antena de la grúa se las ha ingeniado para capturar un vago indicio de…

One-and-two-and-one...

Es la voz de Muddy Waters filtrada por la mierda de altavoces que tiene la grúa, crepitando la letra de *Rollin' Stone*. Pero también es su voz resonando desde un recuerdo lejano, emanando del viejo tocadiscos de mi madre, invocada desde el círculo negro giratorio como por un conjuro mágico.

One-and-two-and-one-and-two... now you're gettin' it!

—¡Por fin lo pillas! —exclamó al unísono mi madre, riéndose, haciéndome bailar por la deshilachada alfombra.

Me había puesto los pies encima de los suyos para poder rodar conmigo más y más deprisa, y yo me reía con ella porque cuando Elizabeth Munson era feliz, el mundo entero era feliz.

Pero Elizabeth Munson no está conmigo en la grúa. Tal vez por eso de pronto me pican unas lágrimas en los ojos. Inhalo a fondo por la nariz, tenso los brazos sobre el volante y me concentro en la sensación del viento al azotarme la cara.

«Me gusta esta música porque es auténtica». Es lo que le dije a Paige hace ya unas cuantas semanas, susurrando por el micro del Estudio en Vivo Mike.

«Algo auténtico», responde Paige con un susurro, con el eco de aquella primera noche en el Escondite.

«Son todo historias —repite la Ronnie de mi cabeza, dolida y furiosa y a punto de salir de mi vida—. Solo estás huyendo de una hacia la otra».

«¿Y qué?», le replico en mi mente. Por lo menos ahora puedo elegir. Por lo menos tengo opciones. ¿Y qué alternativa hay, de todos modos? ¿Un término medio? No puedo ni visualizarlo. ¿Qué persona sería entonces?

Por lo que a mí respecta, solo eres tan bueno como la historia que la gente cuenta sobre ti. Y pienso escoger la historia que no me ponga en la lista negra de todos los habitantes de Hawkins.

Apago la radio de un dedazo, interrumpiendo a Muddy Waters en pleno *riff*. En el silencio que se hace, suelto los hombros y respiro hondo para despejar las telarañas enmarañadas y las desconcertantes voces de mi cabeza. «Concéntrate, Junior», me ordeno a mí mismo.

Me concentro.

Y entonces es cuando oigo la sirena de un coche patrulla acercándose por detrás.

26

El corazón me sube tanto por la garganta que, como cierre los dientes ahora mismo, creo que morderé músculo cobrizo, que masticaré una palpitante aorta. Cada vez que miro por el retrovisor veo las luces más cerca, y mis nudillos blancos sobre el volante destellan rojos y azules y rojos en rápida sucesión.

«Se acabó», pienso embotado de pánico, distante. Ya sé cómo irá esto. He pasado por la misma situación con Moore demasiadas veces. Aunque este tío de ahora me esté parando para hacerme una prueba de alcoholemia rutinaria, aunque le muestre unos modales exquisitos…, soy un Munson. Es decir, estoy jodido. El poli me enfocará a los ojos con su linterna, me hará enseñarle el carnet y me acribillará a preguntas absurdas hasta que decida que ya tiene excusa suficiente para registrar el coche, cosa que hará con toda la pachorra del mundo. Adiós a los quince mil dólares porque un capullo quiere entretenerse un rato antes de que acabe su turno.

La fantasía de acelerar y que esto se convierta en una persecución a toda velocidad me pasa por la cabeza, pero solo durante una fracción de segundo. Por una parte, ni de coña corro más que él con esta monstruosidad gigantesca. Por otra, ¿qué sentido tendría? ¿Añadir otro par de años a la condena? No, gracias.

Me obligo a tocar el freno, a poner el intermitente, a detenerme poco a poco en el arcén. Y luego ya solo me queda apretar la mandíbula, oír esa sirena cada vez más alta y esperar que caiga la espada de Damocles.

Y luego sigo esperando.

Y luego… caigo en la cuenta de que el coche patrulla no está reduciendo la velocidad. Ni siquiera está desviándose hacia mí. Sigue como un cohete a toda pastilla por la carretera. La única señal de que los polis de dentro saben que existo es el fugaz destello de las luces largas que me echan al llegar a mi altura, en agradecimiento por dejarlos pasar.

Me quedo mirando el coche patrulla medio minuto de reloj, hasta que toma la curva de la carretera y desaparece tras una arboleda. Y cuando los he perdido de vista…

Me río. Histérico. Maniaco, incluso. Toda esa feroz adrenalina que bombeaba por mis venas desde la gasolinera se desborda y rebosa de mí como una fuente, y río y río hasta que se esfuma toda y solo queda de mí un saco de huesos tirado en la cabina de una grúa robada dos veces.

Pues claro que a esos maderos no les importo una mierda. No saben que soy Munson Junior. Solo soy un tío cualquiera al que le ha tocado pringar en el turno de noche, igual que a ellos. Pero estaba tan ocupado flipando con gilipolleces irrelevantes que ni se me había ocurrido.

«Concéntrate», me ordeno, enderezando la espalda y echando los hombros hacia atrás. Esta noche no hay sitio para Ronnie, ni para el club Fuego Infernal, ni para Paige siquiera. Solo para el trabajo. Todo lo demás tendrá que esperar. Y obligándome a pensar con claridad, pongo primera y salgo de nuevo al carril.

Ocho kilómetros. Ocho kilómetros para entrar en el alcance del walkie-talkie de mi padre. Si finjo no saber cuál es el límite de velocidad, puedo llegar en menos de cuatro minutos. Y voy a tener que hacerlo, porque ese coche patrulla me ha trastocado el horario. Como me retrase más…

Piso a fondo y dejo ahí el pie, surcando la oscuridad como si llevara hasta al último murciélago de Ozzy pegado al culo, sin aflojar hasta que ya han pasado los suficientes mojones al otro lado de la ventanilla.

Por fin veo un letrero emerger de la penumbra, verde y refulgente como un ovni. CREEKSIDE RD. Es solo una calle lateral del montón, pero, si mi mapa está bien hecho, también marca el límite del alcance del walkie de mi padre. Acelero de nuevo, agarro el walkie y pulso el botón de hablar mientras dejo la calle a un lado.

—¿Papá? ¡Papá!

Pero solo llega estática desde el otro lado.

—¿Me oyes? —pruebo otra vez—. ¿Papá?

Más silencio impregnado de estática, tan largo que tengo tiempo de visualizar todas las cosas horribles que podrían haberle pasado. Quizá había un tercer mecánico de servicio, se ha quedado cuidando el taller y ha sorprendido a mi padre intentando colarse. Quizá los mecánicos no se han marchado, sencillamente. Quizá un vecino ha visto a mi padre forzando la puerta y ha llamado a la policía, y quizá es hacia donde iba el coche patrulla que me ha adelantado a toda pastilla. Quizá...

Estoy a punto de renunciar al plan y conducir derecho hacia el taller Topp's —¿para ayudar a mi padre contra un ejército de fornidos mecánicos? ¿Para llevarme su cadáver cosido a balazos?— cuando el walkie que llevo en la mano sudorosa por fin cobra vida crepitando.

—... ddie...

—¡Papá!

—... nde te habías m...

Es mi padre, sin duda. Pero su voz me llega intermitente, atravesando oleadas de interferencia.

—¡No te oigo! —digo, gritando por el walkie, como si de algún modo sirviera para mejorar la transmisión.

—Fuera de la granja del viejo Kenney.

Parpadeo. Ese no era mi padre. No tengo ni puta idea de quién ha hablado.

—¿Eh?

—El árbol ha caído hace un par de horas.

Es la misma voz, mucho más clara y menos entrecortada que la de mi padre hace un momento. Un estallido de estática llena las ondas cuando quienquiera que esté pirateando la señal calla un momento, y enterrada en esa estática distingo una sola palabra.

—... llamada...

Pero entonces el tío vuelve a hablar y tapa lo que sea que mi padre quería decirme.

—Supongo que ya lo tendrán despejado cuando amanezca.

«¿Qué coño está pasando?». Pero aún no le he puesto el último signo de interrogación a esa pregunta cuando una curva de la carretera me la responde. Por delante veo los inconfundibles faros cegadores de una cuadrilla de mantenimiento de carreteras y, al acercarme, también vislumbro las luces rojas y azules de un coche patrulla. Por eso me ha adelantado la poli a toda leche, porque hay un árbol caído que se ha cargado el tendido eléctrico.

Los walkies que lleva la gente de obras viales y la policía tienen muchísima más potencia que los trastos baratos que fuimos a comprar mi padre y yo en Radio Shack. Normal que dominen el canal.

—Esto va para largo —está diciendo el poli—. ¿Le pides a Jessie que nos envíe...?

La voz de mi padre logra imponerse, solo un segundo.

—... han llamado...

Pero entonces el poli lo interrumpe.

—¿... un par de pasteles de Reggie's? Espera. Creo que tenemos interferencia en el canal.

La radio se queda en silencio y creo que podremos comunicarnos. Pero, si nosotros los oímos a ellos, ellos también nos oyen a nosotros. Tendré que ir con cuidado. Carraspeo y pulso el botón.

—Grúa a taller —digo—. ¿Me lo repites?

Otro momento de bendito silencio. Entonces oigo la voz de mi padre, clara y sin interrupciones.

—Hola, Matty —dice—. Nos han llamado por un camión parado en la cafetería Taylor's, allá en Madison. ¿Te lo traes para acá?

Madison. Tendré que buscarlo, pero...

—Recibido, Jerome —respondo, en un tono tan oficial como puedo—. Voy de camino.

Y al pasar junto a la cuadrilla y el coche patrulla aparcado, les devuelvo el saludo con un destello de las luces largas. «Gracias, agentes. Estos no son los androides que buscáis. Seguid con lo vuestro».

El camión no tiene pérdida. Está aparcado en diagonal ocupando como cinco sitios, enfurruñado bajo los neones del letrero de TAYLOR'S 24 HORAS. Así que ahí aparco yo también, deteniendo la grúa en el rincón de asfalto disponible más cercano.

Dentro del camión de Granjas Farris, dos pares de ojos se alzan de golpe para mirarme por encima de sus vasos de poliestireno llenos de café para llevar. Ambos me observan con diferentes intensidades de desconfianza y hostilidad. Los saludo con la sonrisa de Al Munson más amistosa y abierta que logro componer mientras bajo la ventanilla.

—Hola, amigos —trino animado—. ¿Necesitabais una grúa?

27

Vamos muy apretados en la cabina de la grúa. Su asiento corrido, desde luego, no está diseñado para tres hombres adultos.

—Aún habéis tenido suerte de que os dejara tirados tan cerca del taller —comento para aligerar el ambiente, porque hay tan poco espacio que nuestros hombros se tocan y noto la dureza de algo que sin duda es una pistola que abulta la cintura del pantalón del tío que tengo al lado.

Es CJ, el fumador que casi me pilla cuando iba a echarle agua al depósito del camión de Granjas Farris, y no le gusta mucho hablar. Pero, al subir a la grúa, se ha preocupado de empujarme de lado con esa pistola, tan fuerte que sin duda me dejará un moratón. No creo que haya recibido nunca una advertencia silenciosa más efectiva.

Pero, aunque CJ no aporte nada a la conversación más que un gruñido de vez en cuando, su compañero, Toby, lo compensa con creces. El tío habla por los mismísimos codos y, en el cuarto de hora que llevamos rodando desde la cafetería, diría que no ha parado a recuperar el aliento más de dos veces.

—... y por eso nunca hay que decirle a tu chica qué ruta llevas, porque, si se le mete entre ceja y ceja ir a verte, no quieres que sepa dónde...

Ya estamos llegando al desgastado letrero de TALLER 24

HORAS TOPP'S cuando por fin comprendo por qué. Pretendía evitar que les hiciera ninguna pregunta.

«Eh, por mí bien, colega». No quiero saber nada más de esos dos que lo estrictamente necesario.

—Pues nada, aquí estamos —logro embutir entre dos frases de Toby mientras meto la grúa en el aparcamiento.

El Taller 24 Horas Topp's asoma del bosque oscuro, a un par de metros de la carretera. Su roñoso exterior no inspira demasiada confianza y, teniendo a CJ tan cerca, siento la desaprobación que este irradia. Pero las luces están encendidas, brillando en cada ventana y por la puerta abierta del garaje como una calabaza de Halloween. Y eso, sumado al hecho de que es el único taller abierto a estas horas en kilómetros a la redonda, basta para evitar que CJ gruña en protesta mientras freno delante de la puerta.

—Os dejo aquí —digo. Al fondo del taller se distingue una figura delgada holgazaneando. Es mi padre, con su mono de la Zona de Guerra y las manos manchadas de grasa y aceite hasta las muñecas. Con una gorra de béisbol calada hasta los ojos, le noto el parecido con el tío Wayne—. Si entráis por esa puerta de ahí, tenemos una sala de espera con tele y demás. No echan gran cosa a estas horas de la noche, pero debería haber café recién hecho.

—Caramba, muy buen servicio al cliente —contesta Toby. Está inclinado hacia delante y lanza su lustrosa y agradable sonrisa a través de la zona desmilitarizada que genera CJ. Me da la impresión de que podría contarle los dientes, incluso estando a oscuras—. ¿Qué te parece el servicio al cliente, CJ?

CJ gruñe. Viniendo de él, es todo un monólogo, como voy comprendiendo.

—Aquí en el Taller 24 Horas Topp's intentamos darlo todo —digo—. Si queréis ir bajando...

—Muy buen servicio al cliente —repite Toby. Ese tío es como un disco rayado—. Pero a CJ y a mí no nos van los lujos. No necesitamos relajarnos en una sala de espera. Solo queremos volver a la carretera cuanto antes.

Está poniéndome nervioso. Fuerzo una risita.

—Ya me imagino. Tendréis el camión arreglado en menos que canta un…

—Estupendo. Entonces no te importará que nos quedemos en el taller mientras trabajáis.

Mi padre nos observa. Aún está al fondo del taller, así que no le veo la cara, pero el trapo que retuerce entre las manos me dice todo lo que necesito saber sobre su nivel de ansiedad. Empiezo a desear tener yo también un trapo, algo que estrujar para exprimirme parte de los nervios. Porque, si estos dos se quedan a tres metros de nosotros, no vamos a poder acceder al tráiler sin que nos vean.

—Llevamos una carga valiosa —dice Toby.

Me doy cuenta de que, en todo el rato que llevo angustiado, Toby no se ha movido ni un milímetro. Aún está sonriéndome, y ya no es solo que le vea los dientes en la oscuridad, es que son lo *único* que veo. El resto de Toby es solo una silueta negrísima, que no deja ver las estrellas por la ventanilla de detrás.

CJ se remueve en el asiento a mi lado y, de nuevo, noto la culata de su arma apretada contra la cadera. Y entonces…

No es que tome una decisión en el acto, sino más bien que la han tomado por mí.

—No hay problema —grazno.

Toco el acelerador, meto poco a poco la grúa en el taller y le doy ángulo al camión que remolco para que pase por encima de los arañados rebordes amarillos que delimitan el foso. Cuando apago el motor y salgo de la grúa, mi padre ya no está a la vista. Unos ruidos amortiguados que llegan desde abajo me revelan que ya se ha metido en el foso.

—Eh, Jerome —le digo levantando la voz—, tenemos compañía.

—No puede haber clientes en el taller —flota su respuesta

desde algún lugar bajo los neumáticos del camión—. Política de empresa.

Envío una mueca hacia atrás a modo de disculpa para CJ y Toby, que están poniéndose cómodos en un banco de trabajo que hay a un lado. Toby me hace un gesto amistoso con la mano. CJ se enciende otro pitillo.

—Parece que habrá que hacer una excepción.

Algo me da un golpecito en la punta de la bota. Al bajar la mirada, encuentro una rendija de la cara de mi padre mirándome desde debajo del camión. Con toda la calma que logro invocar, dadas las circunstancias, me arrodillo para que podamos hablar en voz baja.

—¿Qué leches haces, chaval? —me sisea cuando estoy lo bastante cerca.

—No quieren irse —respondo.

—Oblígalos.

—Van armados, *Jerome*.

—Pues más vale que pienses algo —dice mi padre—. No nos hemos dejado los cuernos montando esta historia para joderla ahora.

Tiene razón. Sé que tiene razón. Pero eso no quita que me den ganas de pillar la llave de tubo más cercana y tirársela a la cara. Me levanto, intentando hacer como si no manara un torrente de sudor desde mis sobacos. Menos mal que nos hemos puesto estos monos ridículos.

—Jerome dice que puede haber un problema en el circuito de combustible —les explico a los dos hombres—. Pero con estos trastos refrigerados, nunca es una sola cosa. ¿Os importa si le echo un vistazo a lo demás?

—Con tal de que se ponga en marcha, lo que haga falta —responde Toby.

—Esa es la idea, jefe —le digo.

Y entonces, como no se me ocurre ninguna idea, empiezo a pasearme alrededor del camión. «Piensa». Intento poner en funcionamiento mi cerebro a la fuerza, intento plantearme esto como si fuese una sesión del club Fuego Infernal, un castillo que estuviera asediando. «Piensa». La puerta de la muralla está defendida. Hay arqueros en las troneras. Han subido el puente levadizo y han soltado los cocodrilos en el foso.

El alargado lateral del semirremolque se extiende ante mí. Parece una longitud infinita, un tramo eterno y continuo de acero liso. No hay forma de acceder a la carga. Ninguna excepto la puerta doble reforzada que Toby y CJ vigilan como un par de gárgolas.

Llego al final del tráiler. En el espacio entre él y la cabina sobresale la unidad refrigeradora, asomando por encima del enganche como una espinilla. Aún está en marcha, porque oigo el zumbido del aire acondicionado a medida que me aproximo y noto el metal caliente al tacto.

Y, si supiera un poco de mecánica o de reparación de frigoríficos, a lo mejor hasta me serviría de algo. Pero lo único que veo cuando alzo la mirada hacia ese enorme y abultado grano que es el aparato de aire acondicionado es otro obstáculo en mi camino a California. Otro impedimento. Otro punto final.

«Castillos, fosos, puentes levadizos. —Sacudo la cabeza—. Esto no es un juego. Tú no eres ningún noble paladín. Eres un delincuente. Esto es un puto camión lleno de droga. Y no hay cocodrilos para impedir que la gente entre. Lo que hay son dos asesinos curtidos».

Se oye un golpetazo bajo el camión. Mi padre está haciendo lo que puede para alargar el trabajo, tomándose mucho más tiempo del necesario para vaciar el circuito de combustible y que el camión se ponga en marcha de nuevo. Pero todo tiene un límite, y Toby y CJ no son imbéciles. Tarde o temprano empezarán a sospechar.

Me doy unos cuantos bofetones mentales mientras paso la mano por el metal de la cabina al rodearla a paso lento. El granjero de Granjas Farris me sonríe desde la puerta. Aparto la mirada para evitar el contacto visual…

Y me detengo de golpe.

«Eso es». Que Toby y CJ vigilen las puertas del remolque todo lo que quieran, pero esto es un camión refrigerado, no un castillo. Y los frigoríficos no se diseñan con una sola entrada.

Encuentro lo que estoy buscando al terminar de rodear la cabina en dirección al otro lado del remolque. No me extraña no haberlo visto antes, porque está justo al lado de la protuberante unidad refrigeradora, tan cerca que casi es invisible a su sombra.

«Así circula el aire —me dijo mi padre sobre una pila de tortitas, ajeno a las evidentes insinuaciones de Dot la camarera— y todo llega bien fresco y limpito».

Pero, claro, para que el aire circule tiene que entrar, en este caso por las puertas del tráiler, y también hay que hacer que salga. Hay que expulsarlo.

Y, en efecto, eso es precisamente lo que veo en la parte delantera del contenedor de carga. Una pequeña rejilla, más o menos del tamaño de un folio. Un conducto de aire.

Echo un vistazo a lo largo del camión hacia el final del taller. Toby y CJ están donde los he dejado, sentados con la espalda encorvada en el banco de trabajo. Hablan entre ellos en voz baja, así que no sé qué dicen. Pero por los asentimientos tensos de CJ y el ceño fruncido de Toby, parecen estresados, como si este retraso fuese lo que menos les conviene en el mundo.

Y tal vez pueda aprovecharme de eso. Voy hacia ellos dando zancadas, haciendo temblar los rebordes del foso con mis pasos. «Despierta, papá, que tengo una idea».

—Creo que ya sabemos lo que pasa.

—¿Dónde está el problema? —pregunta CJ para mi sorpresa, porque no había dicho tantas palabras juntas en toda la noche.

—Es lo que pensábamos, el circuito de combustible —digo con toda la despreocupación de que soy capaz—. Fácil de arreglar, pero tiene que hacerse bien si no queréis parar más veces antes de llegar a…

Toby no rellena el hueco que le he dejado con nada más que su inquietante sonrisa.

—Bien —contesta.

—Bien —repito—. Eh, ¿os molesta si pongo la radio? Trabajar de noche con tanto silencio es un poco...

—Sí, sí, haz lo que quieras —dice Toby.

Ya está cruzando los brazos por encima de la tripa y apoyándose en la pared. Sus párpados descienden a media asta, pero aun así noto que me vigila mientras estiro el brazo hacia la radio AM portátil que cuelga de un gancho en la pared y la enciendo. El crepitante lamento de un saxofón llena la atmósfera. Por lo visto, a los mecánicos del Taller 24 Horas Topp's les va el jazz suave. No sería mi primera opción para encubrir el ruido de un robo, pero a falta de pan buenas son tortas.

—Dentro de nada estáis otra vez en la carretera —digo, recogiendo la bolsa de herramientas de nailon negro que hay en el suelo bajo la radio—, no os preocupéis.

28

Hay tanto entusiasmo corriendo por mis venas que ya he puesto los dedos en la rejilla antes de que mis pensamientos se pongan al día con mis actos. «Cuidado, Junior —me digo—. No la cagues ahora». Bajo las manos a regañadientes, obligándome a considerar mis siguientes pasos antes de lanzarme a lo loco y quizá cometer un error letal.

Me pasa una imagen por la mente: mi padre, agachado fuera del desguace ilegal, engrasando las bisagras con meticulosidad para que su chirrido no nos delate. Combatiendo otro subidón de adrenalina, bajo la mano y abro la cremallera de la bolsa de herramientas.

Lo que busco al hurgar está rodando casi al fondo, enterrado bajo destornilladores, martillos y puntas de taladro. Saco el espray de WD-40, dándole gracias a quienquiera que esté ahí arriba por no encontrarlo vacío. Y confiando en el poder de Grover Washington Jr. y su alucinante solo de saxo para tapar el sonido, rocío las bisagras de la rejilla.

El pestillo se abre sin hacer ruido, resbalando por el cerradero. Ya solo me queda contener el aliento... y abrir la rejilla.

Se separa a trompicones, estremeciéndose en los goznes de un modo que deja claro que, si no me hubiera vuelto loco con el WD-40, todo el taller se habría quedado medio sordo con el chillido metálico. Pero en los posteriores segundos de infarto no oigo más que el murmullo de la conversación que siguen manteniendo Toby y CJ.

«Todo en orden». Todo en orden, pero el tiempo vuela. Así que me agacho y escudriño en la oscuridad interior del remolque refrigerado. El aparato de aire acondicionado, justo encima de mi hombro, está haciendo fenomenal su trabajo de mantener el camión y su contenido bien fresquito y, al acercarme, noto la corriente helada de aire en la piel. Aunque al principio la oscuridad de dentro es impenetrable, cuando se me empiezan a acostumbrar los ojos identifico algunas formas vagas: contenedores y cajas de madera, abiertos por arriba y cubiertos de brillante lona azul atada con cordel de nailon, sujetos a las paredes y el suelo para que no resbalen de un lado a otro.

—¿Puedo hacer una llamada?

Es Toby, desde el otro lado del taller. El susto casi me hace resbalar y caerme del enganche entre la cabina y el remolque.

—Esto... —respondo alzando la voz cuando recobro el equilibrio—, claro. El teléfono está...

—Gracias —dice Toby antes de que entre en pánico por no saber dónde está el teléfono.

Resulta que no había nada que temer, porque está literalmente a dos pasos de él, en la pared al lado del banco de trabajo, y Toby ya va hacia él sin que le dé más instrucciones. Levanta el auricular y marca.

Cuando me da la espalda, vuelvo al trabajo. Hay un cajón enganchado a la pared justo debajo de la rejilla, y la lona es fácil de alcanzar. Sin hacer caso al incómodo tirón en el hombro, retuerzo el brazo por la abertura y agarro el borde de la lona. Un giro de muñeca la aparta, dejándome una línea de visión directa sobre mi objetivo, que es:

Un montón de zanahorias.

Toda una montaña, unas encimas de otras, rebosando del cajón y oliendo a tierra. Pero cuando bajo la mano y la hundo todo lo que puedo para sacar una, no palpo la firme aspereza de la verdura fresca, o al menos no solo la verdura fresca.

Porque bajo la capa superior, mis dedos se cierran en torno a otra cosa. Tiene más o menos el tamaño de una zanahoria, pero cede un poquito al apretar, crujiendo como un saco de arena bien terso. Y cuando saco esa cosa a la brillante fluorescencia de las luces del taller, comprendo por qué.

Lo que tengo en la mano quizá se parezca a una zanahoria. Pero basta con mirarlo más de medio segundo para descubrir lo que es en realidad: un paquetito cónico, envuelto en plástico de color naranja y cerrado con cinta transparente. Me lo llevo a la nariz y lo husmeo. Como esperaba, incluso a través de las capas de envoltorio me llega el inconfundible y penetrante olor de la maría.

«Diez kilos de Ambrosía Dorada». Es lo que le prometimos a Porricky en su destartalada casa junto al lago, hace ya una vida entera: diez kilos por quince mil dólares. Observo el paquetito que tengo en la mano. ¿Cuánta hierba hay en una zanahoria falsa? ¿Cuánta pasta es? No es la clase de aritmética que nos enseñaban en el Instituto Hawkins.

—¿Cuánto falta, Matty? —pregunta Toby a voz en grito, todavía al teléfono pero ahora con la cabeza vuelta hacia mí.

—No mucho —resuena la voz amortiguada de mi padre.

—Dicen que no mucho, jefe —dice Toby por teléfono, y deja de mirar para encajar el auricular entre el hombro y la oreja mientras busca papel y lápiz a tientas en el banco—. Estoy pensando que ganaremos media hora si atajamos por la I-70 en Ohio en vez de ir por carreteras secundarias, así que...

CJ le hace un comentario a su compañero que no alcanzo a entender, y no tengo tiempo que perder intentando desentrañarlo. Guardo la zanahoria de plástico en la bolsa de herramientas y al instante meto el brazo de nuevo en el camión para sacar la siguiente. Por extraño que parezca, maniobrar con el brazo en un espacio tan angosto supone bastante esfuerzo, y tengo que excavar con cuidado. Si hago movimientos rápidos o bruscos, corro el riesgo de que alguna zanahoria de verdad se salga del cajón y rebote contra el suelo del tráiler, y ni siquiera el melódico jazz suave del Taller 24 Horas Topp's bastará para disimular ese ruido.

Saco otras dos zanahorias. Luego tres más. El botín de la bolsa de herramientas va creciendo hasta que tengo dos docenas ahí dentro, cada una de unos cinco centímetros de diámetro en la parte gruesa. La siguiente vez que cuelo el brazo por la rejilla hasta el cajón, mis dedos salen vacíos. Aquí ya no hay más hierba, al menos no a mi alcance.

Ojeo la bolsa de herramientas. «¿Eso son diez kilos? ¿Cuánto ocupan diez kilos de hierba, ya puestos?». A lo mejor, si voy con menos cuidado, si hurgo un poco más a lo burro, llegaré más abajo y encontraré otro paquete.

—Entendido —oigo que dice Toby al otro lado del remolque refrigerado—. Ahí estaremos. Gracias, jefe.

Enseguida llega el chasquido del auricular, el murmullo de Toby y CJ intercambiando pareceres sobre algo, y...

... y pasos.

Uno de ellos viene hacia aquí.

«Mierda». Se acabó el tiempo. A toda prisa, vuelvo a meter la mano en el tráiler, agarro el borde de la lona y la coloco otra vez como puedo encima del cajón. En el instante en que tengo el brazo fuera cierro la rejilla, encogiéndome por el chirrido que da al volver a su sitio. El naranja de las zanahorias de goma refulge sobre el nailon negro de la bolsa. Es casi un faro en plena noche, imposible de pasar por alto ni siquiera cuando me agacho en la plataforma y empiezo a amontonarle herramientas encima. Los martillos y las llaves y las puntas de taladro y los destornilladores caen formando capas y, aun así, lo único que veo son los pedacitos de naranja que asoman por los espacios que dejan.

Las pisadas se detienen a mi espalda, pero no puedo girarme para ver quién es, teniendo todavía esta almenara encendida delante. Forcejeo con la cremallera y mis dedos tiemblan al intentar cerrar la bolsa demasiado llena, apretar hacia abajo todas las pruebas, apartarlas de la vista.

Por fin, *por fin*, la cremallera cede y la bolsa se cierra. Solo entonces me levanto, me echo la bolsa al hombro e intento no flaquear bajo el peso añadido.

CJ está a unos pasos de distancia, observándome con sus ojos fríos y firmes. «¿Habrá visto algo?». No estoy seguro, y él no va a darme ninguna pista.

—Todo listo —le digo—. ¿Jerome?

—Ajá —es lo único que oigo de mi padre, que lleva más de veinte minutos vaciando el circuito de combustible.

—¿Cuánto es? —pregunta CJ.

Creía que no me importaba tratar con un hombre parco en palabras, pero empiezo a ser consciente de que quizá solo se aplica al tío Wayne. No sé de qué va la energía que transmite CJ, pero da puto miedo.

Se me ha secado la boca de repente, pero me subo la bolsa llena de hierba ilegal robada más alta en el hombro y hablo de todos modos.

—Lo dejamos en cien redondos.

—¿En efectivo va bien? —pregunta Toby desde el banco.

Vete a saber qué política de pagos tiene Topp's, pero tampoco es que hayan invertido ningún tiempo en esta faena concreta.

—Siempre va bien —respondo, saltando del enganche al suelo sólido—. Si quieres, déjalos en el banco mientras saco el camión del garaje y…

—Espera.

Es un latigazo de palabra, que restalla desde detrás de mi hombro izquierdo. Me quedo paralizado, con los nudillos tensos alrededor de la correa de la bolsa de herramientas, mientras el baño helado que es la orden de CJ me empapa todo el sistema nervioso a la vez.

No quiero dar media vuelta. Puede haber fallado de todo

en esos últimos momentos, tantas cosas que cuesta enumerarlas. ¿La rejilla se ha abierto otra vez? ¿Mi torpe intento de recolocar la lona ha tirado unas cuantas zanahorias del cajón? O lo que me congela más si cabe la sangre de pensarlo: ¿se me ha salido una zanahoria falsa de la bolsa cuando estaba rellenándola a la carrera? Por mi cabeza pasa rebotando toda una serie de pesadillas, persiguiéndose entre ellas.

Algo me da un golpecito en el hombro. Es largo y metálico y pesa lo suficiente para casi hacer daño.

—Te dejabas esto —dice CJ y, cuando me obligo a volverme, lo encuentro meneando una llave delante de mi cara.

—Gracias —respondo, y no sale tan ahogado como me siento. Cojo la llave y me la guardo en el bolsillo trasero—. ¿Vamos saliendo, entonces?

CJ asiente y paso a su lado para subir a la grúa. De algún modo, paso entre el entumecimiento que me hace vibrar los huesos y la estática que me inunda el cerebro y consigo sacar de culo el camión de Granjas Farris del taller al aparcamiento. Y como mi padre sigue sin dejarse ver, me ocupo también de desengancharlo.

—De verdad que nos habéis salvado el pellejo —dice Toby, dándome una pesada palmada en el hombro.

La imagen de la bolsa de herramientas arde ante mis ojos. En mi mente la visualizo con un letrero de neón grapado a la correa: «Vuestra mierda (robada)». Sin embargo, Toby y CJ están subiendo a su camión como si no hubiera pasado nada, como si esta no hubiera sido la noche más estresante en toda la historia de la humanidad, como si las últimas seis horas no me hubieran restado diez años a la esperanza de vida.

—Un placer —contesto—. Conducid con cuidado.

—Dile a tu colega que salga de esa madriguera de vez en cuando —dice Toby desde arriba, girando la llave en el contacto. Retrocedo unos pasos para dejarles sitio—. ¿O es que vive ahí abajo?

—Je —es lo único que respondo, pero supongo que en

realidad Toby no esperaba más, porque se limita a despedirse con la mano.

CJ frunce el ceño, el motor se revoluciona y entonces el camión empieza a moverse, sale del aparcamiento al camino de acceso y...

Mi padre no sale del foso hasta que las luces traseras del camión ya son solo unos puntitos rojos en la lejanía. Entonces sube con paso pesado, limpiándose las manos manchadas de grasa en una toallita de felpa. Nos quedamos de pie un largo momento sin decir nada, mirando juntos hasta que el camión de Granjas Farris desaparece en algún lugar de la carretera.

—¿Y bien? —me pregunta, y las palabras flotan en el calmado aire nocturno.

Abro la bolsa de herramientas. El plástico naranja que contiene resplandece bajo los focos del taller. Magia Munson.

Y esta vez me adelanto a él en componer la sonrisa torcida. Se extiende por mi cara y pasa a la suya, combándonos la boca a los dos en un pícaro reflejo mutuo.

—Abracadabra —digo.

Se ríe. Me río. Y entonces somos dos idiotas a punto de irnos al suelo fuera de un taller mecánico a las dos de la madrugada, porque nuestro futuro tiene el aspecto de un puñado de zanahorias en una bolsa de herramientas y lo hemos conseguido y lo más importante de todo...

... es que por fin, *por fin* está hecho.

29

Quince. Mil. Dólares. Nunca había visto tanta pasta junta, ni creía que la vería en la vida. Y la llevamos envuelta en el papel de una bolsa de la compra, en el suelo de la furgo entre mi padre y yo, crujiendo con cada bache que pillo en el asfalto.

—Vista al frente, chaval —me dice mi padre, y ríe al ver el gesto culpable con el que devuelvo la atención al parabrisas.

—¿Quiero saberlo? —nos ha preguntado Porricky, con las cejas enarcadas casi hasta el pelo mientras me veía vaciar la bolsa de zanahorias de plástico en la mesa de billar.

Mi padre ha negado con la cabeza.

—Ah-ah.

Rick nos ha mirado de arriba abajo, entornando los ojos a la luz matutina.

—¿Tenéis todos los dedos de las manos y los pies?

Lo que nos preguntaba en realidad era si habíamos tenido algún percance. Y la increíble respuesta es que no. Dos días después de aquella noche ansiosa en el Taller 24 Horas Topp's, no hemos oído ni un susurro al respecto. No hemos atisbado ningún camión de Granjas Farris, ni a Charlie Greene, ni a Toby, ni por suerte a CJ. Contra todo pronóstico, parece que nos hemos salido de rositas.

Mi padre ha meneado los dedos para que Rick los inspeccione y, cuando me ha dado una patada, he hecho lo mismo.

—Diez deditos bien monos.

—Así me gusta —ha dicho Rick después de una pausa muy larga—. Pues, entonces, cambiemos verde por verde.

No creo que vaya a cansarme nunca de ver el dinero. Por eso no dejo de distraerme, y por eso al final mi padre decide cerrar la bolsa de la compra doblándola y metérsela bajo la pierna para que no se abra.

Está clarísimo dónde irá a parar mi parte de la guita que nos ha dado Porricky. Dejo a mi padre en casa y voy directo a ver al colega mecánico de mi tío Wayne. Resisto las visiones del taller Topp's que me asaltan mientras veo a Greg trastear bajo el capó de la furgoneta.

—¿Cuántos kilómetros dices que vas a hacerle? —me pregunta al salir.

—Como unos... tres mil. Largos.

Da un silbido y se guarda la llave bajo el cinturón.

—Sabes que esto es una tartana de mierda, ¿verdad?

—Pero ¿llegará?

—Con un buen mantenimiento, sí. —Cierra el capó de golpe—. Pero los masajes que necesita no salen baratos.

Le sostengo la mirada, apuntalado por el fajo de billetes que llevo en el bolsillo de atrás.

—Eso es relativo —le digo—. ¿Dejas que lo decida yo?

Hace una semana, la cifra que presupuesta me habría provocado una apoplejía. Ahora me limito a sonreír, le entrego un taquito de billetes de veinte y dejo que Greg se ponga a trabajar. Dentro de más o menos una semana tendría que salir hacia California, así que mejor dejarle todo el tiempo que necesite.

Los siguientes dos días son un hervidero de frenética actividad en los que, por primera vez, me permito plantearme cuáles son de verdad los aspectos prácticos que implica mudarme fuera de Hawkins. Uno de los primeros elementos que tacho de la lista es pasarme por el Escondite.

—No te he puesto hoy en el cuadrante.

Así me saluda Bev por la tarde cuando me encuentra en la parte de atrás, esperándola apoyado en la pared antes de la hora de abrir.

—Ya. —Me empujo para enderezarme—. Y... hum, tampoco hará falta que vuelvas a ponerme.

La mirada de Bev es firme bajo sus rizos repeinados.

—¿Estás diciéndome lo que creo que me dices?

—Me parece que sí.

—Mmm. —Apaga el cigarrillo de un pisotón y mete una llave en la cerradura de la puerta trasera—. ¿Esto tiene algo que ver con tu viejo? ¿O con la chica de los pendientes?

Me encojo de hombros.

—Sí.

—Bien. —Me observa durante un largo momento. Después asiente—. Ten cuidado ahí fuera, Junior.

—Gracias, Bev.

Hay mucho camino hasta la parte delantera del Escondite y por la grava del aparcamiento cuando tienes el carro en el taller. Casi he rodeado el edificio del todo cuando oigo a Bev decir:

—Dile a ese grupo tuyo que echaré de menos vuestra música.

Pero cuando me vuelvo para comprobar que mis oídos no me engañan, la puerta está cerrándose y Bev ya no está a la vista.

Había pensado que hacer el equipaje sería más fácil que dejar el trabajo. De hecho, creía que iba a ser lo más sencillo de todo el proceso. No es la primera vez que cargo con mi vida entera de un lado para otro, pero no es lo mismo mudarme a la caravana del tío Wayne por unas semanas que mudarme al otro lado del país por... ¿por siempre jamás? Para empezar, meterlo todo en bolsas de basura no termina de ser viable. Y además, bueno, nunca me había considerado un acaparador, pero resulta que, cuando vives más de dieciocho años en un mismo lugar, se te acumula un mogollón de material así como por generación espontánea, y pierdo veinticuatro horas enteras rebuscando entre un alijo de viejos trabajos de clase que ni siquiera sabía que conservaba.

—Pero ¿has encontrado algún gato muerto ya? —me pregunta Paige por teléfono una noche a altas horas.

Estoy metido hasta el cuello en el derrumbamiento de una pila de Tupperwares de imitación que he encontrado al fondo del armario, sentado en el suelo con el teléfono acunado entre el hombro y la oreja.

—Solo es cuestión de tiempo —le digo, tirando una tapa agrietada por encima del hombro—. Oye, quería preguntarte una cosa. Cuando llegue a Los Ángeles, ¿por dónde empiezo a buscar motel? ¿Qué parte de la ciudad me recomiendas?

—¿En qué distritos estabas pensando?

—No sé nada de ningún distrito, Warner. Por eso te pregunto.

—Bueno, pues ya que me preguntas —dice Paige—, mi respuesta es... que te olvides de los moteles. Quédate en mi casa.

En este preciso instante me alegro de que no estemos cara a cara. No quiero que Paige vea la bizquera agilipollada que se me debe de haber puesto.

—¿Contigo?

—Hum, o sea... —tartamudea. Acaba de tartamudear. He puesto a Paige Warner lo bastante nerviosa como para tartamudear—. Quiero decir que... tengo una casa en West Hollywood. Está muy bien y tiene... tiene un naranjo en el patio y... No me refiero a que, bueno, a que vivamos juntos *juntos*, ya sabes. Sería de locos. Pero tengo una habitación de sobra y...

—¿Quieres que sea tu... compañero de piso?

Todos los pensamientos sobre fiambreras han huido de mi cabeza. Estoy dándole vueltas y vueltas a este viejo cuenco marca Pyrex en las manos, mirándolo inexpresivo como si fuera una bola de cristal.

—Puede.

—Tu compañero de piso con el que te acuestas.

—Joder, Eddie —dice riendo y, tal que así, la incertidumbre del momento se esfuma—. Es una opción. A no ser que quieras enfrentarte a los moteluchos de Sunset Strip.

—No quiero enfrentarme a los moteluchos —respondo a toda prisa.

—Bien. Guay.

—Guay.

—Hum. —Oigo movimiento al otro lado de la línea cuando Paige cambia de postura—. Escucha, mis padres van a hacerme como una cena de despedida mañana. Antes de que vuelva a California. ¿Querrías…? ¿Te apetece venir?

Miro alrededor en mi habitación, hacia las sábanas arrugadas de la cama y la mancha de humedad del techo y las hectáreas de fiambreras rotas. No he estado nunca en casa de Paige, pero tiene que ser una puta mansión comparada con esto.

—¿Ir a… conocer a tus padres?

—Sí.

—¿Como tu… compañero de piso?

—Voy a colgarte.

Contengo la respiración. «Ha llegado el momento —me digo—. Esto es el Rubicón. Llevo dieciocho años siendo el perpetuo fracasado. Pero ahora voy a dejar atrás todo eso. Este es el nacimiento del nuevo Eddie Munson, un tío que tiene futuro, un tío del que la gente espera cosas. Es el Eddie que se irá a California. Es el Eddie al que quieren conocer esos productores discográficos de WR».

A lo mejor es el Eddie capaz de impresionar a los padres de Paige. Solo tengo que asegurarme de que se presente en su casa.

—Tú dime a qué hora —digo, con más valentía de la que siento— y allí estaré.

30

No sé muy bien lo que dice de mí que hubiera conjurado la imagen de una extensa finca siempre que Paige me hablaba de su familia o de su casa. Pero la puerta a la que me aproximo la tarde siguiente pertenece a una modesta construcción de dos alturas en la calle Cherry, con dos viejos Ford aparcados en el camino de acceso y un deshilvanado intento de jardinería en el patio delantero. No es lujosa, no es extravagante. Solo es... cómoda.

«Recuerda —me digo mientras subo los peldaños de ladrillo, con un ramo de flores en una mano y una caja de bombones caros en la otra—. Todo empieza esta noche. Se acabó Junior. Se acabó la manzana podrida. Paige quería una estrella del rock y eso es lo que va a tener».

Cuadro los hombros. Alzo la columna. Llamo.

Paige abre la puerta de un tirón antes de que me dé tiempo a bajar el brazo y, preocupantemente, lo primero que sale de su boca es un:

—Lo siento.

No es un principio muy prometedor.

—¿Eh?

Abre la puerta del todo y entonces me doy cuenta de que no está sola. Y el hombre y la mujer que tiene a su espalda solo pueden ser sus padres.

La señora Warner, origen de las pecas de Paige, debe de

medir como metro cincuenta, pero su sonrisa me impacta con la potencia de un brillante ariete. Sonríe de oreja a oreja asomándose a un lado de Paige, el volumen de su permanente contenido por un enorme pasador moteado.

Su marido está medio paso más atrás. En el instante en que se abre la puerta noto que me inspecciona, no con desconfianza, sino con genuino interés. Como su esposa, el señor Warner no es un hombre alto —rayaría la incredulidad si afirmase pasar del metro setenta—, pero se le ve robusto en su camisa vaquera muy usada y sus tejanos a juego. Hay algo en él que me suena de algo al fondo de mi mente.

«Se acabó la manzana podrida», me recuerdo. Así que carraspeo y, en el tono más radiante que puedo, digo:

—Hola. Soy Eddie Munson.

—¡Eddie! —exclama la señora Warner desde detrás de Paige—. Encantada de conocerte. Me llamo Julia y este es mi marido, Hank.

—Munson, ¿eh? —Los ojos del señor Warner se han entornado a la escalofriante y acostumbrada manera de todo el mundo cuando oye ese apellido—. No serás pariente de...

—Oh, no—. De Wayne Munson, ¿verdad?

Casi me vengo abajo del alivio. Eso era lo que me sonaba de él, que es justo la clase de tío con el que he visto a Wayne bebiendo en el Ático algunos viernes por la noche.

—Es mi tío.

El señor Warner asiente, satisfecho.

—Wayne es un buen hombre.

—Sí, señor.

Paige me mira ensanchando los ojos. «Socorro». No le devuelvo el gesto porque, de algún modo, me estoy ganando una tenue simpatía con sus padres y, desde luego, no pienso joderla si puede evitarse.

La señora Warner le da una palmada a su marido en el hombro.

—Pero ¿qué hacemos plantados en la puerta? Pasa, pasa.

El clan Warner, como una sola persona, se echa a un lado lo suficiente para dejarme acceder a lo que resulta ser la sala de estar.

Al igual que el exterior de la casa, la palabra que mejor describe este espacio es «cómodo». Hay un par de sofás mullidos y amoldados a sus propietarios delante de la tele, y la mesita entre ellos está llena de arañazos y desconchones por sus muchos años de uso. Cada centímetro cuadrado sin amueblar está lleno de cajas, apiladas unas sobre otras, en equilibrio cada vez más precario hacia el techo. Algunas tienen palabras garabateadas en grueso rotulador negro: LIBROS, SARTENES, SUÉTERES, pero la mayoría están sin marcar.

—Gracias por invitarme a cenar —recito, tal y como lo he practicado de camino, mientras extiendo los brazos en plan autómata para llevar las flores y los bombones hacia la señora Warner.

Me sorprende un poco el entusiasmo con el que me arranca el ramo de las manos.

—¡Narcisos!

—Mi madre adora los narcisos —dice Paige con un afectuoso gesto exasperado.

La señora Warner mueve la muñeca hacia su hija, como quitando de en medio las palabras.

—Ve a traerme un jarrón. Y que sea de los buenos.

—¿Dónde están los buenos?

—En el trastero.

—¿En el trastero no estaban las cosas de la abuela?

La señora Warner resopla molesta y se va con energía hacia lo que supongo, por el aroma a pollo asado, que es la cocina. Me alegra ver que no suelta los narcisos.

—Lamento decir que ese viene a ser el estado de toda la casa en estos momentos —comenta el señor Warner, mirando la ajetreada marcha de su esposa—. Mi madre falleció hace unos dos meses...

—Me lo dijo Paige —respondo—. Lo lamento mucho.

Asiente. Tiene los mismos ojos oscuros que su hija, lo cual quizá me facilita distinguir la tristeza que aún perdura en ellos.

—Gracias —dice—. El caso es que tenemos almacenadas aquí todas sus cosas y, como tampoco es que nadáramos en metros cuadrados desde un principio... —Hace un gesto hacia las montañas de cajas que ocupan hasta el último rincón—. Es un condenado desastre.

—Esa boca —canturrea Paige, pero su tono revela que es una broma privada.

—Mierda, lo siento —dice el señor Warner, y golpea el hombro de Paige con el suyo.

—¡Esa boca! —La señora Wayne asoma la cabeza a la salita y no hace caso a la mirada divertida que cruzan su marido y su hija—. Venga, todo el mundo a sentarse, que se enfría.

La cena es tan sencilla como la casa, comida sin florituras recién cocinada que la señora Warner lleva a la mesa en unos pocos trayectos cortos. Y mientras deposita el pollo asado con la piel crujiente delante de mí, por fin doy en el blanco de lo que me tiene tan desequilibrado desde que he aparcado delante.

Es lo mismo que sentí durante el golpe hace unas noches, cuando ese coche patrulla pasó zumbando a mi lado. Me había estado preparando para una pelea, para que la situación se torciese por el peor camino posible. Y luego no lo hizo. Me había imaginado a Paige y su familia viviendo en una lujosa minimansión de la calle Maple y venía dispuesto a tener que demostrar mi valía, a defenderme en todo momento. Pero están poniéndome judías verdes en el plato y el mismo refresco de marca blanca en el vaso que Wayne compra en el Big Buy, preguntándome por mi vida y discutiendo en broma entre ellos por los muslos.

Antes creía que las cosas nunca son fáciles. Pero ahora que he dejado atrás a Junior, quizá puedan serlo.

La señora Warner está presumiendo del jarrón donde ha puesto los narcisos, cubierto de manchurrones grises pintados a mano que al parecer son elefantes, o eso dijo Paige al traérselo de clase de plástica en sexto de primaria, cuando se abre la puerta de la cocina. Un chico en uniforme de béisbol manchado de tierra entra con paso cansado, la mochila en un hombro y un guante colgando de la mano. «El hermano pequeño de Paige, que juega al béisbol».

—¡Mark! —exclama el señor Warner—. Dijiste que hoy entrenabais hasta tarde; por eso no te hemos esperado.

—Gabe se ha torcido el tobillo —dice Mark, soltando la bolsa en las baldosas de linóleo. Me señala con el mentón—. ¿Quién es este?

—¿Un poco de educación, por favor? —señala el señor Warner en tono amable.

Mark suspira.

—¿Quién es este, *por favor*?

—Este es Eddie —dice Paige.

—Está en mi silla.

—No ibas a venir, canijo —contesta Paige.

—Puedo ponerme en otro sitio —me ofrezco.

—Y Mark puede traerse otra silla —dice el señor Warner mientras su esposa se levanta de un salto para sacar otro plato de una alacena de la cocina.

—¿Cómo has venido a casa? —pregunta ella entre tintineos de vajilla—. Y más vale que no te haya traído algún compañero, porque ya sabes que no me fío de ellos al volante.

—Ha sido la madre de Simon. Pregúntale si no me crees —dice Mark desde el rincón, donde está quitando cajas de encima de lo que resulta ser otra silla, a juego con las que estamos usando—. Pero yo que tú no lo haría. Hoy está que trina.

Paige se inclina hacia mí mientras su hermano sigue hablando.

—¿Estás bien?

Sonrío.

—¿Con una comida tan buena? Estoy genial.

—Quiere que te diga —continúa Mark, llevando su silla a la mesa— que hay una reunión en la iglesia baptista el, hum..., ¿el jueves? No sé qué de unos diablos que andan sueltos por ahí, después de todas esas cosas raras que pasaron en noviembre.

—Pobre familia Holland —murmura la señora Warner colocando el plato delante de su hijo—. Aún no saben nada de Barbara.

¿La iglesia bautista no era la de los padres de Stan? ¿No es la iglesia que hizo que lo sacaran del instituto porque...?

—La madre de Simon dice que es porque hay una secta satánica en el Instituto Hawkins —dice Mark con evidente regocijo.

De pronto, la cena ya no me sabe ni de lejos tan bien como hace dos segundos. Porque veo el rumbo que va a tomar esta conversación, claro como el agua. Me atraganto con un bocado de patatas que se han transformado en serrín dentro de mi boca.

—Qué bobada —le dice Paige a su hermano—. En Hawkins no hay sectas.

—¿Y tú qué sabes? —replica Mark—. Ni siquiera vives aquí, surfera californiana.

—No soy una...

—Y aunque no hubiera sectas —la interrumpe Mark—, sí que hay un club de *Dungeons & Dragons*. Un club oficial. Es lo que estaba diciendo Simon, lo que ha cabreado a su madre. Se juntan todas las semanas y tal.

Dejo el tenedor. El señor y la señora Warner cruzan la mirada.

—No sé si me hace mucha gracia —dice ella.

—¿En el instituto? —pregunta el señor Warner—. ¿En el recinto escolar?

Paige está lanzándome miradas significativas, pero no puedo volverme hacia ella.

—Es una asociación —les explica a sus padres—. De empollones. Se sientan a una mesa y tiran dados. No hacen sacrificios rituales.

—No digo que los hagan —responde su padre. Deja también el tenedor y se reclina en la silla cruzando los brazos—. Es solo que no sé si me gusta que el instituto apruebe la difusión de esa clase de... ideas.

Abro la boca para decir que lo más controvertido que ha ocurrido jamás en el club Fuego Infernal fue cuando una bola de fuego que lanzó Stan casi envió a Jeff chamuscado al otro barrio. Que lo más parecido al satanismo en nuestras sesiones es la ristra de maldiciones que suelta Dougie a veces cuando falla un ataque.

Pero Paige interviene antes de que pueda poner esos pensamientos en algún tipo de orden.

—Es inofensivo, papá, te lo prometo. ¿Verdad, Eddie?

Intenta apoyarme. No es ningún secreto que muchas canciones de Ataúd Carcomido están llenas de referencias a *D&D*. El título de la primera canción nuestra que oyó Paige es un hechizo del juego. Y el club Fuego Infernal ha sido una parte muy importante de mi vida desde que llegué al Instituto Hawkins.

Pero ese era el viejo Eddie. El tío que se quedaba en el instituto después de clase, esparciendo su podredumbre a quien se le acercara. Y me he dicho a mí mismo que voy a dejar a ese tío en el pasado, empezando esta misma noche.

—No sabría deciros —respondo con un desenfadado encogimiento de hombros—. No me meto en esas cosas. ¿Me pasas las judías?

De nuevo, Paige está mirándome, un poco indecisa. De nuevo, no vuelvo la cara hacia ella. Me limito a observar cómo la señora Warner sonríe aliviada al destensarse la atmósfera y me pone la bandeja en las manos.

—Cómete todas las que quieras —me dice.

Y eso hago. A lo mejor, si zampo lo suficiente, llenaré el profundo agujero que noto royéndome el estómago.

—Bueno —dice la señora Warner—, ¿habéis guardado sitio para el postre?

31

A la mañana siguiente saco la furgoneta del taller con el tiempo justo de ir a recoger a Paige para llevarla al aeropuerto. Los largos kilómetros que se extienden entre Hawkins e Indianápolis pasan en un escaso abrir y cerrar de ojos, emborronados bajo unas ruedas que se agitan y tiemblan mucho menos que antes de dejarle la furgo a Greg. Cuando quiero darme cuenta, estoy aparcado entre una larga hilera de coches mientras los aviones aterrizan y despegan sobre nuestras cabezas y Paige tira de sus dos enormes bolsas para sacarlas por detrás.

—Te llamo cuando llegue —me dice por la ventanilla abierta—. Ah, y ten. —Me pone un papelito en la mano—. Es el de mi casa en Los Ángeles. Nuestra casa.

Es un número de teléfono, que de inmediato se me graba a fuego en el cerebro. «Nuestra casa».

—Te echaré de menos —añade, y la risa le sale un poco estridente—. ¿Es muy cursi?

—Llegaré pronto. —Pero eso no cambia el hecho de que—: Yo también te echaré de menos.

—Bien.

Mete la cabeza por la ventanilla y, una vez más, la cascada de su pelo oscuro me envuelve mientras me besa. Cierro los ojos y hago lo posible por memorizar esta sensación, la de sus labios sobre los míos, sus dedos bajando por mi mejilla.

Alguien toca el claxon. Paige se aparta, solo unos centímetros, solo lo suficiente para repetir la palabra «Pronto» en el cálido espacio que deja entre nosotros.

Son las decrecientes reverberaciones de ese beso las que me impulsan durante mis últimos días en Hawkins. Termino de hacer el equipaje embutiendo todas mis posesiones en dos grandes bolsas de deporte. Me obsesiono afinando una y otra vez la guitarra, practicando hasta que mi padre me dice que voy a cascarme la voz antes de llegar siquiera a California. Organizo la furgoneta, intentando hacer espacio para mis mierdas y las de mi padre. Tacho todos los elementos de mi lista de cosas por hacer. Lo termino todo.

Bueno, lo termino casi todo. Pero aún me quedan un par de cabos sueltos...

He logrado llegar a la fase de descolgar el teléfono. Lo he hecho tres veces, en realidad. Pero hasta ahora siempre me he dado de bruces contra una pared, contemplando el dichoso auricular amarillo mostaza en la mano y debatiéndome entre si hacerlo así es más fácil o más difícil que mantener la conversación en persona.

Y todas las veces me he rajado. He colgado y me he quedado mano sobre mano, más que nada porque no hacer la llamada en ese momento significaba que podía posponerla... unas horas, un día como mucho.

Un día se convirtió en dos, dos se convirtieron en cuatro, cuatro se convirtieron en «Mierda, me voy a Los Ángeles mañana por la mañana». Lo que significaba que, si de verdad quería mantener esa conversación, había entrado de lleno en el terreno de ahora-o-nunca.

Y aun así estoy dándome largas a mí mismo. Sentado en mi furgo, holgazaneando entre la caravana de las Ecker y la de mi tío Wayne, acechando como un pervertido.

«A la mierda. Te quedas sin tiempo y ya has gastado gasolina viniendo, así que mueve el culo, Junior».

La mosquitera de Ronnie repica bajo mis nudillos, en notas cortas y picadas. No consigo hacerme el ánimo de llamar más de dos veces antes de meter las manos en los bolsillos de la chupa y ponerme a estudiar el cielo, el suelo, todo excepto la puerta que tengo delante.

Pasa un buen rato antes de que nadie responda, más del que he tenido que esperar nunca delante de esta puerta en la década que hace que conozco a Ronnie. Pensaría que no hay nadie en casa, pero el oxidado Chevrolet de la abuela Ecker está perdiendo aceite delante. Y si aguzo el oído, se intuyen unos bisbiseos en algún lugar del interior.

Por fin se abre la puerta. La abuela Ecker me mira entrecerrando los ojos desde debajo del pañuelo de cachemira que le cubre los rebeldes rizos canosos.

—Señor Munson —dice, descascarillando las palabras a punzón de un bloque de hielo.

—Hola, abuela. —No ha hecho ademán de abrir la mosquitera, así que dejo las manos en los bolsillos y no intento hacerlo yo—. ¿Está Ronnie?

—Mmm. —No ha parpadeado en todo el rato—. No está.

Es mentira, y ni siquiera se sostiene. Veo la bolsa de Ronnie en el suelo junto al sofá, y eran dos voces las que he oído susurrar antes de que me abriera la puerta.

—Abuela…

Pero la protesta muere en mi garganta cuando ella niega con la cabeza.

—No está, Eddie. No está en casa.

«No está para ti». De modo que, a menos que vaya a irrumpir por la puerta y abrirme paso forcejeando con la abuela Ecker y su cucharón de madera para hablar con alguien que no quiere ni verme…

Mascullo algo inaudible y educado. Y luego me marcho. Paso dando zancadas junto a mi furgoneta y tomo el camino de gravilla hacia la segunda parada en la Gran Gira de Despedida Munson de 1984.

Entrar en la caravana de Wayne no me da tantos problemas ni por asomo. La puerta no está cerrada con llave, como de costumbre. Teniendo tan reciente mi debut en el mundo criminal, me da la impresión de que quizá debería hablar de eso con él. O acercarme a Melvald's y comprarle un cerrojo. Algo. Pero ya pasan de las cinco, así que la tienda estará cerrando, y mañana por la mañana ya no estaré por aquí.

Tengo un nudo en la garganta, que crece cuando Wayne alza la mirada al oírme abrir la puerta. Trago saliva a pesar de él y cruzo el umbral.

—¿Qué hay?

—Hola, Eddie. —Wayne suelta la revista que estaba hojeando y capto un atisbo de las brillantes flores impresas en la portada. *Semanario de jardinería*. Siempre ha tenido buena mano con las plantas—. ¿Todo bien?

—Sí. Solo me pasaba a decirte hola.

Asiente, estoico como siempre, pero noto la presencia de una microsonrisa complacida en algún lugar bajo esa barba.

—Yo ya he cenado, pero hay bandejas para microondas en el congelador, si tienes hambre.

—No, hum... —Toso, intentando mover ese terco nudo de la garganta. Empiezo a comprender que no es que no quisiera tener esta conversación por teléfono, sino que no quiero tenerla en absoluto—. Quería, eh...

—¿Eddie? —Hay una arruga de preocupación hundiéndose entre sus cejas—. ¿Pasa algo?

—Quería... —Empiezo otra vez, porque, si voy a soltárselo, necesito carrerilla—. Quería darte las gracias. Por todo lo que has hecho por mí.

—¿Las gracias? —repite, y la preocupación no desaparece, solo se intensifica.

—Ya sabes, por acogerme cuando mi padre no estaba. Por evitar que me muriera de hambre, o que pillara el escorbuto alimentándome solo de Cheerios.

—Ah, de nada.

Me observa con cara de saber que traigo un cartucho de

dinamita y, como no saque ya el mechero, lo encenderá él. No tiene sentido obligarlo a hacer ese esfuerzo.

—Te he dicho que venía a decir hola. Pero en realidad..., venía a decir adiós.

—¿Te vas de viaje?

—Me... mudo.

—¿Fuera de Hawkins?

—Sí.

Es suficiente dinamita para él. Se hunde en el sillón. El ejemplar de *Semanario de jardinería* le resbala del regazo y no mueve ni un dedo para impedir que caiga. No hay una respuesta formándose en la tensión de su mandíbula, nada que esté intentando articular.

Carraspeo otra vez.

—Me voy a California. Tengo... una audición, en realidad. En WR Records. Dentro de una semana. Son palabras mayores. —Sigue mirándome sin más—. Bueno, y... quería. Decírtelo. Antes de irme.

Lo único que responde es:

—California.

—Sí.

—¿Cómo vas hacia allí?

—Salgo en furgoneta mañana por la mañana.

Tengo las palabras «con papá» en la punta de la lengua, pero me la muerdo. Vete a saber qué clase de reacción le provocaría ese dato. Pero, incluso con mi mentira por omisión táctica, hay algo pensativo en los ojos de Wayne.

—Enhorabuena.

—Vaya, gracias.

—Te lo digo de corazón —contesta, y se nota que es verdad—. Tienes talento. Siempre lo he pensado. Habría que estar ciego para no darse cuenta.

Lo miro sorprendido. De todas las cosas que había previsto que me dijera, esta ni entraba en la lista. Al ver que guardo silencio, Wayne añade:

—Pero California... es cara.

De nuevo, no está en la lista.

—Me las apañaré.

—Tu viejo me dijo que has dejado el instituto.

—Fue por seguir la tradición familiar.

Tengo puesta mi sonrisa Munson, invitando a Wayne a reírse conmigo, a reírse de todos nosotros. «Total, somos una familia de maleantes. Circulen, aquí no hay nada que ver».

—¿Y qué has hecho con el tiempo, trabajar más turnos en el Escondite? —pregunta mi tío. Esa mirada en sus ojos se intensifica—. ¿Para ahorrar la paga?

—Como bien has dicho, California es cara. —No es una respuesta, pero al menos tampoco es una mentira—. Tengo dieciocho años. Soy adulto, Wayne. Me las apañaré.

—Prométeme que no hay nada de lo que preocuparme y no me preocuparé.

Quiero hacerlo. Lo intento. Pero las palabras se me atascan en el nudo de la garganta y mueren ahí. Me quedo con la boca abierta como un pez asfixiándose. Y de pronto esa intensidad en los ojos de Wayne se esclarece, cuaja en el espacio entre segundos.

¿Qué fue lo que me dijo la última vez que estuve en esta caravana escuchando sus advertencias? «No puedes reprocharme que ate cabos».

—¿Qué has hecho? —me pregunta.

Tiene la resignación grabada a cincel en cada movimiento que hace al levantarse, al cruzar los brazos sobre el pecho. Y su voz transporta los ecos de todas las veces que ha preguntado eso mismo, no a mí, sino a mi padre, a lo largo de las décadas que hayan pasado desde su infancia.

Y ahora le toca preguntárselo a Junior. «¿Qué has hecho?».

—Conseguir una oportunidad —respondo— de ser algo mejor.

—¿Mejor que qué?

—Que..., que... Ya sabes a qué me refiero.

—No lo sé. ¿Mejor que qué, Eddie? ¿Mejor que tú?

Lanzo las manos hacia arriba. Esta conversación no lleva a ninguna parte.

—No tendría que haber venido. Solo quería despedirme y que nos separásemos haciendo borrón y cuenta nueva. Pero si quieres someterme al tercer grado...

—Es una decisión muy importante. Necesito saber que la tomas por las razones adecuadas.

Se parece tanto a lo que me dijo Ronnie que, de repente, ya no quiero estar en esta caravana.

—Pues vale —digo, yendo ya hacia la puerta a zancadas.

—Eddie...

—A lo mejor la próxima revista que te compres lleva mi cara en la portada.

—Ojalá.

Y, al igual que cuando me ha dado la enhorabuena, se nota que es sincero. Pero, por algún motivo, eso me cabrea incluso más. Abro la puerta con tanta violencia que da contra los paneles de la pared.

—Que te vaya bien la vida —murmuro.

Siento el impacto de su último «Cuídate mucho» en los dientes durante todo el camino de vuelta a casa. Conduzco como un monstruo. Si el agente Moore me viera, igual hasta tendría motivos para hacer algo más que poner mi furgo patas arriba en un registro absurdo. Conduzco como si el parque de caravanas y todos los recuerdos incómodos que contiene estuvieran persiguiéndome y quisiera dejarlos atrás de una vez por todas.

No funciona. Si acaso, ir cagando leches por la carretera aviva mi irritación y, cuando paro de un frenazo delante de casa, tengo agarrado el volante tan fuerte que la polipiel se hunde bajo mis dedos.

«Prométeme que no hay nada de lo que preocuparme».

Nadie le ha pedido que se preocupe. Nadie le ha pedido que haga nada. Si quiere vivir angustiado por mí, bueno, allá él. Más capullo se sentirá cuando firme un contrato por tres discos con Davey Fitzroy.

Pero aún estoy abrumado por la ira cuando bajo de la furgo y tiro hacia casa, con la visión empañada en una neblina roja.

Que probablemente es por lo que no reparo en las dos figuras que cobran forma de la oscuridad al borde de la luz del porche hasta que casi las tengo encima. Y llegado ese momento, ya es tarde.

—Eh, ¿cómo estamos, Matty? —dice Toby. CJ se alza a su lado como un demonio de pesadilla—. ¿Te importa si entramos un momentito?

32

Abro la boca para gritar, no sé si un aviso a mi padre o una petición de socorro. Pero da lo mismo, porque CJ me agarra por el cuello de la chaqueta y hasta el último jirón de voz que creyera tener se seca en esa fracción de segundo.

—Adentro —gruñe, y no espera respuesta.

Vuelvo a sentir el nudoso contorno de una culata de pistola cuando me empuja por delante de ellos escalera arriba y, después de que meta la llave con torpeza en la cerradura, al otro lado de la puerta.

—¡Papá! —vocifero en el instante en que estoy dentro, por si le da tiempo a escapar saltando por una ventana.

Pero esta vez Toby y CJ no se molestan en hacerme callar. Con eso basta para revelarme que nos tienen donde nos quieren. Y que eso no cambiará intente lo que intente.

Apenas miran en mi dirección mientras la puerta se cierra a nuestra espalda. Toda su atención está puesta en la cocina, donde mi padre se separa muy despacio del fregadero.

Toby menea la cabeza en un exagerado gesto de decepción.

—Ya sabía yo que esto era cosa tuya —dice.

—¿Puedo ayudaros en algo, chicos? —pregunta mi padre.

Está secándose las manos con un paño de cocina, como si estos dos matones rapados fuesen solo un par de visitas desconsideradas. Pero sé muy bien que no debo fijarme en sus manos y clavo la mirada en su cara. En ella veo que está haciendo todo lo posible por disimular un profundo terror.

—Sí —dice CJ—. Puedes decirnos dónde está la mierda que nos robaste.

—Me parece que os equivocáis de persona —replica mi padre—. Yo solo estoy calentando unas sobras. Si queréis, os pongo un par de platos para el camino.

Las manos de Toby están cerradas en puños.

—Déjate de hostias, *Jerome*.

Mi padre hace como si no lo hubiera oído.

—Eddie, ve al armario de la salita y tráete dos platos de...

CJ se mueve rápido y al instante ya está a mi lado. Sus dedos se cierran sobre el cuello de mi camisa tan a lo bestia que oigo tensarse las costuras.

—Ah-ah —dice.

—El chico se queda aquí —zanja Toby— para que tú te quedes aquí. Y si te das prisa en decirnos dónde has puesto la hierba, a lo mejor hasta dejamos vivo a uno de vosotros cuando todo esto acabe.

Querría decir que esas palabras no se me llevan volando en un tornado de pánico. Querría ser como los héroes de las pelis de acción que Ronnie y yo siempre nos colamos para ver en el Hawk: Snake Plissken, Han Solo, Conan el Bárbaro, tíos que saben mantener la calma.

Pero ahora mismo no tengo ni un solo pensamiento útil dando vueltas en el cráneo. No mientras sé a ciencia cierta que CJ lleva una pistola, no mientras veo en la cara de mi padre que está acojonado. De hecho, lo único que puedo pensar en este preciso momento es: «La casa es demasiado pequeña para esta mierda». Está hablando la histeria, lo sé en el último y microscópico reducto lógico de mi cerebro, pero saberlo no basta para impedir que siga dándole vueltas y vueltas a la misma idea. «La casa es demasiado pequeña. Aunque fuéramos a la salita, estaríamos como sardinas en lata con todas las cosas de papá. ¿Mejor salimos fuera? Porque ¿cómo leches se hace un buen cara a cara con los malos teniendo el fregadero lleno de platos sucios?».

—Vale, vale. —Mi padre levanta un poco las manos, lo justo para mostrar que están vacías—. El chico se queda. Bien. Pero haz el favor de quitarle las manos de encima.

CJ no está nada dispuesto a obedecer. Si acaso, aprieta más.

—¿Dónde está la mierda, Munson?

«Munson».

Mi padre no me mira.

—Tengo buenas y malas noticias.

«Munson». Saben su apellido.

—Voy a empezar por las malas. Mi padre siempre decía que hay que hacerlo así, porque es mejor terminar comiéndote el postre, ¿verdad?

Si saben su apellido..., es que lo conocen.

—La mala noticia es que la hierba ya no está.

Toby niega con la cabeza.

—Respuesta equivocada.

«Igual lo han buscado en la guía telefónica o algo, antes de venir». Mi padre levanta las manos un poco más.

—¡Pero deja que te cuente la buena noticia! ¿Lo ves? Por eso te interesa comerte el postre al final, porque te quita el mal sabor de boca.

«Igual han preguntado por ahí. Igual por eso saben su apellido».

—Ya nos hemos tomado la molestia de colocar todo el material, para que tachéis de la lista de cosas por hacer todos los tratos arriesgados y las reuniones a altas horas.

El ceño fruncido de CJ podría estar tallado en mármol, por lo que lo he visto moverse.

—¿Tienes la pasta?

—Tengo... parte de la pasta. La mayoría de la pasta.

CJ casi gruñe al oírlo.

—Otra respuesta equivocada, Al.

No puedo seguir engañándome. No aquí, en esta casa minúscula, con este tío que parece un bloque de cemento desgarrando el cuello de mi camisa buena. Nadie ha buscado a mi padre en ninguna guía telefónica. Nadie ha preguntado por ahí. CJ y Toby se han presentado en nuestra casa porque sabían a quién buscaban. Porque…

—Conoces a estos tíos.

No es una pregunta, y no lo entono como tal. Pero mi padre aún tiene la mirada fija en Toby, y por fin me doy cuenta de que es porque está evitando cruzarla conmigo. Porque si lo miro a los ojos, sabré lo que está pensando. Y eso es lo último que quiere ahora mismo.

—Escucha —dice mi padre. Habla rápido y en voz baja, como si sus palabras fuesen para Toby y solo para él—. No tenemos por qué hacerlo así. ¿Y si te doy lo que tengo y le dices a Charlie que no me habéis encontrado? Todos salimos de esta, todos salimos ganando y la guinda del pastel es que no tenemos que volver a vernos en la vida.

—Espera, espera, espera. —Toby aparta con la mano los murmullos de mi padre, dispersando las palabras como si estuvieran hechas de humo—. Para un momento. Tú, chico.

Un tirón de CJ en la camisa me lleva al centro de todo, bajo el foco, enmarcado en la puerta de la cocina, mirando a mi padre a la cara.

—A él no lo metáis en… —empieza a decir.

Toby habla por encima.

—¿Tu viejo te enredó para hacer el trabajo sin explicarte por qué?

—Él no tiene nada que ver con…

Pero si mi padre va a hacer como si no estuviera, le devolveré el favor.

—Me dijo que debía dinero —intervengo—. Que había mala gente detrás de él.

Toby chasquea la lengua con desdén.

—Bueno, desde luego *ahora* sí que es verdad. Déjame que

te cuente un secreto sobre tu papaíto, ¿vale, Junior? Hasta hace... ¿cuánto, tres meses ya?

—Tres meses —confirma CJ.

—Hasta hace tres meses, Al era el rey del mambo. No era un expresidiario marginado. No era un ladrón en horas bajas. No era un buen tipo intentando abrirse camino en un mundo injusto, te dijera lo que te dijera. —La comisura de una sonrisa vengativa retuerce la boca de Toby—. Era la mano derecha de Charlie Greene. Era uno de nosotros. Por lo menos, hasta que desapareció de la faz de la tierra.

No quiero creerlo, pero tiene demasiado sentido para ser mentira. Me pongo a repasar compulsivo las últimas semanas y mi cerebro pesca a tientas piezas del puzle que no dejan de encajar a la perfección entre ellas, por mucho que suplique encontrarles bordes irregulares. La insistencia de mi padre en que fuese yo quien daría la cara en el trabajo, a pesar de que él tenía mucha más experiencia. Que supiera exactamente dónde estaría el camión y cuándo y cómo hincarle el diente. Las advertencias veladas de Porricky.

—¿Por qué?

Es la única pregunta que aún no tiene respuesta, la única con alguna esperanza de redimir esta situación. Quizá mi padre se desilusionara de colaborar con esa gente, quizá hubiera alguna razón secreta, benévola, para meterme en este asunto, para mentirme.

—¿Tú qué crees? —dice CJ, una presencia sólida a mi espalda, una corpulencia que me bloquea el camino a la puerta.

Mi padre da un paso adelante.

—Ya basta.

La sonrisa de Toby se ensancha.

—Pensó...

—Ya *basta* —restalla mi padre, y entonces...

... el mundo da vueltas, como mis ideas, porque CJ me ha empujado de lado y estoy empotrándome en la pared y me cuesta unos segundos volver a orientarme. Cuando lo hago, es porque dos disparos han pasado a pocos palmos de mi cabeza y ahora me pitan los oídos y hay dos agujeros en el yeso de la pared un poco más allá del hombro de mi padre, que se ha petrificado en seco, aún con los brazos estirados de cuando iba a embestir contra Toby.

—La cosa no va así —dice Toby, tan alto como para que lo oiga incluso con el zumbido amortiguado de mis tímpanos—. ¿Estamos?

En silencio, mi padre asiente. Por fin me mira, como si los disparos por fin le hubieran llamado la atención sobre el hecho de que estoy ahí, en la cocina, y la siguiente bala podría hacernos un agujero a cualquiera de los dos.

—Pensó —prosigue Toby— que su tajada del pastel no era lo bastante grande. Pensó que podía pasar de todo y poner su propio pastel al horno. Y pensó que lo haría robándonos a nosotros. ¿Acierto, poco más o menos?

No debería dolerme. No debería. Tampoco es que creyera que nos habíamos embarcado juntos en una noble misión, a lo Sam y Frodo subiendo al Monte del Destino para salvar el mundo. El plan había sido abrir el camión de unos narcotraficantes, mangarles parte de la carga y venderla. Pero sí que había creído… que estaba ayudando a mi padre a salir de un apuro. Había creído que hacía algo bueno, de forma indirecta. En cambio, ahora…

Ahora veo que esto ha sido solo otra estafa. Solo otro ardid suyo para arramblar con todo lo que pudiera y quedárselo, utilizando a quien hiciera falta por el camino. En este asunto no he interpretado el papel de su hijo. No he sido ni siquiera un compañero de fechorías. Nunca he trabajado *con* Al Munson. Ha estado aprovechándose de mí, como hace siempre con cualquiera lo bastante idiota para confiar en él.

«Tienes que ser tú». Eso me dijo la noche que se estrelló de nuevo contra mi vida. Pensé que se refería a que era la persona adecuada para ese trabajo concreto. Pero empiezo a ser consciente de que, en realidad, solo era la única persona que quedaba en el mundo tan tonta como para hacerle caso.

—¿Dónde está el dinero? —pregunta CJ a voz en grito.

Aún tiene la pistola en la mano. Al fondo de mi mente asimilo el nebuloso hecho de que el cañón apunta hacia mí.

La derrota está inscrita en cada línea del cuerpo de mi padre, desde los hombros caídos hasta el abatido pestañeo.

—Salita. Hay una bolsa de papel detrás del sofá.

Toby hace un gesto con la cabeza y CJ desaparece en dirección a la sala de estar. Mi padre no dice nada al oír la destructiva búsqueda que hace el matón. Yo tampoco. Solo nos miramos en una cocina que de repente parece mucho más grande que antes. A lo mejor al final sí que hay sitio para un cara a cara.

—Mira, ¿ves? —Toby nos señala alternativamente con la mano—. Por eso nunca trabajo con la familia. Demasiado lío por todas partes.

—Iba a contártelo —dice mi padre.

Doy un bufido.

—Ah, ¿sí? ¿Cuándo?

—Cuando llegáramos a California.

Putas pamplinas. Son pamplinas y sé que son pamplinas, pero, incluso sabiendo que son pamplinas, hay una parte jodida y minúscula de mí que quiere creérselo.

La pisoteo.

—¿Por qué? —pregunto.

—¿Por qué en California o...?

—¿Por qué ibas a contármelo? Donde sea. —Me cruzo de brazos y observo cómo se instala el desaliento en sus rasgos—. Dime —insisto—. Dime un solo motivo por el que fueses a explicarme que estabas engañándome.

—Creía... Iba a...

—No es verdad. —Aprieto más los brazos, abrazándome la caja torácica en un intento de que me duela menos el corazón—. No ibas a decírmelo en la vida. Ibas a seguir mintiendo y mintiendo con tal de obtener lo que quieres.

Toby suelta una risita.

—Sí que te tiene bien calado, Al.

Mi padre niega con la cabeza.

—Eso no es verdad…

—¡Pero si lo estás haciendo ahora mismo! —río—. Es increíble. ¿Sabes? Creo que no me has dicho ni una sola verdad desde que volviste. Puede que no me hayas dicho ni una verdad en toda mi puta vida.

—Ahora el mentiroso eres tú.

Ladeo la cabeza.

—¿Y eso?

—Te dije que estoy orgulloso de ti.

Es un golpe bajo y me traba la respiración en el pecho. Sin darme tiempo a componer una respuesta que no salga en forma de sollozo CJ regresa con paso pesado a la cocina, bolsa de papel en mano.

—La tengo —dice.

—Bien —responde mi padre. Vuelve a ponerse la máscara mientras aparta la mirada de mí—. Ahí dentro debería haber ocho de los grandes. Es más que suficiente para compensar a Charlie, o para haceros los tontos y forraros. Vosotros elegís. Entretanto, podéis salir cagando hostias de mi casa.

—Desde luego que vamos a hacerlo —dice CJ, con una amplia sonrisa que muestra su serrado cementerio de dientes.

Más o menos a la vez que empiezo a oler el humo.

—¿Qué…? —digo, y el resto se pierde en un ataque de tos.

Eso, más que el aire cada vez más turbio, es lo que pone sobre aviso a mi padre, que gira la cabeza de sopetón hacia CJ mientras le desaparece todo el color de la cara.

—Puto psicópata de…

—Es lo justo —dice Toby—. Una pequeña venganza.

—¡Tenéis el dinero!

—Y tú nos has avergonzado, Munson —escupe Toby—. Nos has costado respeto. ¿Sabes cuánto tardará Charlie en volver a confiar en nosotros? Esto es una gotita en un océano.

Tal vez mi padre le grite algo, pero ya estoy pasando al lado de CJ, corriendo hacia la salita. Apenas advierto la sorpresa en un rincón del cerebro cuando CJ me lo permite sin meterme un balazo entre los omóplatos, pero, pensándolo bien, ¿qué le importo yo? A estas alturas ha quedado más que claro que soy un pelele incauto, no un genio del crimen.

CJ ha revuelto entera la pequeña sala de estar mientras buscaba el dinero de mi padre. La mesita de la tele está tumbada y nuestro receptor de quince pulgadas de mierda ha caído bocarriba en la deshilachada alfombra, con una gruesa grieta cruzando la pantalla en diagonal. Las pertenencias de mi padre, recogidas en bolsas para llevárnoslas a California, están amontonadas en el sofá, inclinado hacia delante sobre las patas delanteras...

E incendiado.

Apenas noto el calor. La temperatura debe de haber ido subiendo poco a poco mientras mi padre y yo nos enfrentábamos en la cocina. Ha estado cociéndome vivo como a una rana en una olla.

Mi primer instinto es entrar, hacer algo respecto al hecho de que el fuego empieza a extenderse por las paredes en dirección al techo. Veo crecer las manchas ennegrecidas y pienso «mi casa mi casa mi casa» en desvalido bucle. Pero, si algo de ahí dentro hubiera podido ahogar las llamas, CJ lo ha usado como combustible.

Como también ha usado los discos de mi madre.

Se me habían pasado al dar el primer vistazo. Mi mirada estupefacta no se había posado en las fundas dispersas que CJ ha debido de tirar a la alfombra antes de ponerse a darles caña a los muebles. Ahora ya no veo nada más que la cara de Muddy Watters, la de Bob Dylan y la de Jimi Hendrix chisporroteándose e hinchándose entre las llamas, todos los discos que mi madre se trajo desde Tennessee a Indiana, todas las canciones que compartió conmigo en las solitarias noches mientras esperábamos a mi padre, todos los recuerdos que...

«No, no, no...».

Si logro cruzar la salita, a lo mejor aún salvo uno, a lo mejor aún salvo la casa, a lo mejor aún paro esto...

Pero alguien me agarra la chaqueta desde atrás cuando estoy a punto de abalanzarme entre el humo y retrocedo trastabillando. Medio segundo después, algo en las profundidades del sofá cruje y chirría y se parte, y entonces hay una explosión de chispas, una lluvia de relleno ardiente por toda la salita, que acribilla el lugar donde habría estado si mi padre no me hubiera sacado de ahí en ese preciso momento.

—¡Suéltame! —La palabra raspa en carne viva con el humo de mi garganta—. ¡Trae agua o...!

Algo vuelve a crepitar en la salita, y esta vez el sonido sigue y sigue y sigue. Es el aislante barato de la pared incendiándose todo a la vez en un maremoto de fuego que arrasa el encalado en menos de un parpadeo.

—¡Tenemos que irnos! —me grita mi padre al oído, y esta vez he de reconocer que es verdad. La salita está perdida y el fuego empieza a correr por la alfombra de poliéster en dirección a la cocina—. Eddie...

Pero no es su mano la que me atenaza el hombro y me empuja hacia la puerta de la casa, sino la de CJ. Y cuando por fin arranco la mirada del infierno llameante en que está convirtiéndose lo que era mi hogar, veo que Toby está haciendo lo mismo con mi padre. Están sacándonos a los dos de la casa uno al lado del otro.

—Creía que estábamos en paz —protesta mi padre retorciendo la cabeza, intentando mirar a Toby a los ojos—. Tenéis el dinero y habéis quemado mi casa. ¿No es suficiente?

Pero Toby no contesta. Hay un músculo contrayéndose en su mandíbula. Parece estresado. Y no es hasta que nos empujan a mi padre y a mí por los peldaños cuando veo por qué.

Hay un coche patrulla en el camino de acceso, parado en diagonal, con las luces rojas y azules todavía destellando. Y agachado tras la puerta abierta del coche, con la pistola desenfundada y apuntándonos directamente...

—Munson y Munson —dice el agente Moore—. ¿Por qué no me sorprende?

33

Buenas noches, agente —saluda mi padre, sonriendo, quizá con la esperanza de que así Moore no vaya a darse cuenta de que están utilizándonos como escudos humanos.

Hay que reconocerle a Moore el mérito de no picar. Escruta detrás de nosotros entornando los ojos, tratando de entrever a Toby y CJ.

—Nos han avisado de disparos dentro. ¿Esos dos son amigos vuestros?

CJ está clavándome la pistola en los riñones.

—Para nada —murmuro.

—¿Queda alguien más en la casa?

Niego con la cabeza.

—¡No queremos problemas! —grita Toby por encima del hombro de mi padre—. Baja la pipa, déjanos pasar y saldremos todos de aquí con vida.

Moore mira entre mi padre y yo.

—¿Vais a llevároslos?

—¿Quieres que lo hagamos? Este pueblo estaría mejor con un par de Munson menos, ¿no te parece?

Veo a Moore rumiando. El muy cabronazo está planteándoselo de verdad, está pensándose si es buena idea apartarse y dejar que CJ y Toby nos lleven hasta la profunda zanja que hayan cavado para nosotros en algún lugar fuera del pueblo.

—Vienen refuerzos de camino —termina diciendo el agente. No es la ferviente negativa que me encantaría oír, pero al menos no les tiende una alfombra roja para que nos ejecuten—. Esto va a ponerse hasta arriba de policía en unos minutos y, si sabéis lo que os conviene, más vale que empecéis a colaborar. Soltad las armas. —Por el rabillo del ojo veo que Toby y CJ se miran de soslayo. Moore redobla el agarre sobre su pistola—. Soltadlas. Ya.

Las ventanas de la casa estallan.

—¡Joder! —grita Moore.

Doy contra el suelo en algo a medio camino entre un salto controlado y caer como un muñeco de trapo. Llueve cristal a mi alrededor. Ahora sí que siento el calor de las llamas sin lugar a dudas. Se extienden hacia nosotros, tragándose el aire nocturno, chamuscando los listones descascarillados de las paredes.

—Está a la vista.

Casi no oigo el murmullo de Toby entre el crepitar del fuego, pero las palabras me dan un escalofrío. Alzo la cabeza con cautela, notando que tengo astillas de las ventanas rotas en el pelo y esperando no ver lo que creo que estoy a punto de ver.

En efecto, Moore se ha levantado del todo, con una mano en el techo del coche patrulla y la otra encima de su cabeza. Está mirando anonadado la casa en llamas, cuya luz hace danzar su expresión estupefacta. Pero lo crucial aquí es que ha abandonado su cobertura.

—Hazlo —dice Toby.

Si a mí ya me cuesta oírlo, desde luego Moore no va a enterarse. No se mueve. Ni siquiera hace ademán de encogerse, y solo estoy a medio grito de «¡Agáchate!» cuando CJ, que ya parecía de gatillo fácil, dobla el dedo y...

No es la primera vez que oigo un disparo, ni siquiera esta noche. Pero sí que es la primera vez que veo una bala impactar en un ser humano. Cruza como una flecha la ventanilla abierta del coche y se hunde en el costado de Moore. Hace saltar un chorro de líquido, pero la sangre parece negra, atrapada entre la luz de la luna y el fuego ardiente. Moore gira y tropieza y cae, con un chillido que tiene más de brusca sorpresa que de dolor animal.

No es que nada de eso tenga el menor efecto en nuestras visitas indeseadas. Toby se limita a darle una palmada a CJ en el hombro.

—Vámonos.

Hay un charco de sangre cada vez mayor en el suelo. No puedo apartar la mirada.

—¿Vais a dejarlo ahí?

—Da gracias de que no haya sido tu padre, Junior —dice CJ—. O tú.

¿Es solo la conmoción lo que me aúlla en los oídos o son sirenas de policía? Apostaría a lo segundo, porque CJ y Toby están cruzando una mirada un poco temerosa.

—Vámonos —repite Toby, y CJ y él echan a correr hacia el viejo Mustang destartalado que los espera en ángulo un poco más arriba del camino.

Moore ya no se mueve mucho. Doy un paso trastabillante hacia él.

—Pero ¿qué haces? —sisea mi padre, agarrándome del brazo.

Me zafo de él, llego con paso inestable hasta Moore y caigo de rodillas a su lado. Hay una enorme mancha oscura que se extiende por todo su costado, y respira en bocanadas cortas y someras. Tiene los ojos abiertos, fijos en las estrellas, y hasta con tan poca luz se nota que sus pupilas están dilatadísimas. ¿Miedo? ¿Conmoción? A saber. Estas cosas no te las enseñan en clase de educación para la salud.

—¿Agente Moore? Eh, ¿me oye?

Le doy unos golpecitos en el hombro, sintiéndome bastante inútil.

—Eddie —dice mi padre—, no seas idiota. Tenemos que irnos de aquí.

Al sacudirle más el hombro, Moore gime.

—¿Munson?

—Eh, eh, se pondrá bien.

—Joder, ¿me han disparado?

—*Eddie* —susurra mi padre. Está tirándome del brazo, tan fuerte que me pone de pie, y se niega a soltarme por mucho que me resista—. Vienen más polis. Sube a la furgo.

—No puedo dejarlo aquí.

—Claro que puedes.

—¡Venga ya, hombre! Está herido por nuestra culpa.

—Está herido porque CJ le ha disparado, nada más. Pero ¿cómo crees que terminaremos tú y yo si aún estamos aquí cuando lleguen esos coches patrulla?

Me quedo mirando su cara manchada de hollín y sus ojos como platos. Aún tengo los ojos clavados en él cuando la comisura de su boca se comba en esa sonrisa torcida.

—Venga, chaval —dice, irradiando magia Munson—. Piensa en tu chica. En esa prueba. Quieres llegar a California, ¿verdad?

Algo pesado se me hunde hasta el fondo del estómago. «California». Tiene razón. Será imposible explicarle esto a Paige si me quedo aquí. Si encajo la inmensa bola de mierda que viene en mi dirección con esas luces rojas y azules.

A mis pies, Moore gime de nuevo.

Suelto el brazo de la mano de mi padre y me arrodillo al lado del poli. Vacilante, porque literalmente lo único que sé de esto es lo que he visto en las pelis, aprieto con las dos manos la parte del torso de Moore que parece más empapada. Sisea un respingo de dolor.

La sonrisa de mi padre se aplana en una línea adusta.

—No te hacía tan tonto.

—Quédate —le ruego—. Se lo explicaremos a la poli. Será más fácil si somos dos.

—Esto no funciona así.

Ya está alejándose. Veo brillar algo en su mano: las llaves

de mi furgoneta. Debe de habérmelas mangado del bolsillo cuando intentaba apartarme de Moore. Ni me he dado cuenta. Púa, ganzúa. Así es como actúa.

—Les dará igual lo que digamos —añade.

—Pues quédate porque... porque te necesito. —Pruebo con mi propia sonrisa torcida, pero hay algo que me escuece en los ojos y echa a perder el efecto. Me digo a mí mismo que es solo el humo de la casa en llamas—. Sería muy chungo que me dejaras tirado otra vez ahora, después de hacer todos esos planes.

La luz del fuego que baila en el rostro de mi padre le da aspecto de estatua de mármol. Me mira un largo momento mientras esas sirenas se aproximan más y más. Bajo mis manos, Moore se crispa y reniega.

—Eres tú quien está cambiando el plan, Eddie —dice mi padre por fin—. Y no me has consultado el nuevo. —Asiente. Concluyente. Lanza las llaves al aire y las atrapa—. La dejaré cerca de Hawkins. Suerte, chaval.

—Los Munson no esperamos a la suerte.

—Ya, bueno... Creo que esta vez te hará falta.

Y después de eso, lo único que veo es su espalda, marchándose. Las luces traseras de mi furgoneta, marchándose. Mi padre, marchándose. Y como cada vez que sale de mi vida, me deja en tierra recogiendo los pedazos.

34

Supongo que debería sorprenderme que me haya costado dieciocho años acabar en el calabozo por primera vez. Desde luego, sorprende a todos los demás. Pero mientras contemplo la cerradura de la puerta de barrotes, escuchando el zumbido de actividad que llega desde la oficina de policía, solo me siento entumecido.

—Agente herido en…

—Exacto, casa de los Munson…

—Ambulancia de camino…

—Hay que avisar a los bomberos y…

El caos se ha desatado en el instante en que el par de coches patrulla han frenado derrapando en mi patio delantero. No sé cuántos maderos se han desplegado en el escenario; por lo que era capaz de procesar, podría ser cualquier cifra entre dos y veinte. Lo único que existía para mí era la presión del torso de Moore bajo mis manos y el recuerdo tras mis párpados de la espalda en retirada de mi padre.

Han hecho falta dos policías para apartarme de Moore, uno agarrándome de cada brazo.

—¿Se pondrá bien? —les he preguntado, un poco mareado, un poco ido—. Creo que es el abdomen. ¿Se pondrá…?

—Tenemos a un sospechoso —ha ladrado un poli al walkie que llevaba al hombro—. Es el hijo de Munson. Lo llevamos a comisaría.

No he protestado, ni al notar las esposas en las muñecas ni cuando me han hecho subir a la parte trasera del coche patrulla. ¿Para qué? Ya sabía que iba a pasar esto. Mi padre me lo ha advertido, pero me he quedado igual, así que ahora tocaba ahogarme en las consecuencias.

No me han dejado ni lavarme las manos antes de meterme en comisaría. Aún tengo sangre de Moore debajo de las uñas, seca en las rodillas de los vaqueros. Y, como Hawkins no es lo bastante grande para tener más que una celda de los borrachos, aquí no hay retrete ni lavabo. Que los borrachos se rebocen en su propia mierda.

Me froto los ojos. Me la suda la sangre encostrada, porque lo único que quiero es arrancarme la cara. Si me crece otra nueva, a lo mejor me transformará en una persona distinta. Alguien que no sea un fracasado absoluto.

En algún momento entre el incendio de mi casa y ahora, el sol ha salido. Y si el sol ha salido, significa que he perdido el vuelo a California. Lo que, a su vez, significa…

—Eh, Junior.

El jefe Hopper invade el plano de mi mirada perdida, corpulento como siempre, casi tapando toda la luz. Me observa con el rostro impasible entre los barrotes. Por una vez, no siento el impulso de corregir el nombre con el que me ha llamado.

—¿Los chicos te han maltratado? —pregunta, señalando con la cabeza hacia el fluorescente brillo de las luces de la oficina.

—No —digo con un graznido rasposo por el humo, descubriendo lo sediento que estoy.

Hopper asiente. Luego mete la mano entre los barrotes. Tardo un segundo en descubrir por qué, mientras mis ojos tratan de enfocarse entre la luz tenue y la conmoción. Sostiene un vaso de papel, ofreciéndomelo.

—He pensado que te haría falta —dice—. Va, que se me cansa el brazo.

Me encorvo hacia él y cojo el vaso de agua. El primer sorbo desciende por mi garganta calcinada y de pronto es lo mejor que he saboreado en la vida. Me echo el resto al coleto antes de recordar que quería reservar un poco para lavarme las manos y que el jefe de policía está viéndome beber como un perro labrador deshidratado. Me seco la boca con la manga. A lo mejor puedo conservar los resquicios que aún queden de mi dignidad si lo miro furibundo. A lo mejor parece una actitud desafiante.

O a lo mejor no, porque en el semblante de Hopper se atisba algo que casi parece pena.

—Moore ha salido de quirófano —dice.

—¿Está...?

—Los médicos dicen que la bala no ha acertado en nada importante, por increíble que parezca. Ni la hemorragia ha sido tan grave —añade mientras me siento otra vez con las manos bajo los muslos—. Saldrá cojeando del hospital con una cicatriz que lucir para las señoras y poco más. Está bien, chico. —Calla un momento, como buscando las siguientes palabras—. Dice que has intentado ayudarle.

Me encojo de hombros. No estoy seguro de que hacer algo más no sea cavar mi propia tumba.

—También dice que había otro hombre que ha puesto pies en polvorosa. Un hombre que se parecía mucho a ti.

Levanto los hombros otra vez. Sobre eso último, desde luego que no pienso aportar nada.

—Conocía a tu viejo en el instituto —comenta Hopper como si no tuviera nada que ver con lo anterior, aunque ambos sabemos que sí—. Iba unos cursos por detrás de mí, pero lo conocía. Todo el mundo lo conocía. Si había una explosión de mierda en algún sitio, Al Munson siempre era el que estaba más alejado del centro. —Apoya un hombro en la pared y se cruza de brazos—. Pero lo curioso era que, si prestabas atención, empezabas a fijarte en que solía ser él quien había encendido la mecha.

No necesito que vuelvan a recordarme lo gilipollas que fui al confiar en mi padre, así que bajo el brazo de golpe y dejo el vaso de papel en el banco.

—¿Puedo irme?

Las palabras salen huecas. Sé la respuesta antes de ver cómo tuerce el gesto Hopper. La sé hasta antes de hacer la pregunta.

—No sin fianza —dice él—. Tu casa se ha quemado, Junior. Alguien le ha pegado fuego. Eso es incendio provocado, y hasta que lo investiguemos...

Por un instante, la niebla que me embota la mente se disipa y una ráfaga de protestas furiosas se me acumulan en el cráneo. «¿Por qué iba a quemar mi propia casa? ¿Es posible que no hayáis visto a esos dos tíos que había delante, los que le han disparado a un poli? ¿No es evidente que en esto soy la víctima?».

Pero tal y como se ha levantado la neblina, vuelve. Solo puedo seguir escuchando al jefe de policía.

—No estás acusado de nada, por lo menos hasta que averigüemos qué está pasando. Así que de momento solo vamos a hacer preguntas. —Me observa atento entre los barrotes—. Te conviene estar disponible para responderlas. No puedo retenerte en Hawkins, así que ni voy a intentarlo. Pero sí que deberías saber que, si ahuecas el ala, vas a meterte en muchos problemas. Eso y que sería lo que habría hecho tu padre. —Lo que ha hecho, en realidad—. Y me da en la nariz que tú no eres así. Aún no. —Se endereza y sacude los hombros con un suspiro—. Claro que aún te queda toda la vida para demostrar que me equivoco.

Me limito a mirarlo con los ojos apagados. Alguien le ha lijado los bordes al mundo, me los ha lijado a mí.

—¿Tengo derecho a una llamada? —pregunto.

Hay un matiz de lástima en sus ojos mientras echa mano a las llaves que tiene en el cinturón.

—Claro —dice—. Ven conmigo.

Tal vez Hopper se ha apiadado de mí, porque no me lleva

a la oficina principal. En vez de eso, lo sigo dando un rodeo por comisaría hasta que se detiene a la puerta de un despacho. En el cristal translúcido de la puerta se lee JEFE DE POLICÍA. Va a dejarme usar su propio teléfono.

—Ni se te ocurra robar nada —dice, abriéndome la puerta—, porque lo sabré.

—No, señor.

—Si te pasas de quince minutos, desenchufo el aparato.

—Sí, señor.

—Hay una guía en la mesa. Lo he comprobado y tiene el número de Wayne.

Asiento. Hopper estudia mi cara, buscando... algo. Me trae sin cuidado lo que encuentre.

—Muy bien —dice por fin, haciéndose a un lado.

Paso junto a él y voy a su escritorio. No necesito mirar atrás para saber que aún está ahí, que ha dejado la puerta abierta de par en par. Quiere tenerme un ojo echado. ¿Y por qué no iba a hacerlo? Nadie en su sano juicio dejaría suelto a un criminal en su despacho sin supervisión.

Me quedo de espaldas a él mientras descuelgo el teléfono y marco. No me hace falta ninguna guía. Este número me lo sé de memoria.

—¿Diga?

La voz de Paige llega somnolienta al descolgar, y añado una marca más a mi cuenta de fracasos. En Los Ángeles son tres horas antes para ella, casi noche cerrada, así que debo de haberla despertado.

—Paige, hola. Soy Eddie.

—¿Eddie?

Oigo un frufrú por el auricular cuando se incorpora en la cama. No he visto nunca su casa, pero me lo estoy imaginando abierto y diáfano. Grandes ventanales, por los que asoman los primeros rayos del dorado sol californiano. El pelo oscuro de Paige, revuelto en torno a su bonita cara pecosa. Un naranjo en el patio de fuera. El paraíso.

—¿Ya estás de camino? —me pregunta—. ¿Qué hora es?

—No, hum...

—Madre mía, si son las cuatro de la mañana. ¿Para qué me llamas a estas horas, psicópata? —me insulta riendo—. ¿Tantas ganas tienes de verme? Aún no hace ni una semana.

—Lo sé. —Trago con fuerza. Esto va a doler—. Escucha, Paige. Tengo que decirte una cosa.

—¿Estás bien? —La risa ha desaparecido por completo. Por mi culpa—. ¿Qué pasa?

—Estoy bien. Pero... no voy a llegar a la prueba.

El silencio que se extiende después de eso por la línea es denso. Me oprime el pecho, asfixiándome.

—Repíteme eso —dice por fin, inexpresiva.

—No puedo ir a California. Ahora mismo no.

Las palabras de Hopper solo han confirmado lo que ya supe al ver a mi padre huir del cuerpo sangrante de Moore en el camino de acceso a nuestra casa en llamas. Cuando Toby y CJ se presentaron en nuestra puerta, trajeron a Junior con ellos. Y ahora es imposible escapar de esa sombra, ni siquiera largándome por patas a la lejana costa oeste. Si hubiera echado a correr con mi padre, jamás habría podido parar. Tendría que pasar la vida entera esquivando la ley igual que mi padre pasa la suya. Igual que la gente de este pueblo ya cree que hago.

—¿Va en serio? —pregunta Paige—. Como sea una broma de mal gusto...

—No es broma.

—¡Me cago en la puta, Eddie!

Me encojo, apartando la cara del auricular. Oigo que Hopper carraspea detrás de mí, incómodo. La voz de Paige resuena que no veas.

—¡Esto no puede posponerse! —exclama—. ¡Sabes muy bien lo importante que es!

—Lo sé —farfullo, pero Paige va con carrerilla.

—Es tu oportunidad. Es lo que querías.

—Lo sé.

—Era *mi* oportunidad. —Ay, madre, ¿son lágrimas lo que se oye en su voz?—. Me jugué el cuello para conseguirte esta audición. Esto iba a cambiarnos la vida a los dos. A ti y a mí. Íbamos a hacerlo juntos.

—Lo sé.

Es lo único que acierto a decir, como un puto disco rayado.

—Entonces ¿dónde te has metido? ¿Qué hay más urgente que venir a Los Ángeles?

Ya empiezo a oírlo. Su opinión de mí... está cambiando. Aunque tuviera la mejor excusa del mundo entero, ahora soy el tío que la ha puteado. Y a partir de ahí, solo hará que empeorar. Aprieto los dientes.

—Estoy en comisaría.

Otro momento de nauseabundo silencio al otro lado de la línea.

—¿Qué has hecho?

Ahí está. No es un «¿Qué ha pasado?», ni otro «¿Estás bien?». Es un «¿Qué has hecho?».

—¿Acaso importa? —espeto.

—Sí, claro que importa —ladra ella en respuesta.

—Claro, porque esta no es la historia que le vendiste a Davey Fitzroy.

—No seas...

Pero ahora soy yo quien lleva carrerilla, así que la arrollo y sigo adelante.

—Mozo de bar convertido en estrella del rock. Pero tiene que ser directo, con el expediente limpio, ¿verdad? ¿En serio vas a decirme que WR no tiene a nadie fichado que haya visto un calabozo por dentro?

—No seas capullo —logra decir Paige.

Pero es demasiado tarde. Ya soy un capullo. Llevo siendo un capullo desde el principio. Lo que pasa es que soy el último de todo Hawkins en aceptarlo.

—No, claro, vuestros músicos solo pueden delinquir después de que empecéis a forraros con ellos.

—Que te jodan.

Y solo queda el tono de llamada, y fulmino con la mirada el auricular con la esperanza de que, en algún lugar de la cálida y dorada California, Paige pueda sentirlo.

—¿Se acabó? —pregunta Hopper, y mierda, me había olvidado de que estaba ahí, escuchando el descarrilamiento entero.

—Sí —digo, hundiendo el auricular en el aparato—. Se acabó.

35

No duermo. Ni siquiera doy una cabezadita. Solo me revuelvo y cambio de postura en el banco mientras cuento las grietas del techo y trato de que no se abran los cortes en el alma que me ha dejado el «Que te jodan» de Paige.

No tengo ni idea de cuánto tiempo estoy tumbado en la oscuridad odiándome a mí mismo. Por algún motivo, la principal prioridad de la poli no es instalar un reloj en la celda de los borrachos. Pero, tras un nebuloso intervalo de tiempo, la puerta del calabozo se abre otra vez. Bajo las piernas del banco y me incorporo.

Esta vez no es Hopper. Un subordinado suyo me frunce el ceño desde el umbral. Powell, creo que se apellida. Estoy bastante seguro de que ha detenido a mi padre por lo menos una vez. Me alegro por él de que añada otro Munson a la colección.

—Puedes irte —dice.

Es lo ultimísimo que esperaba oír de él, así que me lo quedo mirando. El poli arruga incluso más la frente y su bigote desciende por los lados con las comisuras de su boca.

—¿Estás sordo, hijo? Que te largues.

—Pero...

Por algún motivo, mi primer impulso es protestar. Merezco estar aquí metido, ¿verdad? La he cagado. Y quienes la cagan van a la cárcel. Es donde debo estar.

Entonces mi cerebro se pone al día con la realidad y me levanto de un salto.

—Gracias —murmuro, y salgo por la puerta de barrotes antes de que el agente cambie de opinión y me la cierre en las narices.

Hasta que salgo al pasillo no empiezo a asimilar lo jodido que estoy de verdad. Mi casa ha ardido hasta los cimientos. Mi padre ha volado. No tengo dinero, ni trabajo, ni un sitio al que ir. A lo mejor puedo vivir en la furgo unos meses, pero antes tendría que averiguar dónde la ha dejado mi padre, y además…

—Eh.

El tío Wayne está esperándome de pie en la oficina principal. Tiene la gorra aferrada con ambas manos, como si estuviera en la iglesia o algo, y los omóplatos pegados a la pared, tan lejos de los ajetreados policías como es posible.

—Eh —respondo, porque ¿qué otra puta cosa puedo decirle?

Ninguna, al parecer, porque Wayne se vuelve sin más y echa a andar hacia la puerta principal. Lo miro un momento, confuso, hasta que me lanza una mirada por encima del hombro.

—¿Vienes o te quedas?

Lo sigo fuera de comisaría.

La camioneta de Wayne está en las últimas desde hace más de diez años. Lo único que se oye mientras mi tío va saliendo del centro de Hawkins son los siseos y los tañidos de la vetusta Ford. Apoyo la cabeza en la ventana y fijo la mirada en la rejilla del salpicadero. No quiero arriesgarme a echar un vistazo fuera, corriendo el riesgo de contacto visual con algún metomentodo del pueblo. ¿Cuánta gente vio cómo me arrastraban anoche a comisaría? ¿Cuánta gente acaba de verme salir?

Hasta que nos desviamos de Pine no soy consciente de adónde vamos. Wayne está llevándome al parque de caravanas. Ceñudo, me retuerzo en el asiento para mirar por el parabrisas trasero. En la caja de la camioneta, medio tapadas por una lona, distingo un montón de bolsas. La manga de franela manchada de humo que asoma de una de ellas me revela que están llenas de ropa. De mi ropa.

—He sacado lo que he podido —dice Wayne, sin dejar de mirar la carretera.

—¿Has...? —Casi no quiero ni preguntarlo—. ¿Has visto algún disco de mi madre?

Wayne aprieta los labios.

—Toda la parte de delante estaba destruida. Cocina, salita. No... queda nada.

«No queda nada». Nada de la música de mi madre, de sus billetes de avión. La siguiente bocanada de aire es como una puñalada en los pulmones. No le hago caso, ni tampoco al picor en los ojos.

—Papá dormía en la sala de estar. Tenía ahí sus cosas.

Wayne niega con la cabeza.

—Al estará bien. Siempre lo está.

—¿Sabes algo de él desde anoche?

Wayne me lanza una mirada de soslayo. Es triste, pero no compasiva. Me yergo un poco en el asiento.

—No —responde.

Asiento. No es ninguna sorpresa, pero de todos modos duele, como una tenue opresión en algún lugar tras las costillas. Wayne también asiente, y me da la impresión de que tiene el mismo dolor en el mismo sitio. Un cardenal donde debería estar su hermano, décadas más antiguo que el mío.

Frena en la franja de tierra al lado de su caravana y quita la llave del contacto. Un momento después bajo despacio, mirando a mi alrededor como un astronauta recién llegado a Marte o algo por el estilo. Ni sé cuántas veces he estado en este parque de caravanas, pero lo de hoy es distinto, de algún modo.

Las bisagras se quejan con un gemido cuando Wayne baja

la puerta trasera de la camioneta Ford. Da un paso atrás y contempla la abultada lona durante un segundo. Hay una inquietud formándose en algún lugar bajo su barba. Luego me mira, un poco inseguro.

—No digo que tengas que quedarte aquí. No quiero que pienses que… te obligo ni nada. Pero… —Se interrumpe y mueve la mandíbula—. Joder, Eddie, ya sabes a qué me refiero.

Lo sé y no lo sé, a la vez.

—¿Aún quieres que me quede contigo? Acabas de tener que pagarme la fianza.

Wayne apoya la espalda en la camioneta y se cruza de brazos. Encoge los hombros con aire cansado, y caigo en la cuenta de que acaba de salir del turno de noche. Tiene que haber ido directo a comisaría desde el trabajo.

—El jefe me ha contado lo de anoche —dice—. Intentaste ayudar a un poli, ¿no?

—Sí, pero ese poli estaba herido por mi culpa.

—Estaba herido porque Al es demasiado imbécil para saber cuándo se pasa tanto de listo que sus planes dan toda la vuelta y acaban siendo tontos de cojones.

—¿Y qué más da? —estallo.

Suena alto, demasiado alto para lo tranquila que es la mañana, para el piar de los pájaros y el susurro del viento. Hay gente durmiendo en las caravanas de alrededor, gente que tiene que despertarse dentro de poco para ir al trabajo o que acaba de salir de él como mi tío. Pero ahora todo eso da igual, porque el sombrío embotamiento de las últimas doce horas está disipándose y empiezo a *sentirlo*. Las sonrisitas altivas de los maderos al meterme en el coche patrulla. La visión de la espalda de mi padre perdiéndose en la oscuridad, escaqueándose de todos los problemas que ha causado. La sangre del poli bajo mis uñas, ¡joder!, que aún está bajo mis uñas porque no he tenido ocasión de lavarme las manos.

La cara de Ronnie, endureciéndose hasta volverse de piedra cuando abro un abismo en nuestra amistad con mis inseguridades.

La voz de Paige justo antes de colgarme. Justo antes de que ese sueño ardiera como mi casa. Como mi vida.

—Da igual quién tenga la culpa —digo con aspereza—. Lo único que importa es que estaba allí. A nadie le preocupa nada más. Eddie Munson estaba allí. ¿Cómo no iba a estar, si es el puto maleante de Hawkins? Da lo mismo que estuviera apretando un gatillo o repartiendo algodón de azúcar, porque, pase lo que pase, para todo el mundo en este pueblo de mierda, soy culpable.

Wayne solo me mira, compuesto, dejándome montar una escena. De algún modo, eso lo empeora todo.

—No sabes lo *mucho* que me he esforzado —casi resuello— para que esta gente me vea de otra manera. Pero, haga lo que haga, siempre termino en el mismo sitio. Siendo el enemigo público número uno, el desecho de la sociedad. Es que ya ni los decepciono. Se esperan que fracase. Y con razón. Porque a la primera oportunidad que tenga, voy a joderme a mí mismo la vida. Después de todo esto, soy igualito que papá. No, peor que papá. Soy Junior.

—No eres Junior —responde Wayne sin levantar la voz. Tengo que callarme para oír lo que dice, que tal vez es lo que pretende—. Al no te puso su propio nombre. Puede que sea la única decisión inteligente que ha tomado en la vida.

De pronto se me comprime el pecho. Si intento hablar, o respirar siquiera, sé que solo va a salir un batiburrillo tembloroso, así que me limito a apretar la mandíbula y dejar que me rechinen los dientes.

—Haz el favor de escucharme, Eddie, porque llevo tiempo ya intentando que oigas esto —prosigue Wayne—. Al Munson es mala gente, eso no voy a discutírtelo. Por eso no se quedó anoche a arreglar el desastre que provocó. Por eso no lo hace nunca. Pero tú, en cambio..., tú sí. Tú hiciste lo que debías. Eso no es de ser un maleante.

—Aun así, creen que soy...

—¡A la mierda lo que crean! —Nunca había oído hablar tan alto a mi tío—. No puedes ir por la vida torturándote por cómo opinan los demás que debes ser. Siempre van a intentar meterte en alguna caja. Ángel, demonio. Héroe, villano. Maleante, santo. Pero no estamos hechos para meternos en cajas, por lo menos antes de que nos entierren. Tú eres la única persona que sabe quién eres. Así que deja de esforzarte por entrar en alguna caja de las que te ofrecen y permítete ser tú mismo.

—No es tan fácil.

—¿Te crees que no lo sé? —Wayne da un bufido mientras arranca la lona de la camioneta—. Llevo por aquí mucho más tiempo que tú, sin dejar de luchar en esa guerra. Pero voy a decirte que, aunque sea difícil, merece la pena. Toma.

Saca algo alargado de la camioneta, envuelto en mis viejas sábanas manchadas de hollín, y me lo pasa. Forcejeo para desenvolverlo... y me descubro contemplando mi reluciente guitarra eléctrica.

Esa compresión del pecho me ha subido a la garganta.

—Creía que se había quemado.

—Está intacta —dice Wayne—. He pensado que querrías recuperarla.

—Gracias —susurro.

Tengo los nudillos blancos de tanto apretar el mástil. No creo que vuelva a soltar esta guitarra nunca más.

—Voy a poner café a hacerse —dice Wayne, descargando una bolsa de ropa—. ¿Te apetece?

Sus palabras aún revolotean por mi cabeza, rebotando en los recovecos y las rendijas de mi cerebro. No sé muy bien qué pensar de ellas, ni si alguna vez sabré qué pensar de ellas. Pero de momento...

—Sí —respondo, pillando otra bolsa con la mano libre.

Mi tío asiente, y distingo un matiz de alivio en su cara.

—Ah, sí —dice mientras echamos a andar hacia la caravana—. Te equivocabas en otra cosa.

—¿En qué?

—No te he pagado la fianza —contesta—. ¿Tanta pasta crees que tengo? El jefe me ha dicho que ya estaba pagada cuando he llegado.

Frunzo el ceño.

—¿Por quién?

—Una chica —dice Wayne—. Por cable. Desde California, nada menos.

«¿Qué has hecho?», me ha preguntado Paige. Y luego ha dicho: «Claro que importa».

Importa si quieres saber cuánto dinero necesitas aflojar para la fianza.

—Va a ser que no todo el mundo opina que eres culpable —dice Wayne, abriendo la puerta de la caravana—. A lo mejor aún queda esperanza para el apellido Munson.

36

Instalarme en la caravana se me hace raro y fácil a la vez. No es que Wayne sea una persona estricta: no ha establecido ni una sola norma desde que descargué toda mi mierda de su camioneta. Pero tener siempre a alguien por ahí es extraño. Cuando vivía solo, me acostumbré al silencio y a poder hacer lo que me diera la gana cuando me diera la gana. La cosa no cambiaba demasiado estando mi padre allí. Empiezo a darme cuenta de que nunca me vio como a un crío. Me veía como un colega. Y a los colegas no hay que tenerlos controlados.

En cambio, es evidente que Wayne siente que tiene algún tipo de responsabilidad hacia mí. Durante los primeros días que paso en su caravana, hasta hace el esfuerzo de tener nada menos que verduras en la nevera. Lo deja estar bastante rápido, eso sí, después de que el primer manojo de zanahorias se ponga pocho sin haberlo tocado. Pero la sorpresa de ver hojas verdes a la luz amarillenta de la nevera todavía me dura.

Paso esa primera semana más o menos… a la deriva. Estoy tan acostumbrado a tener que ir a algún sitio cada minuto de cada día —al instituto, al trabajo, al club Fuego Infernal, a ensayar— que me noto descolocado. El jefe Hopper viene a vernos un par de veces, una acompañado por el agente Powell y otra él solo. Me lanza las llaves de mi furgo y me explica que la ha encontrado detrás del cartel de Tractores Turnbow que hay al salir del pueblo. Contesto a sus preguntas como un autómata, recitando las respuestas desde veinte kilómetros de distancia hasta que Hopper le da a Wayne un firme apretón de manos, a mí un asentimiento sombrío y baja los peldaños del porche para irse. Dedico todo el tiempo que puedo a tocar la guitarra y a leerme los ejemplares de bolsillo de la trilogía Gormenghast que mi tío rescató de la casa. Pero la claustrofobia empieza a putearme y las paredes se me echan encima. El sueño se convierte en algo que le ocurre a otra gente. Merodeo de noche por la caravana, mirando el cielo por las ventanas mientras camino sin parar de un lado a otro en la minúscula sala de estar.

«Fiebre del sábado noche», me dijo Paige señalando las estrellas. Expulso su voz de mi mente. No me ha cogido el teléfono ni me ha devuelto las llamadas, y no puedo seguir insistiendo sin cruzar el límite del megaacoso. Si quiere que hablemos, sabe cómo conseguirlo.

Es al final de una de esas noches insomnes cuando sucede. He tenido una productiva velada de estar tumbado de espaldas en el suelo de mi dormitorio intentando contar hacia atrás desde un millón. Oigo que la puerta de la caravana se abre y Wayne entra con paso cansado a la salita, y un momento después llegan un chirrido y un topetazo cuando se deja caer en una silla de la cocina. Luego el silencio se interrumpe solo por un profundo suspiro.

Ruedo para ponerme panza abajo y me arrastro como si estuviera en el ejército hasta la puerta de mi habitación, que abro un par de dedos. Escruto por la rendija y entreveo a mi tío encorvado sobre la mesa. Tiene algo entre el índice y el pulgar, un papel. A la cálida luz del sol naciente distingo las palabras RECIBO DEVUELTO estampadas en rojo.

Aflojo los brazos y dejo reposar la barbilla en los puños, apilados uno sobre otro en el suelo. Wayne me ha acogido. Intenta apoyarme, cuando nadie más está dispuesto a hacerlo. No puedo seguir haciendo el vago mientras se arruina.

Y aunque nadie de este pueblo de mierda quiera contratarme, sé de alguien que lo hará.

Rick abre la puerta nada más llamar. Aún va en batín, y tiene en la mano una taza de algo caliente que le humea en la cara. Sonríe de oreja a oreja al verme, cosa que me desconcierta.

—¡Munson Junior! —exclama, tan fuerte que hace despegar aleteando a una bandada de patos en el lago.

—Mejor Eddie —le digo—. ¿Tienes un momento?

—Claro, cómo no. —Se aparta a un lado—. ¿Te apetece un té? Es de Darjeeling.

Sí que me apetece, motivo por el que termino apoyado en la encimera de la cocina de Rick mientras él se afana poniendo agua a hervir en una cacerola y vertiéndola en una taza. No es transparente del todo, pero ¿quién tiene tiempo para preocuparse de esas mierdas?

—¿Qué te trae a mi rinconcito del bosque? —pregunta Rick. Lleva zapatillas de andar por casa con forma de conejo, pero a la derecha le falta una oreja—. Me contaron que te habías ido del pueblo con tu viejo.

—Qué va —digo—. Me quedo por aquí. De hecho, por eso he venido.

—¿Necesitas alojamiento?

Parpadeo sorprendido. Suena a que me lo está ofreciendo de verdad.

—Necesito... Me dijiste que viniera a verte. Si iba corto de dinero.

—Ah, de puta madre. —Asiente y abre una alacena. Dentro hay un caos de ollas y sartenes, pero Rick parece saber dónde buscar. Saca unos coladores amontonados—. Hasta puedes empezar hoy mismo.

—¿Cómo funciona el asunto?

—Ah, es muy fácil, tronco. Resumiendo, yo consigo hierba y otras movidas y las traigo aquí. Entonces tú me compras lo que creas que puedes colocar y lo vendes al precio que te parezca. No tienes que darme una parte ni nada de eso: todo lo que saques, para ti.

—Tengo que comprarte el material.

—Bueno, sí. Esto no es como repartir pizzas. No voy a pagarte un sueldo para que distribuyas maría por el pueblo. —Me mira por encima de su montón de coladores. Quizá sus ojos inyectados en sangre distingan lo vacíos que tengo los bolsillos, porque suelta una risita—. ¿Sabes qué? Los primeros treinta gramos te los fío, ¿vale? —Separa los dos últimos coladores y pesca entre ellos una bolsita de plástico con cierre hermético. Me la lanza y la atrapo con las dos manos—. Ya me pagarás cuando los vendas. ¿Lo dejamos en treinta pavos? Y luego hablaremos de diversificar el negocio.

Hay algo en la encimera más allá del codo de Rick, otro brillante frasquito azul de pastillas como los que llamaron la atención de mi padre en nuestra primera visita.

—¿Diversificar en plan...?

Rick se fija en lo que me ha llamado la atención y ríe.

—Claro, tronco —dice—. Esto también triunfa cosa mala. A mucha gente del pueblo le gusta andar con un poquito más de brío.

Una pequeña pieza encaja en el puzle de mis recuerdos, aunque ahora mismo me sirva de bien poco. Pero hasta que averigüe qué hacer con ella...

Me apunto. Treinta dólares por treinta gramos es un chollo que te cagas y los dos lo sabemos. Me guardo la hierba en el bolsillo.

—Un placer hacer negocios contigo, Eddie.

Sonrío.

—El placer es el negocio, colega.

—Veo que lo pillas. —Rick choca su taza de té con la mía—. Me alegro de tenerte en el equipo.

El sol parece más amistoso cuando salgo de casa de Rick. Me tomo un segundo para levantar la cara hacia él, dejando que la luz me caliente la piel. «Podría quedarme aquí —pienso—. Solo un ratito. Acercarme al agua». Allí abajo hay un cobertizo para barcas o algo por el estilo. Se ve entre los árboles. Debería relajarme y... escuchar el canto de los pájaros. ¿No es lo que hace la gente cuando sale de la cárcel, cuando recupera las ganas de vivir? ¿Comulgar con la naturaleza?

Pero ahora mismo no quiero naturaleza. Quiero normalidad. Y por primera vez en más de una semana sé exactamente la clase de normalidad que anhelo. Así que, en lugar de entrar en modo montañero, subo a mi furgo y regreso al pueblo.

La campanilla de la tienda de discos Main Street Vinyl tintinea cuando abro la puerta. Dentro hay una agradable penumbra y Jerry casi ni levanta la cabeza al oírme entrar. Tiene puesto algo antiguo de Ray Charles, lo bastante alto para tapar el sonido de mis zapatillas sobre la vieja alfombra mientras voy hacia el fondo de la tienda.

Debería sentirme bien. En mi cabeza, lo sé. Intelectualmente. Debería estar saliendo del agujero oscuro en el que yo mismo me metí. Vivo bajo techo. Pronto empezaré a ganar dinero. Podré echarle una mano a mi tío. Estoy de camino.

Pero ese nubarrón todavía pende oscuro sobre mí, tan espeso que ni siquiera la familiaridad de la tienda de discos logra dispersarlo. Y creo que sé por qué.

Tal vez esté de camino, pero no tengo ni idea de hacia qué. No voy a coger el tren directo a la cárcel de San Quintín como mi padre. No voy a ser ningún dios dorado del rock allá en California. De modo que ¿qué le depara el futuro a Eddie Munson? ¿Terminar como un camello de segunda en un pueblo pequeño para siempre? Tampoco me encaja, la verdad.

«Permítete ser tú mismo». Es lo que me dijo mi tío Wayne. Pero ¿cómo voy a saber lo que es eso?

La campanilla de la puerta vuelve a sonar y miro hacia atrás para ver quién viene. Si es alguien que vaya a darme problemas, más vale que me largue antes de que Jerry decida que no le merezco la pena y me prohíba la entrada de por vida.

Pero los dos chicos que entran en la tienda parecen salidos de mi mismo lado de la calle. Al mayor lo sitúo al instante, con esos ojos tristes y esas greñas. Lo he visto este año, poniendo carteles de «¿Me has visto?» por todo el instituto. Jonathan Byers. Su hermano pequeño había desaparecido. Por lo que oí, aunque al crío le hicieron un puto funeral y todo, luego Jonathan lo encontró, no sé cómo.

El niño que entra detrás de Jonathan es el chico sonriente de esos carteles fotocopiados. Parece inquieto y no deja de mover la cabeza, mirando atrás una y otra vez. Escudriña la tienda y cruza la mirada conmigo un instante. Se le va todo el color que le quedaba a su pálida cara, baja los ojos y se pega incluso más a su hermano.

—Señor Byers —dice Jerry cuando los chicos van hacia él—. Esperaba verle antes.

—He tenido que ayudar a mi madre estos días —responde Jonathan—. Lo siento.

Jerry se levanta haciendo chirriar el taburete.

—Pasa, que lo tengo ahí atrás.

—Gracias.

Jonathan y Will siguen a Jerry hacia la cortina de cuentas que hay al fondo de la tienda, hacia mí. Me apresuro a bajar la mirada al casillero que tengo delante y pasar discos sin quedarme con los títulos ni los artistas.

—Espera, espera —oigo decir a Jerry—. Nada de niños en la trastienda.

—No habrá problema —responde Jonathan—, te lo prometo.

—Nada de niños —repite Jerry—. No puedo vender discos rayados. Con que tengan una manchita, la gente ya no los quiere.

—De verdad que no tocará nada. ¿A que no, Will?

Pero Jerry no da el brazo a torcer.

—¿Quieres ese disco o no?

Jonathan lo quiere. Se lo oigo en la voz. Miro por el rabillo del ojo mientras se inclina hacia su hermano para murmurarle:

—¿Estarás bien aquí fuera?

Will pone los ojos en blanco.

—Pero si van a ser dos minutos.

—Ya lo sé, pero... —Jonathan deja la frase en el aire al ver la mirada de advertencia que le lanza su hermano—. No se lo cuentes a mamá.

—¿Te crees que estoy loco?

Jonathan se ríe y le da un apretón en el hombro a su hermano antes de pasar con Jerry a la trastienda haciendo repiquetear la cortina.

Will regresa hacia los casilleros del lado de la tienda y se entretiene mirando la penosa colección de funk y soul que ofrece Jerry. Me pongo a hacer lo mismo y ninguno de los dos abrimos la boca durante un largo rato mientras empieza a sonar *I Got a Woman*.

Ray está a mitad del primer estribillo cuando la campanilla de la puerta tintinea de nuevo, más fuerte que cuando han entrado los hermanos Byers. Al instante la puerta se estampa contra la pared mientras irrumpen dos chicos con chaqueta deportiva del Instituto Hawkins, dándose empujones para ser el primero en pasar.

Son la clase de problema que intentaba evitar. Por la forma en que veo tensarse los hombros de Will al otro lado de la tienda, piensa igual. Pero, mientras yo estoy semioculto en las sombras del fondo, Will es fácil de ver en terreno abierto. Y, por tanto, es el primero que acaba en el punto de mira de los atletas mientras la puerta se cierra a su espalda.

—¡Hostia puta! —exclama el chaval de delante. Es alto, pero aún tiene cara de niño con esas mejillas regordetas. La chaqueta le viene grandísima—. ¿Ese es el Niño Zombi?

Will no dice nada. Su mirada sigue clavada en el casillero que tiene delante, pero ahora lo ha aferrado por los lados y ya no está pasando discos. He visto esa postura otras veces, por lo general antes de que alguno de mis chicos del club Fuego Infernal termine arrojado a un contenedor de basura. Está agarrándose a algo antes de chocar. Y yo...

Me he quedado petrificado en la sombra, escuchando cómo los deportistas avanzan sin miramientos por la tienda. Tengo los dedos pegados al disco que acabo de ver, y no parezco capaz de arrancar los ojos de su funda.

Muddy Watters me devuelve la mirada, abrazado a su guitarra. Y desde algún pasado distante oigo:

One-and-two-and...

—¡Niño Zombi! —está gritando el segundo atleta—. ¡Eh, Niño Zombi!

Pero Will no se da la vuelta, y esos dos se están cabreando.

—¿Estás sordo o qué? —espeta el primero.

—Se le llenarían las orejas de tierra en la tumba.

—O de gusanos. —El primer atleta empuja el hombro de Will. El chico tropieza y se apoya en el casillero de discos—. ¿Tienes gusanos en la cabeza, Niño Zombi?

—N-no —tartamudea Will, tembloroso.

—Para acabar con un zombi, tienes que darle en la cabeza —dice el segundo matón. Tiene algo en la mano, que está lanzando al aire y atrapando. Una pelota de béisbol—. Fíjate bien.

Está echando atrás el brazo, para arrojarle directo a Will en el pelo a lo casco más de cien gramos de goma sólida y cuero sin curtir, y...

«¡Por fin lo pillas!», exclama mi madre, haciéndome bailar por la alfombra.

... y esto, comprendo de repente, es la gota que colma mi vaso particular.

—Mierda —digo.

Me meto una mano en el bolsillo. La otra se niega a soltar el disco de Muddy Waters, que es muy posible que jamás vuelva a perder de vista. Salgo con paso tranquilo de las sombras, por el pasillo hacia los abusones, y saboreo la agitación que les retuerce ambas caras.

—Ya sabía que los deportistas sois tontos, pero esperaba que al menos supierais reconocer un campo de béisbol. —Me pongo a hablar despacio y entonando, como a dos críos idiotas—. Esto es lo que los mayores llamamos una *tienda.* Lo que vosotros buscáis está *fuera.* —Los matones siguen rodeando a Will, pero ahora me miran furiosos a mí, lo que considero un buen impulso—. Voy a daros un par de pistas, ¿vale? Pensad en… el cielo. Nubes. Árboles bien grandotes, que son esas cosas de madera con hojas y ramas.

—¿Eres amigo de este bicho raro, Niño Zombi? —pregunta el primer atleta.

«Bicho raro». La palabra impacta entre mis ojos y me preparo para el aguijonazo. Pero lo que recorre mi interior es solo un eco amortiguado, sin la ardiente ira que suele venir a continuación.

«A la mierda lo que crean». Oigo la voz de Wayne en mi mente, nítida como la campanilla de la tienda de discos. Y por primera vez, esas palabras me calan hasta los huesos. Se inyectan en mi torrente sanguíneo. Me encienden desde dentro.

Sonrío. Como un maniaco. O quizá esa no sea la descripción adecuada. Como un *demonio*, con una intensidad que hasta hace que los dos gilipollas den un paso atrás. Will me mira entre ellos desde atrás, con los ojos desorbitados.

—¿Queréis tirarle eso a alguien? —digo—. Tirádmelo a mí.

Me miran sin moverse.

—Que me lo tiréis. —Separo los brazos a los lados, haciéndoles el blanco tan grande como es posible—. Lo de darle en la cabeza también funciona con los bichos raros, ¿no?

—Estás como una cabra —dice el segundo atleta, pero tensa los nudillos sobre la pelota.

Siento un leve pinchazo, en algún lugar por debajo de toda esta ardiente bravuconería nueva. Esos chicos están en el equipo de béisbol. Deben de conocer al hermano de Paige, lo que significa que Mark se enterará de esto tarde o temprano.

Y si le cuenta a Paige la historia de su amigo el bicho raro en la tienda de discos...

—Se te va la fuerza por la boca —le suelto, sobre todo para cortar ese hilo de pensamientos—. Qué vida más decepcionante tiene que llevar tu novia.

El pelotazo que me tira es como un taladro en todo el pecho, y me doblo por la mitad sin aliento. Pero ahora estoy electrificado y el fuego infernal vibra en mis venas, así que me sostengo en el casillero de discos y levanto la cabeza con una sonrisita hacia las furibundas caras rojas de los deportistas.

—No me estás haciendo cambiar de opinión, chavalote.

—¡Serás...!

Atrasa el puño otra vez, listo para recargarlo.

—Eh.

No he oído sonar las cuentas cuando Jerry ha salido de la trastienda, pero ahí está plantado, con la traqueteante cortina oscilando a su espalda. Tiene a Jonathan detrás, con un disco de los Smiths sujeto en ambas manos. Parece a dos segundos de echar a correr por la tienda y envolver a su hermano con una manta térmica o algo.

—Tardaré cinco segundos en llegar a ese teléfono. —Jerry señala el enorme aparato blanquecino que reposa en el mostrador—. Si no habéis salido de aquí cuando lo descuelgue, oiréis lo que le cuento a la poli.

Echa a andar hacia el mostrador sin empezar ninguna cuenta atrás, ni falta que le hace. Los dos chavales se miran con la mandíbula tensa un momento antes de que el segundo mueva la cabeza a los lados.

—Pues vale —murmura.

Da media vuelta y tira de la puerta con tanto ímpetu que sacude la pared. Su amigo lo sigue un paso detrás lanzándome una mirada ácida como única despedida.

No sé muy bien si la amenaza de Jerry me incluía a mí, pero no me voy. Estoy demasiado ocupado intentando llenar otra vez los pulmones de aire. Y cuando Jerry llega a su taburete, se limita a sentarse con un gemido y abrir su revista por una página al azar. No echa mano al teléfono.

Jonathan, entretanto, se ha abalanzado sobre Will como una gallina sobre su polluelo.

—¿Estás bien? —le pregunta, palpándole el pelo, los hombros, las manos.

—Bien.

—¿Seguro?

Will se desentiende de sus cuidados. Está mirando más allá de su hermano, hacia mí.

—Gracias —me dice.

Consigo recuperar la verticalidad. Por fin respiro un pelín mejor.

—Esos tíos son unos capullos. No vale la pena hacerles caso.

—¿Qué te decían? —Jonathan mira furioso hacia la puerta—. ¿Era...?

—¡No son solo ellos! —Will acaba de explotar, como si llevara toda la vida acumulando esa frase—. ¡Es todo el mundo! Me miran como si fuera un bicho raro.

—Eh —digo. Joder, cómo me duele el costado. Ese crío deportista tenía mejor brazo de lo que me esperaba—. A la mierda lo que crean.

Los grandes ojos de Will están empañados de lágrimas.

—Pero...

—En serio —insisto—. Que te llamen lo que les dé la gana. Eso no dice nada de ti. Solo dice algo de ellos. Al final, tú eres la única persona que sabe quién eres. —Le sonrío—. Además, ¿eso de Niño Zombi? Es de los motes más metaleros que he oído en la puta vida.

Hay una arruga entre las cejas de Will. Está dándole vueltas al asunto. Se pasará una temporada dándole vueltas, porque no es algo que se asimile a la primera. Que me lo digan a mí. Y mientras lo hace...

—Oye, ¿juegas a D&D? —le pregunto.

Una diminuta media sonrisa eleva una comisura de la boca de Will.

—¿Cómo lo has adivinado?

Como si no se le notara a la legua.

—Cuando llegues al instituto, busca el club Fuego Infernal. Creo que podría gustarte.

—¿Sí?

—Me parece que encajarás muy bien.

—Vámonos a casa —interviene Jonathan. Está observándome con recelo, como si tratara de discernir algún motivo oculto por mi parte—. Mamá no tardará en volver del trabajo.

Envuelve los hombros de su hermano con un brazo y empieza a llevárselo hacia la puerta.

—¡Encantado de conocerte! —se despide Will desde debajo del sobaco de Jonathan.

—Igualmente, Niño Zombi. —Y entonces, porque todo momento es bueno para poner en marcha un negocio, añado—: Eh, Byers, espera un momento.

Jonathan se vuelve hacia mí, con una interrogativa ceja arqueada. Bajo la voz y miro de reojo para asegurarme de que Jerry no nos presta atención.

—¿Tú fumas? —le pregunto.

Jonathan pone demasiada cara de indignación para el peinado que lleva.

—No, tío, paso de esas movidas.

—Avísame si eso cambia.

Se limita a negar con la cabeza. Al momento, los hermanos Byers echan a andar deprisa por la calle. Los miro a través del escaparate hasta que se pierden de vista.

«A la mierda lo que crean. —Me ha gustado cómo sonaba al decirlo. Me gusta cómo me sienta en el pecho—. Tú eres la única persona que sabe quién eres».

Y por primera vez en la vida, creo que me hago una idea de quién podría ser.

37

Señor Munson. —La mirada que me dirige Janice es afilada tras las gruesas lentes de sus gafas de carey. La cadena que cuelga de las patillas suena cuando levanta la cabeza. Sus largas uñas de color púrpura no dejan de raspar el infinito fajo de papeles en los que está trabajando—. Creía que ya no honraba nuestros pasillos con su presencia.

—Esa era la idea, Janice. —Apoyo un codo en su escritorio y le dedico mi mejor sonrisa de Al Munson—. Pero la idea de pasar un día más sin contemplar su hermoso rostro me estaba resultando insoportable.

—Mmm.

Ris-ras, hace su bolígrafo en el papel. Tiene los labios fruncidos en un mohín poco impresionado.

—Se nota que también me ha echado de menos. ¿Por qué no nos hace un favor a los dos y prepara sus mejores impresos de rematriculación?

Janice no dice nada y su boli, por increíble que parezca, no vacila ni un instante mientras mete la otra mano en un archivador que no alcanzo a ver y saca un taquito de papeles. Los intercepto antes de que pueda dejarlos de golpe en la mesa.

—Es usted un sol —le digo—. Ah, una última pregunta...

—Estoy muy ocupada.

—Ya me doy cuenta, así que será rápida. ¿Está el director Higgins?

No contesta, pero sus ojos se desvían a un lado, en dirección al despacho de Higgins. Es suficiente información para mí.

—Estupendísimo.

Rodeo su escritorio y me dirijo con paso relajado a la puerta cerrada del despacho del director.

—Está reunido.

Siento otra vez esa electricidad creciendo en mi interior, vibrando en mis huesos.

—Seguro que tendrá tiempo para mí —digo sin dejar de caminar—. Al fin y al cabo, sería muy grosero por mi parte visitar el centro y no pasar a saludarlo.

TU DI-RECTOR, declara el letrero pegado con primor en el centro de la puerta que tanto he llegado a odiar en los últimos cuatro años. Le doy un golpecito con el dedo corazón.

—Toc, toc —canturreo mientras empujo la puerta poco a poco hacia dentro—. ¿Qué tal le va la tarde a mi tirano de pueblo favorito?

La «reunión» de Higgins al parecer se ha esfumado por arte de magia, porque pillo al director lanzando al rincón una novelucha de misterio en edición de bolsillo.

—¿Qué host...? —grazna, pero se interrumpe antes de que se le escape ninguna palabra interesante de siete letras. Al verme, su cara rubicunda gana saturación hacia el escarlata—. *Munson.*

—*Jeremy* —digo, imitando su tono indignado y venenoso por el mero placer de subirle la tensión sanguínea.

—No sé si estás al tanto, pero quienes abandonan los estudios no son bienvenidos en el recinto escolar —afirma Higgins—. Lo que estás haciendo se considera allanamiento.

—Menos mal que vuelvo a ser alumno del instituto, entonces.

Levanto los papeles y veo cómo la ira lo embarga aún más.

—No.

—Ya lo creo que sí.

—Que no. Lo dejaste. Estás fuera.

Paseo hacia él y me pongo a un lado de su mesa para que tenga que levantar la mirada hacia mí.

—¿Eso es que sabes algo que yo no? —le suelto.

—No aceptamos a malhechores en el...

—¿Cuántas veces tengo que decírtelo? No soy un malhechor. Pregúntaselo al jefe Hopper si quieres. Tengo el expediente limpio como una patena.

—¡Me cago en la hostia! —Higgins se levanta de golpe y, durante un segundo, de verdad pienso que se me va a echar encima—. ¿Es que no lo entiendes? Nadie te quiere aquí.

Pienso en Gareth y en su expresión abatida al pensar que ya no tenía el club Fuego Infernal. Pienso en el pequeño Will Byers, acobardado entre los discos de Main Street Vinyl. Pienso en mi tío, esperándome en la comisaría de Hawkins con la gorra en las manos.

—Puede —digo.

«Y puede que no».

—Entonces ¿por qué leches quieres volver?

—Por un montón de razones. ¿La primera de la lista? El club Fuego Infernal.

Higgins entorna los ojos.

—Teníamos un acuerdo, Munson. Aún no es tarde para que envíe una carta preocupada al departamento de admisiones de la Universidad de Nueva York. La plaza de la señorita Ecker allí dista mucho de estar garantizada. —La amenaza descarada al futuro de Ronnie me inunda las venas de una furia al rojo vivo, pero la contengo tras mi sonrisa—. Por no mencionar que, incluso si eso no te preocupara y pretendieras seguir adelante con tu «club» de todos modos, no hay ningún miembro del claustro disponible ni dispuesto a avalarlo. El club Fuego Infernal está muerto.

—Tenemos quien nos avale.

Una cruel sonrisa despectiva retuerce la boca de Higgins.

—En este instituto, no.

—Tenemos quien nos avale —repito—, y es alguien a quien respetas. A quien admiras. —Me apoyo de lado en su mesa—. Y aún no he tenido ocasión de darle las gracias. Así que gracias, director Higgins, por estar dispuesto a apadrinar el club Fuego Infernal aquí en el Instituto Hawkins.

Me mira boquiabierto.

—Has perdido el juicio por completo si crees...

—Ah, mierda. —Niego con la cabeza—. Confiaba en... ¿Cómo lo llamaste? ¿Apelar a tu lado bueno? Pero veo que no me sigues. Vale. —Bajo el brazo y abro el cajón superior de su escritorio—. Probaremos otra vez en un idioma que comprendas.

Y, en efecto, igual que cuando Higgins me bombardeó con la carta de la madre de Stan hace tantas semanas, un brillante frasco azul de pastillas llega rodando a la vista desde el fondo. Lo saco y lo sostengo entre él y yo para que ambos podamos echarle un buen vistazo largo. Luego, en tono tranquilo e impregnado de curiosidad, le pregunto:

—¿Qué crees que harían todos esos cotillas preocupados del consejo escolar si supieran que el director del instituto va de anfeta todo el día?

Por una vez en su vida, Higgins no dice nada. Tiene la mirada fija en mí, y después en el frasco de pastillas, con los ojos enormes en su cara pálida.

—¿Vas captando por dónde voy? —añado. Y el asentimiento mecánico con el que responde me hace rebosar de placer—. Bien. Porque no quiero gran cosa. No voy a pedirte que me cambies las notas, ni que trastees con mi media, ni nada. Solo que apruebes el club Fuego Infernal. ¿Y qué pasará si no? —Sacudo el frasquito—. Pasará que toda esa gente enjoyada de los plenos del ayuntamiento y todos los beatos de la iglesia se enterarán de esto. Y después de eso se te acabará el suministro. No sé a ti, pero a mí no me suena muy agradable, ¿verdad?

Higgins está abriendo y cerrando la boca como pez fuera del agua.

—Esto es chantaje —logra articular.

—Parecía tan divertido cuando lo hiciste tú —replico— que me apetecía probar. —Devuelvo el frasco al cajón y lo cierro—. ¿Que por qué quiero volver, *señor*? Quiero volver porque tú no pensabas que pudiera. —Le hago un pequeño saludo con la mano—. Hasta la vista, campeón. Nos vemos en septiembre.

Aún está mirándome cuando salgo a la oficina principal.

—Gracias, Janice —trino al pasar a su lado.

No tiene ocasión de contestarme, porque sale un bramido de «¡Janice!» por la puerta abierta de Higgins que la obliga a levantarse y correr hacia el despacho.

Me río. Todavía estoy riendo cuando salgo al pasillo. Río hasta que el peso de lo que tengo que hacer a continuación se asienta en mi pecho y me cierra la boca. Entonces meto las manos en los bolsillos de la chupa y me abro camino entre la multitud de alumnos risueños en su último día de curso, haciendo caso omiso a los susurros y las miradas que despierto a mi paso.

Voy derecho al aula de estudios sociales de la señora Debbs, en la planta baja, el último refugio que le queda al club Fuego Infernal en el Instituto Hawkins. Encuentro la puerta cerrada, pero no hace falta tener muy buen oído para distinguir la voz de Dougie, filtrándose a través del endeble contrachapado.

—Te..., hum..., te dispara sus pinchos. ¡Tres veces!

—¡Anda ya, hombre! —Ese es Jeff, en un tono cabreado nada propio de él—. ¡Tío, pero si estoy como a quince metros de distancia!

—¡Y después corre hacia ti para morderte! —exclama Dougie, subiendo aún más la voz para hacerse oír por encima de las quejas de Jeff—. Te hace... veintidós puntos de daño. ¿Y bien?

—¿Y bien qué? Estoy muerto, tío. Estoy…

Abro la puerta.

—Parece que las cosas van bien por aquí.

Cinco caras se vuelven hacia mí, todas ellas con diversos grados de desconfianza. Oscilan entre el contento-de-verte-pero-con-reservas de Jeff y el si-pudiera-te-lanzaría-una-bola-de-fuego de Gareth.

Ronnie tiene el rostro impasible. No hay ni siquiera un atisbo de sorpresa en sus ojos.

Carraspeo.

—Cuánto tiempo, ¿eh?

—Me alegro de verte, Eddie —dice Jeff en tono cauto.

—Pensaba que ya estarías en California —gruñe Dougie—. Con tu novia.

—No os libraréis de mí tan fácilmente. Qué va. —Levanto mis impresos de matrícula y los muevo—. Este sitio y yo aún no hemos terminado.

La visión de los papeles recorre el grupo como las pequeñas olas previas a un tsunami, como el mar retrocediendo.

—¿Harás de máster en el Fuego Infernal el curso que viene? —pregunta Jeff, pero se desinfla al entrever la mirada ácida que le lanza Dougie—. No es que… O sea, Dougie lo hace genial, pero…

—Pues… supongo que eso depende de vosotros. —Me obligo a mirarlos uno por uno a los ojos, pero dejo el rostro pétreo de Ronnie para el final—. Sé que os decepcioné. Os… dejé tirados, y ni me molesté en despedirme. En el momento, pensaba que estaba haciendo lo que debía. —Veo que Ronnie entorna los ojos, solo un milímetro, lo que me azuza a añadir—: Pero da igual, porque me equivocaba. —Inhalo—. Lo de California… se acabó.

—¿Porque le disparaste a un poli? —pregunta Jeff.

Parpadeo.

—¿Cómo? ¿Es lo que dice la gente?

—Sí —responde Dougie.

—No —dice Jeff.

—Hay gente que sí que lo dice —argumenta Dougie.

—Y otra gente dice que fue tu padre. —Ese es Gareth, que habla sin mirarme, con la mirada clavada en el cuaderno que tiene delante, pero en tono bastante claro y firme—. Pero el jefe de policía ha dejado muy claro que no le gustan esas habladurías. La voz no ha corrido mucho.

—Vale, hum… Guay. —Tendré que procesar eso en algún otro momento—. Lo que quería deciros es que lo siento. No tendría que haber desaparecido. Os debo a todos mucho más que eso. Le debo al club Fuego Infernal mucho más que eso.

—Es fácil disculparse cuando las cosas te han explotado en la cara.

Es lo primero que dice Ronnie desde que he entrado por la puerta, y noto sus palabras como una ráfaga de viento polar.

—Lo sé —le respondo—. Lo siento de todas formas.

—Higgins quiere cerrar este club el curso que viene —dice Gareth.

Sus ojos suben un instante hacia mí y, en esa fugaz fracción de segundo, percibo un destello del chico afligido que pensaba que su vida terminaría junto con la de Illian el Invicto.

—Ha tenido un sorprendente cambio de opinión. —Y entonces, como no me bastará con la chulería para cruzar la línea de meta, dejo de sonreír—. Pase lo que pase, vosotros sois mi grupo. Mis aventureros. Y espero que podáis perdonarme. Quiero… haceros una promesa. Nunca, jamás en la vida, abandonaré este grupo ni a ninguno de sus miembros, os lo juro. —La siguiente bocanada que inhalo entra temblorosa, e intento combatirlo—. Bueno, ¿qué me decís? ¿Tenéis sitio en vuestro club para uno más?

Hay un momento de silencio en el que todos los presentes se lanzan miradas significativas entre ellos, que dura lo suficiente para que empiece a notar el pulso palpitándome en los dientes.

Jeff es el primero en romperlo, con una sonrisa de alivio que se extiende por su cara como si hubiera estado conteniéndola.

—El club es tuyo, tío.

—El club no es suyo —bufa Dougie.

—Tú ni siquiera estarás aquí el curso que viene, Dougie —dice Jeff—. Yo voto sí. Eddie puede volver.

—Como queráis —responde Dougie, y se reclina en la silla cruzándose de brazos, pero alcanzo a ver la sonrisa que le tira de las comisuras de la boca.

Miro a Gareth.

—¿Novato? —digo, pero me corrijo—. ¿Gareth?

Gareth baja la mirada de nuevo a la mesa, al enano esbozado en su libreta.

—Si quieres quedarte —dice muy despacio—, deberías poder quedarte.

Ronnie no abre la boca. Se limita a asentir, bajando la barbilla con brusquedad una sola vez. Con eso me basta, por ahora. Tiene que bastarme.

—Mierda —susurra Dougie—. Son las cuatro y cuarto. Debbs nos quería fuera de aquí hace quince minutos.

Es muy poco tiempo para una sesión del club Fuego Infernal. Dougie no debe de haber hecho muy buen trabajo limpiando las pizarras. Pero, como la tregua es tan reciente y tan delicada, no digo nada de eso en voz alta. Solo doy un paso atrás y me regalo la familiar visión de los bichos raros residentes del Instituto Hawkins recogiendo sus trastos y desfilando por la puerta. Y entonces...

Entonces solo quedamos Ronnie y yo.

Me preparo para otro silencio interminable. Pero Ronnie se apiada de mí, como siempre ha hecho.

—Te has quedado a vivir con tu tío —dice, cruzándose de brazos.

Asiento.

—Mi padre se fue.

—Me extraña que no te fueras con él.

Solo niego con la cabeza.

—Tendría que haber ido a verte.

—¿Desde que te mudaste al parque de caravanas?

—Desde antes. O sea, lo intenté, pero... Mierda. Ronnie, lo siento.

Ella ladea la cabeza.

—Últimamente lo dices mucho.

—Lo sé —respondo. Hace diez minutos estaba restregando el hocico del director Higgins en mi existencia, y ahora lo único que quiero es hacerme un ovillo y desaparecer—. Y no tienes por qué creerme, pero necesitaba decírtelo. Me acostumbré tanto a sentir que no tenía a nadie de mi parte que olvidé que sí que había alguien. Tú siempre has creído que merezco la pena. Yo, Eddie Munson, no un... sueño de estrella del rock ni un demonio satánico. Yo. Y seguro que soy el tío más tonto del mundo por tardar tanto en comprenderlo, pero ahora me doy cuenta...

—Por el amor de Dios, no digas que estás enamorado de mí.

Suelto una carcajada. No puedo evitarlo.

—Iba a decir... que me doy cuenta de lo importante que es tener a esa persona en tu vida. A alguien que te apoye, que te avise cuando estás cagándola a base de bien. Que te ayude a vigilar por si viene el lobo feroz.

—Pero no puedo seguir haciéndolo, Eddie. Me dejaste muy claro que no querías que lo hiciera.

«Aún no estoy perdonado».

—Siempre querré que lo hagas. Pero ya llevas bastante tiempo cuidándome. Ahora me toca a mí hacer el turno de guardia antilobos. Me toca a mí cuidar de los corderitos perdidos.

—¿Así que piensas seguir enemistado con Higgins para siempre?

—Tampoco nos pasemos —contesto—. En algún momento tendrá que dejar que me gradúe. Y no pararé de agobiarlo hasta que lo haga. —Jugueteo con el dobladillo de mi chaqueta—. No puedo permitir que tenga razón sobre mí. No lo haré. Me da igual cuánto tiempo cueste.

Ronnie asiente.

—Bien.

Su fiereza es vigorizante. Por fin, *por fin*, aventuro una sonrisa.

—Bueno —digo—, ¿quieres que... te acerque a casa?

Ronnie sigue sin devolverme la sonrisa. Se queda estudiándome durante un momento insoportable y resisto el impulso de encogerme. Tras un largo silencio, pone la cabeza de lado.

—La última vez, ¿vale?

La tristeza de sus ojos me saca todo el aire de los pulmones.

—Eh...

—¡Tú, bicho raro!

Vuelvo la cabeza de golpe hacia el grito. Viene de detrás de mí, en el pasillo, y ya estoy dando zancadas para mirar por la puerta abierta sin ser consciente de ello. Cuando he llegado al aula de la señora Debbs, los pasillos estaban a rebosar de juventud correteando hacia la puerta principal del instituto y la libertad del verano. Ahora solo quedan unos pocos rezagados que vacían las insondables profundidades de sus taquillas o charlan en corrillos planeando el primer fiestón de la temporada.

Mi primer instinto es buscar a Tommy H ahí fuera. Pero a quien veo con el ángulo que tengo es a uno de sus compinches, el tío que quizá se llame Cooper, o Colin, o como sea, alzándose sobre un chavalín de pelo grasiento en unos vaqueros que le vienen cinco centímetros cortos.

—No es del club Fuego Infernal —murmura Ronnie, en algún lugar a mi espalda.

Meto las manos en los bolsillos de la chupa para esconder los puños cerrados.

—Lo sé.

—No tienes por qué hacer nada.

—Ya.

Ronnie carraspea.

—¿Sabes qué? Hoy he venido en bici. —Miro atrás y por fin entreveo su sonrisa evasiva—. No hace falta que me lleves.

—¿Seguro? —pregunto, pero lo que quiero decir es: «¿Se acabó?».

Su sonrisita triste se intensifica.

—Gareth toca la batería. Resulta que es bastante bueno —responde, pero lo que quiere decir es: «Adiós».

Me da un ligero puñetazo en el hombro, justo donde siempre, y caigo en la cuenta de que, en las semanas que han pasado desde que decidí montármelo por mi cuenta, el moratón se me ha ido.

—Y Eddie, no hace falta parecer un Clark Kent todo pulcro para ser Superman, ¿sabes?

Le cojo la mano. Se la aprieto una vez. Y entonces...

—¡Eh, hola, colegas! —Mis deportivas chirrían contra el linóleo mientras salgo pavoneándome al pasillo—. ¡Me han dicho que estabais buscándome!

Y quizá el jefe Hopper esté siendo bastante efectivo a la hora de aplastar esos rumores, porque solo la mitad de esos abusones dan un nervioso medio paso atrás ante mi aproximación. Los demás, tal-vez-Colin incluido, se limitan a hacer lo que mejor se les da y canalizar la confusión en forma de mirada asesina.

—¿Por qué leches iba a buscarte a ti?

El chico del pelo grasiento es lo bastante listo para retroceder en mi dirección mientras sigo adelante. Cuando ya estoy más cerca de los matones que él, oigo sus pisadas al emprender la carrera. Y entonces solo estamos yo y el lobo feroz, y mi sonrisa es tan amplia que Al Munson estaría orgulloso.

—Porque querías un bicho raro, campeón —respondo—. Así que enhorabuena. Acabas de encontrar al más grande de todo Hawkins.

Agradecimientos

Gracias, muchísimas gracias de todo corazón a...

Al equipo de Penguin Random House, y sobre todo a Gabriella Muñoz por guiarme a través de este torbellino y por estar siempre dispuesta a preguntar: «Pero ¿no dolería más si hicieras esto otro?».

A mi agente, John Cusick, quien me ayudó a abrir una puerta al mundo editorial que no creo que vaya a querer cerrar nunca.

A la Comunidad (sí, lo he dicho): Matt, Ross, Curtis, Paul y Kate. Todos participasteis en la creación de Eddie, y me considero afortunada de haber estado con vosotros en la sala para hacerlo. Y a Matt y Ross, gracias otra vez por haberme dejado subir a esta demencial montaña rusa.

A los equipos de Netflix y Upside Down Pictures, por darme la oportunidad de contar esta historia.

A Joe Quinn, por insuflar vida al inadaptado favorito de todo el mundo.

A mi familia (mi madre, mi padre, Willa y Nick) por ser la razón de que me dedique a esto y la razón de que *pueda* dedicarme a esto. Os quiero a todos.

Y por último, gracias a todas las personas de ahí fuera que alguna vez han sido un Eddie Munson, a quienes ha rescatado un Eddie Munson o que han querido a un Eddie Munson. No estáis solas.